KB040150

# 뱀파이어 전투

## -첫 대면-

니콜 리 피에트루스카
& 매튜 피에트루스카

미디어북

# 뱀파이어 전투

## - 첫 대면 -

"우리에게 끊임없는 영감과 용기를 주는
가족에게 바칩니다."

이 책의 이야기를 구성하고 만드는데 영감을 준 것은 뱀파이어 이야기에 대한 열정, 성경 그리고 가족의 힘이다.

소설의 첫 번째 이야기인 '첫 대면'은 독일에서 가족이 살면서 지낸 경험들과 유럽을 여행하면서 겪었던 시간의 영향을 많이 받았다.

니콜의 제2 외국어는 영어로, 니콜의 배우자인 매튜가 도움을 주며 니콜의 아이디어가 소설 속에서 되살아났다.

소설 속 등장인물 중 뱀파이어 사냥꾼 무리는 전 세계에서 모인 용감한 전사들로 구성되어 있는데 그 중 아시아 특유의 영향을 받은 인물들의 경우 저자 니콜이 한국인 출신으로 그 영향이 여기에 묻어있다. 현재, 니콜은 자랑스러운 전업주부로 지내고 있다.

'뱀파이어 전쟁'은 12세기 유럽을 가로지르는 전쟁 이야기이지만 학교 역사책에서 나오는 전쟁 이야기와는 전혀 다른 종류이다. 이 이야기는 인간과 점점 세력을 키워 나가는 뱀파이어와의 전쟁이야기다.

제1권 '첫 대면'에서는 샤샤라는 어린 소녀가 뱀파이어 종족의 사령관인 트라이언과 만나 친구가 되며 뱀파이어 왕국에 맞서 대항하는 인류 방어선의 핵심이 된다.

소녀와 친구가 된 트라이언은 자신의 뱀파이어 동족과 멀어지고 샤샤를 구하는 것과 동족 뱀파이어에게 충성하는 것, 둘 사이에서의 그의 결정은 바로 새로운 위협에 대항하는 인간의 마지막 희망일지도 모른다.

샤샤는 고아 소녀로 자신이 뱀파이어인 것을 마지못해 하며 구원을 찾는 신비로운 트라이언을 사로잡는다. 어린 소녀와 뱀파이어가 시간을 보내자 트라이언의 어둠의 동료들은 그의 영혼을 되찾고 자신들이 모든 영토를 지배하고자 한다.

두 사람은 늑대 동반자 아투와 함께 평화를 찾아 어두운 세계에서 벗어나기 위해 유럽을 횡단한다. 모험을 하는 동안 그들은 계속 세력을 키워 나가는 뱀파이어 군대에 맞서는, 인류의 첫 방어선인 뱀파이어 사냥꾼의 작은 무리와 마주치게 된다. 이 새로운 동맹은 다가오는 뱀파이어 군대와 연합해 뱀파이어 지배가 유럽 전역으로 확산하는 것을 막기 위한 필사적인 시도다.

인간과 뱀파이어의 서사적인 전쟁은 여기서 시작된다.

# Contents

# 01
## 피난처

비가 추적추적 내렸다. 어둡고 추웠다. 비구름 사이와 사방으로 뻗어 있는 나뭇가지 사이로 달빛에 보이는 것은 어둠속을 서툴게 움직이는 작은 여자아이의 몸이다. 어린 여자아이는 최대한 빨리 뛰었다. 그녀의 길고 갈색인 머리카락이 휘날렸다. 그녀의 작은 몸은 그녀 앞을 가로막는 통나무와 흙더미를 어설프게 뛰어넘었다. 그녀의 상의는 자두 색 조끼와 어깨부분과 팔을 덮을 수 있게 바느질 되어 이불처럼 따뜻하게 감쌌고 움직임이 자유롭도록 연결됐다. 그녀가 뛸 때 덤불과 가시는 그녀의 갈색 울 바지를 날카롭게 스쳤다. 그녀가 뛸 때마다 가방 속 물건들이 마구 흔들렸다. 그녀의 스웨터 팔 부분이 마치 망토처럼 휘날리며 그녀는 어둠속을 전력 질주했다. 그녀는 지치지 않은 포식자가 작은 먹잇감을 사냥하는 것 마냥 움직였다. 그녀의 생존본능은 아이의 몸으로는 한계를 넘을 만큼 압도적이었다. 다행히도 자유를 향한 이 질주에 그녀 혼자가 아니었다.

불안한 바지와 바스락거리는 스침이 밤의 정적을 깨트리는 가운데 그녀의 동물 동반자는 그의 인간 주인보다 너무 앞서지 않도록 확인하면서 그녀와 보조를 맞췄다. 달이 그의 하얀 털과 늑대의 모습을 비췄다. 늑대는 여자 아이의 옆을 떠나지 않고 숨이 차지는 않았지만 힘이 세며 강했다. 아담한 여자 아이가 나뭇가지와 덤불에 맹목적으로 뛰어다니는 것을 크고 흰 늑대가 지켜보고 있었다. 여자 아이의 다리가 지치기 시작했다.

"아투, 더 이상 못 뛰겠어! 동이 틀 때까지 숨을 곳을 찾아야 해."

여자 아이는 가쁜 숨을 몰아쉬며 그녀의 동반자를 불렀다. 그녀의 속도가 느려졌다. 아투는 그녀의 말을 알아들었다. 그는 속도를 줄이고 예리한 감각으로 둘이 나머지 밤 동안 숨을 수 있는 장소를 찾아봤다. 아투는 항상 그의 주인인 여자 아이 샤샤를 그림자 같이 따랐다. 그녀는 결코 아투의 체력과 힘에 맞설 수 없이 약하지만 아투는 절대 샤샤의 판단에 이의를 제기하지 않았다. 그들이 어떤 상황에 놓이더라도 그는 샤샤에게 충성을 다했다.

샤샤는 점점 약해지며 지친 몸으로 아투의 뒤를 따라갔다. 그녀는 계속 움직여야 했기에 아투의 몸에 의지했다. 아투는 계속 수색하는 동안 자신에게 더해진 체중을 거의 알아차리지 못했다. 용맹스러운 동물은 그의 모든 감각을 이용했다. 땅의 냄새를 맡고, 빽빽한 나무 사이로 피난처의 흔적이 있는지 살피고, 다가오는 위험이 있는지 귀담아 들었다. 몇 분간의 수색 뒤 아투는 샤샤를 빽빽하고 두꺼운 나무와 높이 자란 풀로 뒤덮인 작은 동굴로 인도했다. 둘이 동굴로 들어가자 비는 잦아들기 시작했고 구름이 거치고 달빛이 동굴 입구를 가득 채웠다.

지친 둘은 그제야 숨을 고를 여유가 생겼다. 샤샤는 아투를 끌어안았지만 그녀의 작은 팔은 그의 몸 전체를 감싸지 못했다. 그녀는 늑대의 얼굴을 들여다봤다. 그의 눈, 코, 입에는 흉이 있었다. 그의 찰과상과 흉터는 최근 숲속에서의 대치와 비행이 있었음을 보여줬다. 얼굴에 베인 상처의 출혈이 멎었다. 지금 그의 얼굴에는 깊고 붉은 흉터가 남아있었다. 베인 부분은 오른쪽 귀에서 시작해 오른쪽 눈의 바깥쪽으로 타고 내려온 뒤 코를 가로질러 입과 코의 왼쪽에서 끝났다. 샤샤는 친구 아투의 얼굴을 바라봤다. 아투에 대한 그녀의 걱정은 자신의 안전을 위한 어떤 생각보다 그 이상이었다.

"괜찮은 거야? 아투, 전에 널 잃을 뻔했어. 친구야, 난 너를 다시 잃을 수가 없어. 사랑해!"

그녀는 말하면서 눈물을 참았다. 샤샤는 친구의 얼굴을 어루만지고 머리를 쓰다듬으며 말했다.

"우린 괜찮을 거야, 아투. 그가 우리를 찾을 거고 우리는 안전할거야. 그가 살아남아 우리를 찾을 것이라고 믿음을 가져야 해."

샤샤는 아투를 향해 그가 찾아오기를 간절한 마음으로 말했다.


샤샤의 커다란 금빛 눈에는 최근 있었던 일들이 일렁이며 그녀를 압도하기 시작하자 눈물이 고이기 시작했다. 그녀는 감정에 사로잡혀 있으면서도 그녀를 위한 아투의 모든 희생에 잠잠해졌다. 그녀의 작은 볼 위로 눈물이 흐르기 시작했다. 아투는 머리를 들고 그녀의 얼굴에서 흐르는 눈물을 살며시 핥았다. 그의 흉터 진 얼굴은 그녀의 눈을 바라보았고 그의 깊은 금빛 눈은 그의 주인과 닮았다.

그는 표정으로 괜찮다는 신호를 보내며 그녀를 안심시켰다. 주인을 더 안심시키기 위해 그는 꼬리를 살짝 흔들었다. 샤샤가 그의 몸에 기대어 그의 하얗고 부드러운 털을 느끼자 아투는 드러누웠다. 그의 따뜻한 체온은 그녀를 습한 동굴의 추운 밤공기로부터 보호했다. 샤샤는 이내 피곤해서 잠에 빠져들기 시작했다. 그녀가 눈을 감으면서 그녀의 마음은 훨씬 단순했던 때의 기억으로 위안을 찾기 시작했다. 그녀의 마음이 그녀를 집으로 이끌었다. 아투의 온기는 예전의 일들이 어땠는지 기억나게 하면서 그녀의 따뜻한 마음처럼 따뜻했다. 그녀는 평범한 삶을 살았던 것이 한참 전의 일처럼 까마득히 느껴졌다.

# 02
## 평화로운 삶

샤샤의 고향은 아름다웠다. 동쪽으로 강이 내려다보이는 계곡에 위치해 있었다. 마을에서 나오는 큰 길은 남쪽 숲을 통과했다. 서쪽 숲을 농장이 가로지르고 마을의 북쪽은 산들이 자리 잡았다. 마을의 중심은 다양한 상인들과 대장간, 양복점을 포함한 작은 목조 건물들로 구성되어 있었다. 가장 큰 거리에는 과일, 야채 그리고 허브 가판들이 줄을 서 있었다. 마을은 이백 명이 채 안 되는 주민들과 시골에서 온 방문객 정도가 다였다. 지역 주민들은 마을을 오스메트라고 불렀다.

그 곳의 땅은 주민들에게 매우 좋은 곳으로 행복하고 폭력이 없었다. 숲은 새, 여우, 토끼와 사슴으로 가득했다. 강은 몇 가지 종류의 물고기로 풍부했다. 샤샤의 가족을 포함해 주민들은 이 땅을 게르마니아라고 불렀다. 남쪽의 오랜 제국이 쓰던 이름이었다. 제국은 거의 600년 전에 없어졌지만 몇몇 이름이나 문화의 영향은 남아있었다. 마을은 따뜻하고 친절한 사람들로 가득했고 매우 평온했다. 샤샤는 그 평화가 끔찍하게 산산조각 나기 전까지 마을의 평온함에 대해 충분히 감사함을 느끼지 못했다.

샤샤는 마을에서 서쪽으로 조금 걸어가면 있는 작은 나무로 된 집에서 그녀의 엄마와 아빠와 살았다. 집은 원룸 형태로 안에는 오븐처럼 돌로 둘러싸인 벽난로가 있었다. 방 한가운데에는 테이블이랑 의자 네 개가 있었다. 밀짚으로 만든 침대 두 개가 벽난로 옆에 다닥다닥 붙어 있었다. 집은 작았지만 아늑하고 사랑으로 가득차 있었다. 샤샤의 부모님은 집 주위의 땅에서 농작물을 재배했다. 본인들을 위해 야채를 길렀지만 샤샤 아빠의 주특기는 숲에서 허브를 찾는 것이었다. 땅에서 난 허브와 향신료를 모아 지역 시장에 내다 팔기도 했다.

샤샤는 집의 냄새를 항상 기억했다. 그녀의 집은 종종 엄마와 숲에서 함께 딴 야생화로 가득 차 있었다. 그녀는 엄마와 함께 꽃을 따는 것을 즐겼다. 그녀의 엄마는 집에서 집안일을 할 때 긴 치마, 긴 소매 셔츠 그리고 앞치마를 두르는 등 심플한 옷을 즐겨 입는 매우 아름다운 여자였다. 엄마는 금발 머리를 보통 머리 위에 묶었는데 느슨한 몇 가닥의 머리카락이 얼굴 옆에 자연스럽게 흘러내렸다.

"샤샤, 너무 멀리 가지 마렴!"

그들이 꽃을 꺾을 때면 엄마는 샤샤에게 타일렀다. 샤샤에게 있어 엄마는 아름다웠다. 그들이 꽃을 따서 집으로 돌아오면 엄마는 나무 빗으로 샤샤의 머리를 빗어주고 싱싱한 꽃으로 장식을 해줬다. 그리고서 엄마는 꽃 하나를 샤샤의 귀 뒤에 꽂아주곤 했다. 그녀는 잠시 멈춰 샤샤의 눈을 바라보며 사랑스런 표정으로 미소를 지었다. 샤샤의 엄마는 그녀를 너무 예뻐해 가끔 샤샤가 세상에서 가장 중요한 작은 여자아이라고 생각했다.

그러나 가끔 샤샤는 시무룩한 표정의 엄마를 발견하곤 했는데 그녀의 표정이 너무 압도적으로 동정심에 차 있어서 이상하게 느껴졌다. 엄마는 샤샤를 바라보고 있지만 마치 머릿속은 예전 삶에서의 극적인 사건들을 기억하며 기억 속에 빠져 있는 것 같아 보였다. 샤샤는 왜 엄마에게 이런 슬픈 순간들이 있었는지 이해하지 못했다. 그럼에도 불구하고 샤샤는 엄마와 아빠와 함께 있을 때 항상 가장 안전하고 사랑받고 있다는 것을 느꼈다. 샤샤의 아빠는 온종일 집의 고칠 것을 손보는 투박한 사람이었다. 동틀 녘에 밭과 동물들을 돌보고 해가 질 때까지 쉬지 않았다.

그녀의 아빠는 열심히 일하는 사람이었다. 그는 종종 단추 달린 흰 셔츠의 소매를 팔꿈치까지 접어 올리고 갈색 울 바지에 가죽 벨트를 했다. 그는 보통 온종일 밭일을 하고 동물들을 돌보느라 땀범벅이었고 지저분했다. 그는 가끔 샤샤를 마을로 데려갔다. 그들이 마을로 걸어갈 때면 그는 샤샤를 보며 웃었고 샤샤는 키득거리곤 했는데 시장에서 다양한 물건들과 교환하기 위한 약초를 나르는 아빠 어깨 위에 샤샤가 앉아있기도 했다. 그녀 또한 아빠가 저녁거리를 위해 토끼나 작은 동물을 잡으러 여러 작은 그물과 덫을 들고 숲으로 가는 것을 애틋하게 기억했다. 샤샤는 아빠가 하루 종일 힘들게 일하느라 땀으로 뒤덮이고 지저분한 모습으로 저녁이 되서야 집에 들어오는 것을 기억했다. 그러나 그는 항상 행복한 마음으로 집에 돌아와 아내와 딸을 안아줬다. 그는 들어오는 즉시 저녁 준비를 도왔다.

"샤샤 스프와 감자 먹어라"라고 엄마는 외쳤다.

샤샤는 야채 스프와 불에 잘 구워진 감자 냄새를 맡으며 행복했다. 이것이 그녀에게는 엄마와 아빠가 춥고 비 오는 날 집안에 함께 있을 수 있게 해준 특별 식이었다. 아빠는 벽난로에서 작은 감자를 꺼내어 식탁으로 가져왔다. 감자는 썰렁한 저녁 비와는 대조되게 따뜻했다. 샤샤는 손으로 감자 껍질을 벗겨 내기 시작했다.

"조심해라 샤샤. 데일라."

아빠는 걱정스럽게 말했다. 샤샤의 아빠는 항상 그의 작을 딸을 보호하려 했다. 그녀는 외동이었고 아빠는 종종 그녀를 그의 작은 공주님이라고 부르며 공주님처럼 대해줬다. 샤샤가 앉아서 감자와 스프를 먹고 있을 때 부모님의 웃음소리에 잠깐 먹는 것을 멈췄다. 샤샤가 모르는 사이에 불에 그을린 감자로 온 얼굴에 짙은 재가 묻어났다. 그녀의 부모님은 포옹했고 벽난로의 은은한 불빛을 받으며 샤샤를 바라보고 미소를 지었다. 엄마는 샤샤 곁으로 다가와 천으로 그녀의 입과 단추 같은 코에 묻은 재를 닦아줬다. 아빠도 곧 다가와 엄마와 샤샤 둘을 안아줬다. 그 불, 그 음식, 그때의 냄새 그리고 부모님의 미소는 작은 샤샤가 세상은 완벽하다고 느끼게 하기에 충분했다. 그러나 그들의 작은 오두막집의 벽 밖에는 위험과 잔인함이 존재했다. 안타깝게도 순수한 샤샤는 곧 세상의 가장 어두운 부분과 맞닥뜨릴 것이었다. 모든 것이 바뀐 가을 저녁은 샤샤가 여섯 살이던 해였다.

# 03
## 상실

엄마는 테이블에서 바느질을 하고 있었고 샤샤는 열심히 엄마를 바라보며 바느질을 도왔다. 바느질을 하면서 엄마의 움직임을 따라해 보기도 했다. 엄마가 그녀의 얇은 손에 쥐고 있는 긴 나무 바늘을 흔쾌히 앞뒤로 움직이면 샤샤는 앞에서 실 뭉치를 풀었다. 아빠는 서늘한 저녁 시간 동안 그의 여인들이 따듯하게 지낼 수 있도록 불을 때고 있었다. 아빠가 막대기를 들고 불을 쑤시다가 잠시 멈추고 귀를 기울였다. 엄마도 바느질을 멈췄다. 밤의 고요함이 밖에서부터 들리는 이상한 소리들로 갑자기 깨졌다. 모든 식구가 집 바로 밖에서 들리는 바스락거리는 듯한 소리에 집중했다. 이내 알 수 없는 동물이 내는 낮은 으르렁 거리는 소리가 들렸다. 순간 샤샤는 엄마의 걱정하는 표정을 읽었다. 더 불안한 것은 아빠가 엄마에게 재빠르게 보낸 표정이었다. 그녀는 아빠의 이런 표정을 처음 봤다. 벽난로에서 일어나면서 아빠의 온화한 성향은 금새 화난 표정으로 바뀌었다.

집 밖에서의 움직임은 계속됐다. 밖의 움직임이 무엇이든 간에 매우 빠르게 움직이고 있었고 샤샤가 부모님과 숲을 자주 걸으면서 봤던 동물이라기에는 너무나 빨랐다. 아빠는 집 안에 있는 도끼를 들고 문 앞에 섰다.

"샤샤, 거기 있어!"

엄마가 속삭이며 아빠를 따라 문 쪽으로 다가갔다. 부부는 거칠게 숨을 내쉬었고 아빠는 손을 뻗어 문을 열고 어둠 속으로 나갔다. 엄마는 돌아서서 딸을 향해 사랑스러운 눈빛으로 바라보고는 미소를 지어보였다. 이내 엄마는 아빠를 따라 어둠 속으로 나갔고 문을 닫았다. 샤샤는 의자에서 내려와 직감적으로 벽난로 옆에 있는 다른 의자 밑에 숨었다. 조금 후 샤샤는 낮은 신음소리에 이은 엄마의 날카로운 비명 소리를 들었다. 비명 소리는 제대로 전달되기도 전에 멈췄다. 밖에서 일어나고 있는 일로 인해 두려움에 가득 찬 아이는 의자 밑에 얼어붙었다. 의자에 담요가 걸쳐 있었지만 샤샤는 담요와 바닥 사이로 기어들어가 입구를 보았다. 샤샤는 기다렸다. 그녀는 밖에서 일어나고 있는 일에 대한 놀라움과 두려움으로 얼마동안 숨어있었는지 가늠할 수조차 없었다.

문이 삐그덕 소리를 내며 천천히 열리기 시작했다. 한 남자가 들어왔는데 아빠는 아니었다. 키가 크고 길고 진한 갈색 머리카락을 가진 남자였다. 그의 몸은 바닥까지 내려오는 길고 검은 가죽 외투로 덮여 있었다. 그의 어깨와 목덜미 쪽 깃은 회색과 은색의 동물 털로 보이는 것으로 덮여 있었다. 샤샤는 의자 밑에서 조심스럽게 침입자의 얼굴을 봤다. 그의 얼굴은 마치 돌로 만들어진 것처럼 무표정했다. 그의 짙은 눈썹과 가는 눈이 그녀의 눈에 띄었다. 그는 샤샤를 향해 눈을 돌렸다. 그들의 눈은 마치 포식자와 사냥감이 서로 노려보는 것과 같이 서로를 응시했다.

샤샤와 트라이언과의 만남

　침입자의 눈은 불타는 벽난로에서 새어 나오는 빨간색 불빛으로 물들었다. 그의 눈은 마치 불꽃이 튀어나오는 듯한 모습이었다. 그는 무표정했지만 그의 눈은 샤샤의 짧은 인생에서 본 가장 사나운 모습이었다. 그는 집 안에 높이 서서 아이를 내려다보았다. 그의 존재감은 마치 어느 누구에게나 어떤 것에도 두려움이 없는 절대적인 포식자와 같이 압도적이었다. 샤샤는 마음을 가다듬었는데 이상하리만큼 차분했다. 설명조차 할 수 없는 이유로 그녀는 그녀 앞에 서 있는 이 남자가 두렵지 않았다. 그녀는 의자 밑에서 기어 나왔고 이 모든 순간동안 그들의 눈은 서로를 응시하고 있었다. 침입자는 움직이지 않고 작은 소녀를 바라봤다.

샤샤를 계속 내려다보는 그의 눈에서 빨간색은 진정되고 희미한 파란색이 홍채를 채웠다. 그는 한마디 말없이 소녀를 향해 몸을 가까이 내밀었고 호흡은 차분해졌다. 둘 사이의 침묵이 현관을 향해 다가오는 소리로 깨졌다. 순간 빠른 움직임으로 그는 샤샤를 그의 긴 가죽 외투로 감싸 안았다. 망토 안의 어둠속에서도 샤샤는 집 밖에서 나는 목소리를 들을 수 있었다. 그 소리는 그녀에게 익숙하지 않은 언어로 알아들을 수도 없었다. 그녀가 그나마 대화 중에 알아들을 수 있는 부분은 '트라이언'이라는 단어였다. 밖에 있는 사람들이 그녀가 지금 안겨 있는 낯선 사람을 부르고 있는 것처럼 보였다. 밖에서 부르는 신성한 목소리의 톤과 그들의 이상한 언어는 샤샤를 두렵게 만들었다.

샤샤는 이제는 자신의 보호자가 된 낯선 남자의 다리를 꽉 잡았다. 그녀의 작은 두 주먹은 이 낯선 사람의 바지를 꽉 움켜쥐었고 여전히 그의 외투는 어둠에 가려져 있었다. 그녀는 자신에게 닥친 일이 두려워 숨을 죽였다. 그녀가 다시 숨을 들이마시기도 전에 고함소리는 멈췄고 남자는 그녀의 손아귀에서 벗어났다. 그가 문 쪽으로 걸어가자 아이의 모습이 드러났다. 샤샤가 집 한 가운데 서 있고 낯선 남자는 머리를 돌려 샤샤를 재빠르게 흘겨봤다. 눈에서 났던 붉은 빛은 완전히 없어지고 이제는 엷은 파란색만이 있었다. 순간 그는 문 밖으로 쏜살같이 나가버렸다. 그 순간 샤샤는 보호자에게 끌리게 되었다. 그의 특이함에 그녀는 호기심이 생겼고 그에게 끌렸다. 그녀는 금세 이 남자는 무언가 설명은 안 되지만 매우 다르다는 것을 인지했다.

20

# 04
## 새로운 가족의 시작

    어린 샤샤가 혼자서 식탁에 앉아서 무엇을 해야 할지 모를 때면 그녀에게 있어 집은 점점 커져만 갔다. 부모님의 죽음은 그녀를 슬픔에 잠기게 만들었다. 한 때는 웃음과 사랑으로 가득 찼던 집이 이제는 조용하고 침울했다. 샤샤는 이제 집에서도 온 세상에서도 혼자였다.

    다음 날 오후 샤샤는 용기를 내어 밖으로 나갔다. 그녀의 두 눈은 그녀가 생각할 수 있는 최악의 의심을 확인시켜 줬다. 그녀 앞에 엄마와 아빠의 시신이 놓여있었다. 뒤틀리고 생명력이 없는 아빠는 정원에 몸이 부서진 채로 자라나는 덩굴을 조절하는데 사용되는 울타리에 지탱하고 있었다. 그는 그 자리에 앉아있었는데 마치 허수아비처럼 머리는 땅을 바라보고 있었고 팔은 어색하게 그의 옆으로 올려져 있었다. 그녀의 엄마는 아빠와 얼마 떨어져 있지 않은 풀밭에 얼굴이 묻혀 있었다. 샤샤는 덩굴을 끊고 아빠를 지탱했다. 아빠의 몸은 울타리에서 떨어졌고 샤샤는 몇 시간이나 걸려 어렵게 아빠의 시신을 엄마 옆으로 끌고 왔다. 그들을 옆으로 나란히 눕혔을 때 샤샤는 그들 목에 무엇엔가 물린 자국을 발견했다. 엄마가 한 때 심장박동을 느끼기 위해 손가락을 올려놓곤 했던 자리에 작은 물린 자국이 있었다.

남은 오후 내내 저녁까지 그녀는 얕은 구멍을 팠고 시신들을 안에 넣으려고 애썼다. 그녀가 판 구멍은 충분히 깊지 않았기에 시신들을 덮어 보호하기 위해 시신 위에 돌을 높이 쌓아 올렸다. 기진맥진한 그녀는 집 안으로 들어와서 피로에 쓰러졌다.

며칠 후, 샤샤는 자신이 혼자 고립되었다는 사실을 받아들이고 가능한 상황에 맞춰 최선을 다하기 시작했다. 어떤 일이 일어났는지 혹은 누가 최근 공격에 관련되어 있는지를 모르는 상태이기에 그녀는 마을 사람 아무에게도 도움을 청하지 않고 혼자 지내기로 결심했다. 그녀는 엄마가 가르쳐 준 요리, 바느질, 집을 치우는 것, 아빠에게 배운 물건 고치기, 따뜻하게 하기 위해 불 피우기 등 부모님에게서 배운 것을 기억했다. 어리고 똘똘한 샤샤는 이런 때 필요한 생존기술들을 기억했다. 그리고는 집 안에 머물렀다. 샤샤는 여전히 매일 밤 고요히 잠든 한밤중에 슬픔에 잠겨 밤마다 울면서 잠이 들었다. 낮 동안에는 부모님의 운명에 대한 생각이 나지 않도록 여러 가지 일로 자신을 바쁘게 만들었다. 몇 주를 혼자 집에서 보낸 샤샤는 이내 음식과 생필품들이 떨어지기 시작하자 걱정되기 시작했다.

그녀는 남은 음식이 있는지 집 안과 모든 찬장을 뒤졌다. 배고픔에 잠을 청하는데 그녀의 배에서는 소리가 났다. 다음 날 아침, 그녀는 집 밖에 있는 우물에 물을 뜨러 나가기 위해 문을 열었다. 샤샤는 그녀의 발 앞에 놓인 세 마리의 토끼를 보고 깜짝 놀랐다. 토끼는 방금 잡은 것처럼 보였다. 토끼를 놔둔 누군가가 급하게 달아나기 전에 가죽을 벗긴 흔적이 있었다. 샤샤는 누가 토끼를 거기에 놔뒀는지 찾기 위해 사방을 둘러봤으나 아무도 보지 못했다. 그러다가 그녀는 다른 것을 보았다. 그녀가 부모님을 묻으려고 했던 부근이 바뀌어 있었다. 한때는 얕은 무덤 위에 돌로 덮여 있던 곳에 이제는 두 개의 무덤이 있었다. 누군가가 부모님을 땅 속 깊이 묻고는 각 무덤의 앞에 나뭇가지로 만든 십자가를 놓아줬다. 부모님이 마땅히 받아야 하는 존경을 받은 것 같아 그녀의 마음은 따뜻해졌다.

그녀는 기쁜 마음으로 토끼를 갖고 집안으로 들어왔다. 그녀는 남은 토끼의 가죽을 벗기고 고기를 발라냈다. 그녀는 아빠가 예전에 토끼 손질하는 것을 여러 번 봤었다. 그녀는 그 날 저녁 토끼 스튜를 먹었다. 사고가 있기 몇 일전 엄마가 만들었던 요리였다. 저녁식사 후 그녀는 소금과 향신료를 이용해 나중을 위해서 남은 고기를 보관했다. 그녀는 고기를 찬장에 저장했다. 그날 저녁 그녀는 토끼털을 이용하여 벙어리장갑 한 쌍과 신발을 덮을 수 있는 덮개를 만들었다. 어릴 때부터 그녀는 겨울이 다가온다는 것을 알았고 겨울을 나기 위해 따뜻한 옷이 필요하다는 것을 알았다.

다음 날과 몇 주 동안 샤샤의 문 앞에는 더 많은 동물과 털이 놓여 있었다. 여우, 꿩과 토끼가 정기적으로 놓여있었다. 샤샤는 부모님이 돌아가신 날 밤에 봤던 낯선 남자가 가져다 준 것이라 추측했다. 동물은 계속 문 앞에 놓였지만 샤샤는 그녀의 비밀스러운 은인을 한 번도 본 적이 없었다. 여러 번, 그녀는 자신이 '트라이언'이라고 믿는 사람을 볼 수 있을 것이라는 희망을 안고 늦게까지 기다리며 작은 창문사이로 내다보곤 했다. 매일 밤 그녀는 그를 못 봐서 실망했지만 아침에는 다시 너그럽게 기다리는 것이 행복했다. 고기와 털의 양은 샤샤가 필요로 하는 것보다 많아졌다. 지혜로운 샤샤는 마을로 가서 고기와 털을 그녀가 필요한 다른 물건들로 교환해보기로 결심했다.

배가 나오고 대머리인 건장한 윈프리드 아저씨가 운영하는 작은 상점이 있는 시장을 자주 드나들었다. 아저씨는 아빠가 아는 사람이었다. 그녀는 생존을 위해 야채, 옷감이나 다른 필요한 물품으로 바꿨다. 마을의 상인 몇몇은 샤샤가 놓인 상황에 대해 궁금해하기 시작했다.

"얘야, 겨울에 이런 것은 구하기 힘든데 어디서 났니?"

살이 찌고 초라해 보이는 상인 톰아저씨가 물어봤다. 그는 양복점의 주인으로 때때로 여우와 토끼의 가죽을 다양한 옷감이나 가죽으로 샤샤에게 교환해주곤 했다.

"원하지 않으시면 다른데 가지고 갈게요"

샤샤는 질문을 피하고자 심각한 표정으로 대답했다.

"알았어, 알았어. 질문은 그만 하마. 그냥 네가 갖고 있는 걸 모두 가져와라."

상인은 상황이 어려웠기 때문에 상대가 아이건 어른이건 비즈니스는 비즈니스라는 생각에 서둘러 대답했다. 그녀는 왜 자기가 상인들의 질문에 답하지 않고 말을 딴 데로 돌리는지 정확한 이유를 알지는 못했지만 그녀가 직감적으로 아는 것은 트라이언이 관련이 되어 있고 그의 존재는 마을 사람들에게 비밀로 해야 한다는 것이었다.

샤샤는 겨울동안 상대적으로 편하게 살아남았지만 너무나도 외로웠다. 봄이 다가오자 그녀는 정원에 어떤 과일과 채소를 심고 수확해야 할지 계획했다. 그녀는 마을에서 구해 온 오이, 피망과 호박의 씨를 저장하기 시작했다. 어느 날 저녁 샤샤가 불을 지피고 있을 때 예상하지 못한 노크 소리를 들었다. 노크 소리는 부드럽고 위협적이지 않았다. 그래도 그녀는 긴장하며 누구일지 궁금해했다. 작년 가을 부모님을 잃은 날 저녁 이후에 집에 온 사람은 아무도 없었다. 똑! 똑! 소리가 다시 났고 이번에는 조금 더 컸다. 샤샤는 일어나서 조심스레 문으로 다가갔다. 그녀의 작은 손이 문손잡이를 잡았다. 그녀는 천천히 문을 열고는 누가 문 앞에 서 있는지 확인하고서 깜짝 놀랐다. 바닥에 거의 닿는 긴 가죽 외투, 털 달린 깃 사이에 트라이언의 머리가 빼꼼 나온 모습을 보며 그녀의 놀람은 이내 안도로 바뀌었다. 샤샤는 열린 문의 아치에 당당히 서 있는 그의 고귀한 자태에 놀라며 올려다보았다. 그는 긴 코트 위에 날이 넓은 칼을 등에 차고 그렇게 추운 저녁 공기 속에 서 있었다. 그는 무표정의 딱딱한 모습을 유지하고 있었지만 샤샤는 무섭지 않았고 방문객을 환영했다.

샤샤는 침착함을 되찾은 뒤에 트라이언이 흰색 새끼 늑대를 왼쪽 팔에 안고 있는 것을 알아차렸다. 새끼는 트라이언의 검정 외투 소매를 물어뜯고 있었다. 새끼 늑대는 트라이언의 힘이 쎄보이는 손아귀에서 벗어나려 버둥거리고 있었는데 뒷다리에 무언가로 베인 듯한 상처가 보였다.

"안녕하세요?"

샤샤는 그녀의 문 앞에 있는 창백한 푸른 눈의 인물을 쳐다보며 말했다. 대답은 없었다. 그는 집 안으로 한 발자국 들어와 문을 닫았다. 트라이언은 방의 중앙으로 걸어와 테이블 위에 새끼를 내려놓으려고 했다. 거침없는 새끼는 입질을 쉬지 않고 계속 트라이언의 소매를 있는 힘껏 공격했다. 샤샤는 스스럼없이 새끼에게 다가갔다.

"안녕?"

그녀는 확신에 찼지만 순수한 목소리로 인사를 건넸다.

"참 예쁘구나!"

샤샤는 말을 이어 갔다. 트라이언이 동물의 반응을 유심히 살피는 가운데 그녀는 미소 띤 얼굴로 새끼한테 가까이 다가갔다. 샤샤는 새끼의 의문에 찬 금색 눈동자가 자기를 잠깐 바라본 것을 알아차렸다. 늑대는 샤샤의 얼굴에 코를 갖다 대고는 샤샤의 얼굴을 핥았다. 샤샤는 킥킥거리며 웃었고 트라이언은 뒤로 물러났다.

샤샤는 너무 기뻐했다. 몇 달 간 버틴 지루함과 외로움에서 구해줄 친구가 이제 있다는 것을 느꼈다. 그녀는 그의 부드러운 흰색 털을 계속 쓰다듬었다. 그의 털은 여태껏 본 어느 동물보다 빛났다. 동물은 아름다웠다. 샤샤는 이 동물이 어딘가 특별하다는 것을 알았다. 샤샤는 계속 동물을 보며 감탄하면서도 트라이언이 아직 방에 있다는 것을 깨달았다. 그는 매우 바른 자세로 서 있었고 얼굴 표정은 어떠한 움직임도 감정도 없어 보였다. 그의 눈은 샤샤가 처음 봤을 때의 불꽃같은 빨간색이 아니고 흐린 파란색이었다. 샤샤는 트라이언을 위 아래로 훑어보았다. 샤샤는 그의 긴 코트를 보며 꼭 그의 몸을 감싸는 망토 같다는 생각이 들었다. 그녀는 어떤 털이 그의 목과 깃을 덮고 있는지가 궁금했다.

"이 새끼에게 무슨 일이 있었어요?"

마침내 샤샤가 침묵을 깨고 동물의 뒷다리에 난 상처를 가리키며 물었다. 답변은 없었다. 망토를 한 남자는 그저 돌아서 문 쪽으로 향할 뿐이었다.

"잠깐만요! 잠깐만요, 트라이언…."

그녀는 소리쳤다. 트라이언은 돌아서 잠깐 멈췄지만 표정은 여전히 무표정했다. 그는 드디어 낮은 목소리로 얘기하기 시작했다.

"내 이름을 어떻게 알지?"

그는 샤샤를 내려다보며 근엄한 목소리로 간결하게 물었다.

"그게요. 지난 번 아저씨 친구들이 그렇게 부르는 것을 들어서 그게 이름일 것이라고 짐작했어요. 그 때 그날…."

샤샤의 목소리는 점점 작아졌다.

"원하는 것이 무엇이냐?"

트라이언은 새 친구보다 어쩌면 본인에게 향한 듯 당황한 기색을 띠며 물었다.

"제 문 앞에 놓아준 모든 것에 대해 감사드려요."

샤샤는 웃으며 대답했다. 그는 뭐라고 대답해야 할지 모르는 것처럼 몇 초간 그녀를 바라봤다. 그는 다시 문으로 향했다.

"아가야 잘 지내거라. 너희 둘은 공통점이 아주 많구나."

문 쪽으로 다가가며 그는 샤샤 보다는 늑대에게 말하듯이 말했다. 그의 말은 둘의 눈 색깔뿐만이 아니라 그들의 영혼에 대해 얘기한 것이기도 했다.

"새끼는 늑대 사냥파티로 인해 다쳤다."

계속 뒤 돌아본 채로 샤샤에게 대답하고 문을 열고 재빨리 쿵 소리와 함께 문을 닫으며 나갔다.


샤샤는 정말 멋진 날이라고 생각했다. 그녀는 새끼의 상처를 돌보기 위해 약간의 천을 붕대처럼 감았다.

"너는 정말 용감하구나. 내가 붕대를 감는 것이 아팠을 텐데 소리 한 번 안 내고. 이제부터 너를 아투라고 불러야겠다. 그래, 아투. 새로운 이름이 어때?"

그녀가 늑대에게 물었다. 새끼는 식탁 위에서 폴짝 뛰며 꼬리를 좌우로 흔들면서 행복해 보였다. 그의 반짝이는 금빛 눈은 그의 새 주인을 바라보고 있었다. 샤샤는 아투를 식탁에서 내려 바닥에 내려놨다. 샤샤는 불 옆에 그녀의 잠자리를 펼치고 아투를 안고 잠들었다. 그녀는 자신의 나날을 함께할 새 친구를 찾았다.

몇 주, 몇 달이 지나갔다. 아투는 엄청난 속도로 회복했고 자랐다. 나날이 커지고 힘도 세졌다. 그는 호기심이 매우 강했고, 집 근처 모든 곳을 그녀와 동행했고, 그녀가 초원에서 야생화를 따고 있으면 종종 걸음으로 그녀 옆을 따라다녔다. 따뜻한 날씨를 만끽하고 있는 동안 아투는 작은 벌레에서부터 사슴처럼 숲의 큰 동물까지 추적했다.

샤샤와 아투는 어느 초여름 날 산책을 하고 있었는데 아투가 동물의 냄새를 맡았다. 두 친구는 냄새를 따라갔고 아기 곰을 발견하게 되었다. 그들은 아기 곰을 보게 되어 기뻤고 새로운 친구와 같이 놀기 시작했다. 얼마 지나지 않아 덤불 쪽에서 부스럭 소리와 함께 어미 곰이 다가왔다. 샤샤와 아투는 최대한 빨리 도망쳤다. 일단 위험에서 벗어나자 둘은 속도를 늦추었다. 샤샤는 '모험'이 끝난 후 웃으며 아투를 끌어안았다.

"아무래도 조금 더 안전한 친구들을 찾아야할 것 같아."

샤샤는 웃으며 아투의 머리를 쓰다듬었다. 이런 숲에서의 모험은 둘이 자연에 대해 더 많이 배우고 둘이 가까워질 수 있게 했다. 매일 석양 바로 전에 둘은 강가로 가서 목욕을 했다. 둘이 걸을 때 이따금씩 아투는 멈춰 서서 몸을 낮춰 냄새를 맡았는데 숲속 동물들을 추적할 때보다 더 강렬하게 주위를 둘러보곤 했다. 그가 이를 드러낼 때면 등 뒤에 털이 서기 시작했다.

"왜 그래 아투?"

샤샤는 물었다. 그녀는 숲의 나무를 바라보았지만 평소와 다른 것을 발견하지 못했다. 그녀는 아투의 감각을 믿었고 왠지 모르게 트라이언이 가까이 있다고 느꼈다. 그는 숲속 어딘가에 숨어서 그녀를 돌보고 있었다.

어느 날 아침, 그녀가 일어나서 문을 열어보고는 놀랐다. 그녀의 문 앞에는 여우나 토끼가 아닌 다 자란 사슴이 있었다.

"아투, 봐봐 정말 엄청 크다!"

샤샤는 외쳤다. 아투는 신이 나서 문으로 달려가 사슴 사체의 냄새를 맡았다. 그는 맹렬한 속도로 꼬리를 흔들면서 사슴 주위를 이리저리 살폈다.

"이것을 어떻게 하지? 아투, 나 좀 도와줄래?"

샤샤는 아투에게 물었다. 아투는 흥분한 상태로 짖었다. 샤샤는 집 마당을 돌아다니며 받은 선물을 어떻게 해야 할지에 대해 골똘히 생각했다. 그녀는 먼저 큰 나뭇가지를 모았다. 그녀는 집으로 쏜살같이 들어갔다가 아빠의 벨트와 밧줄을 갖고 나왔다. 그녀는 서둘러 아투를 위해 임시로 멍에를 만들어 아투의 강한 목에 올려놓았다. 아투는 조금 불편해 보였지만 주인을 위해 가만히 있었다. 샤샤는 양쪽 멍에에 나뭇가지를 고정시켰다. 아투의 목뒤 두 개의 나뭇가지 사이에 그녀는 집 밖에 있던 큰 가죽을 설치했다. 그녀가 아투의 목에서 멍에를 제거하고 둘은 이제 사슴 위에 서 있었다.

몇 분간 둘은 만들어 놓은 가죽 해먹 위에 사슴의 몸이 놓일 때까지 모든 힘을 합쳐서 밀고 끌었다. 샤샤는 아투의 목과 어깨의 멍에를 다시 조였다. 아투가 뒤의 고기를 끌자 샤샤는 마을을 향해 걷기 시작했다. 둘은 마을에 다다를 때까지 나란히 걸었다. 샤샤가 만든 기구는 잘 버텼고 아투는 아직 활기차 있었다. 샤샤는 사슴을 윈프리드 아저씨에게 갖고 가기로 결정했다. 그는 샤샤가 마을 사람들 중 가장 좋아하는 상인이었고 좋은 사람이었다. 그는 항상 샤샤와 거래를 했고 항상 그녀에게 친절했다. 그는 또한 항상 따뜻하게 대해줬고 혹시 샤샤의 상황이 의심스러워도 그녀 앞에서 아무 내색을 하지 않았다. 샤샤가 윈프리드 아저씨네 가게에 들어갈 때 아투는 밖에 남아 있었다.

"안녕하세요? 윈프리드 아저씨!"

샤샤는 배는 여느 때보다 더 나오고 대머리 직전의 머리를 여전히 손질 안 한 상인에게 인사말을 건넸다.

"오 어서 와요 작은 아가씨 샤샤, 네가 방문하는 것은 항상 기쁜 일이구나. 한 동안 너를 못 봤는데 잘 지냈지?"

아저씨는 샤샤에게 안부를 물었고 샤샤는 그의 친절함과 진정한 염려를 고마워했다.

"저는 잘 지내요. 감사합니다."

"오늘은 뭘 도와줄까?"

윈프리드 아저씨가 물었다.

"오늘은 사슴을 팔러 왔어요."

그녀는 아투가 사슴과 기다리고 있는 창문 밖을 가리키며 대답했다.

"응, 그렇구나. 오늘은 친구가 같이 있네. 정말 멋지게 생긴 늑대이구나. 샤샤, 저리도 아름답게 생긴 늑대는 처음 보는걸!"

윈프리드 아저씨는 돌로 만든 건물의 작은 창문 밖을 내다보며 말했지만 그의 표정은 걱정이 가득했다. 그는 오늘 거래될 사슴보다 아투에게 더 신경이 쓰이는 것 같아 보였다.

"샤샤, 저 늑대를 마을로 데리고 오는 것은 좋은 생각이 아니란다."

그는 나지막한 소리로 말했다. 그는 계속 얘기를 이어 가기 전에 잠깐 멈췄다.

"예전이랑 많이 다르단다."

윈프리드 아저씨는 말을 이어가며 더 긴장하기 시작했다. 그는 진지한 표정으로 잠시 생각한 후 다음 말을 이어 갔다.

"마을 사람들이 공격당했던 그 날 저녁 이후로 밖에 나오는 것을 무서워한단다. 특히나 시체들 중 한 명은 그…, 그 물린 자국…."

샤샤는 무서움에 떨며 윈드프리 아저씨의 말을 들으면서 부모님이 공격당했던 그날 밤 생각이 떠올랐다. 그녀는 '그 몇 달 전에 알 수 없는 공포가 그들에게도 닥쳤겠구나'라고 생각했다.

윈프리드 아저씨의 목소리는 그녀가 공상에 사로잡히기 전에 샤샤를 구했다.

"저 친구를 마을사람들이 보면 매우 불안해 할 텐데. 우리는 마저 거래를 하고 저 야수를 보내자."

뚱뚱한 상인이 샤샤에게 말했다. 그는 사슴 값으로 금화 몇 개를 샤샤에게 건네줬다. 가격을 매우 좋게 쳐줬다. 아저씨는 그녀에게 금화를 건네주면서 손을 꽉 잡았다.

"샤샤, 혹시 필요한 것이 있으면 주저하지 말고 물어봐라."

아저씨는 샤샤를 진심으로 걱정해주었다.

"감사드려요 아저씨!"

샤샤는 대답했다.

"당연하지, 네 아버지를 위해 내가 할 수 있는 최소한의 일이다. 잘 가고 제발 무사하기를 바란다."

윈프리드 아저씨가 샤샤를 향해 걱정 어린 마음으로 인사를 했다.

샤샤는 나가면서 평소 습관대로 육포를 한 움큼 가득히 집었다. 그녀는 상점을 나와 조용히 기다리고 있는 아투에게 갔다.

"아투, 우리 지금 바로 떠나야 해."

샤샤는 늑대에게서 멍에를 풀었다. 그녀는 사슴 밑에 깔았던 가죽을 빼서 정사각형으로 접었다. 그녀는 가죽 덮개를 겨드랑이 밑에 넣고 나뭇가지는 놔두기로 결심했다. 그녀는 아빠의 벨트로 가죽을 고정시키고 집으로 향하는 길로 올라갔다. 그녀가 부지런히 오솔길을 따라 가는 동안 윈프리드 아저씨가 작은 창문에서 지켜보고 있다는 것을 느낄 수 있었다.

마을 끝에 다다랐을 때 그들은 길을 따라 걸어오는 중년 부부와 마주쳤다. 부부는 지나가면서 아투를 불쾌하고 경멸하는 눈으로 바라보았다. 그들이 지나간 후에도 샤샤는 둘이 귓속말을 하는 것을 들을 수 있었다. 샤샤는 마을사람들이 무서워지기 시작했고 자기와 아투에게 적대적일 수 있다는 생각에 두려웠다. 둘은 마을에 있는 동안 문제를 피하고 싶어 필사적으로 더 빨리 지나갔다.


그들이 마을과 충분히 안전한 거리를 두었을 때 샤샤는 큰 나무 밑에 앉았다가 집으로 가는 여행을 계속했다. 아투도 그녀 옆에 앉았다.

"오늘 도와줘서 고마웠어."

그녀는 주머니에서 육포 한 조각을 꺼내어 아투에게 마른 소고기 조각을 던져주며 말했다. 아투는 고기를 낚아챘고 그녀는 말을 이어갔다.

"자, 너를 위한 작은 선물이야."

그녀의 친구가 힘들게 일한 하루의 보상을 먹는 동안 그의 머리를 쓰다듬어줬다. 따뜻한 날이었다. 심지어 샤샤가 집이라고 부르는 언덕의 나라도 여름처럼 느껴지기 시작했다. 날씨를 즐기기 위해 산책을 하기로 했다.

"아투, 오늘은 나가서 베리를 줍자."

샤샤는 재충전된 목소리로 말했다. 그들은 집에 들러 짐을 놔두고 다시 나가려고 출발했다. 집에 다다르자 샤샤는 작은 밀짚 바구니에 육포와 빵을 챙겨 넣었다. 그들은 숲으로 행했다. 완벽한 하루였다. 숲속을 거니는 동안 바람에 나뭇잎은 살랑살랑 바스락 소리를 내고 따뜻한 바람이 샤샤의 긴 갈색 머리 사이로 불었다. 사방에 들꽃이 피었고 근처 개울은 산책과 동행하며 평화로운 음악처럼 흘러갔다.

둘은 여정 동안 다양한 종류의 베리를 찾았다. 바구니는 금세 딸기, 블루베리, 블랙베리 등으로 가득 찼다. 평화로운 하루를 보낸다는 기쁨에 취해 샤샤는 그들이 숲 안으로 얼마나 깊이 들어 온지 알아차리지 못했다. 샤샤는 마침내 자신이 의도했던 것보다 훨씬 집에서 떨어져 있다는 사실을 깨닫고 주위를 둘러보았다.

"아투, 우리 아무래도 집에서 너무 멀리 온 것 같아!"

살짝 긴장하며 말했다.

"날이 어두워지기 전에 집으로 돌아가야 해."

그들은 한 시간 동안 걸었고 해가 지기 시작했다. 잠시 후에 달빛이 저녁 하늘을 비췄다. 집으로 돌아가는 길에 그녀는 바구니를 보고는 풍성한 수확에 만족스러웠다.

"우리가 얼마나 많은 과일을 발견했는지 봐봐!"

샤샤는 아투를 쓰다듬으며 말했다. 그녀가 아투에게서 손을 내리자마자 갑자기 아투는 웅크리며 으르렁거리기 시작했다. 근처를 둘러보며 그의 감각은 날카로워졌다. 그는 마치 경쟁하는 포식자와 싸우는 듯한 자세를 취했다. 그의 흰 털은 등과 어깨 위로 바짝 서서 위협적인 모습을 더했다. 그의 금빛 눈은 길의 앞쪽에 꽂혔다.


"뭐야?"

샤샤는 앞에 놓인 것에 대해 걱정하기 시작했다. 곧바로 그녀의 물음에 대한 답을 얻었다. 나무 밑 그늘에서 늑대 떼가 나타났다. 여섯마리의 늑대는 샤샤와 아투를 에워쌌다. 늑대들은 회색이었고 대장 수컷은 그들 앞에 섰다. 그의 털은 숲과 비슷한 색으로 무리보다 더 진했다. 무리의 우두머리는 샤샤를 향해 슬금슬금 다가왔다. 그녀는 한 발짝 뒤로 물러났고 이내 등이 나무에 닿았다. 그녀는 시선은 늑대에게 고정한 채 천

천히 무릎을 낮췄다. 천천히 들고있던 바구니를 내려놓고 손을 뻗어 닿을
수 있는 가장 가까운 거리의 나뭇가지를 잡았다. 그녀는 방금 찾은 무기
를 들고 천천히 다시 일어섰다.

"아투, 우리 공경에 처한 것 같아."

그녀가 속삭였다. 아투는 시선을 그들을 둘러싸고 있는 모든 늑대들에
게 뒀지만 다른 늑대들보다 더 가까운 우두머리에게 집중했다. 샤샤는 아
투가 이 무리에 상대가 안 된다는 것을 알고 있었다. 그녀는 그들이 이번
위기에서 무사히 빠져나오지 못할 수도 있다는 것을 알았고 자신보다 아
투의 걱정이 앞섰다.

갑자기 무리의 우두머리가 샤샤를 향해 뛰어올랐다. 순식간에 아투는
허공으로 날아올라 어두운 늑대의 목덜미를 물었다. 그들은 달빛에 먼지
구름을 일으키며 땅에서 격렬하게 몸싸움을 벌였다. 야생동물들의 으르
렁 거리는 소리와 동물들이 서로를 물고 뜯는 소리로 밤의 정적이 깨졌다.


"그를 놔줘!"

샤샤가 소리 질렀다. 그녀가 들고 있던 나뭇가지를 아투와 싸우는 늑
대를 향해 휘두르기 시작했지만 그녀의 동작은 무리의 다른 늑대들 때문
에 방해를 받았다. 한 늑대가 그녀의 손목을 물었고 두 번째 늑대가 그녀
의 등 위로 올라타면서 그녀는 손과 무릎을 땅에 대고 넘어졌다. 완전히
땅으로 밀리기 전에 그녀는 늑대의 비명소리를 들었고 더 이상 늑대의
무게가 등에서 느껴지지 않았다. 그녀가 고개를 돌릴 틈도 없이 동물이
공중에 던져져서 빠른 속도로 덩치 큰 나무에 부딪히며 뼈가 으스러지는
소리가 들렸다. 샤샤가 정신을 차려보려고 노력하는 와중에 손목을 물던
다른 늑대가 없어졌다.

그녀는 무릎을 꿇은 채 돌아서 올려다 보았다.

"트라이언!"

그녀가 외쳤다.

"가까이 있어라!"

그는 차분하고 안정된 목소리로 말했다. 나머지 세 마리 늑대가 트라이언을 바로 공격했다. 첫 번째 늑대는 트라이언의 다리를 공격했지만 목덜미를 잡혀 숲의 어두운 곳으로 던져졌다. 늑대는 덩굴과 나뭇가지에 부딪혀 짧지만 고통스러운 울음소리를 냈다. 트라이언은 다음 공격을 준비하며 서 있었다. 샤샤는 그의 긴 머리, 모피 깃 그리고 밤바람에 날리는 가죽 코트를 보며 경이로움을 느꼈다.

또다른 늑대는 트라이언이 늑대 쪽을 바라보는 순간 그의 머리를 향해 뛰어올랐다. 트라이언은 오른손으로 늑대의 목을 잡았다. 늑대는 기침을 내뱉으며 몸부림쳤고 트라이언은 자세를 가다듬으면서 동물을 나머지 무리가 볼 수 있도록 밤하늘 높이 들어올렸다.

샤샤의 관심은 아투에게로 바뀌었고 그는 진회색의 상대를 이기고 있었다. 아투는 무리의 우두머리를 다시 한 번 공격할 준비하고 있었지만 그의 적은 후퇴하기 시작했다. 아투는 샤샤 옆으로 와 다시 싸울 준비를 했다. 나머지 늑대들은 아직 밤하늘 아래에서 자신들의 동료를 잡고 있는 트라이언을 주시하며 뒷걸음질 치기 시작했다.

트라이언의 손은 아직 늑대의 목을 꽉 잡고 있었고 샤샤는 그의 파란 눈에서 붉은색이 조금씩 번지는 것을 봤다. 지친 야수의 몸부림은 샤샤의 미스터리한 보호자의 힘을 더 이상 이기지 못하고 매우 약했다. 트라이언은 우두머리와 눈을 꼭 마주치도록 했다. 두 포식자는 서로의 눈을 깜박거리지도 않고 쳐다보고 있을 때 트라이언의 눈은 빨간색으로 빛나면서 마지막으로 오른손에 힘을 주었다. 그가 손에 잡고 있던 늑대는 소리

없이 축 쳐졌다. 부상 입은 무리는 두들겨 맞은 몸이 허용하는 한 재빨리 어둠속으로 후퇴했다. 조금만 더 머물러도 자기가 다음 차례라는 것을 본능적으로 알았다. 트라이언은 농부가 돼지에게 음식 찌꺼기를 던져주듯이 죽은 늑대를 아무렇지 않게 옆으로 던졌다. 생명이 더 이상 없는 동물은 둔탁한 쿵 소리를 내며 땅에 충돌했다.

샤샤는 웅크리고 앉아 아투를 살폈다.

"친구야, 괜찮아?"

샤샤는 물었다.

"어디 한 번 보자."

그녀는 손과 눈으로 그의 몸을 살피기 시작했다. 아투가 몇 군데 상처와 찰과상을 입었지만 경미한 상처여서 샤샤는 안도했다. 그녀는 꼬리를 흔드는 아투를 보며 미소를 지으면서 목을 끌어안았다.

아투는 금방 회복하는 것처럼 보였다. 아투의 회복능력은 샤샤가 동물세계에서 본 그 어떤 동물과도 달랐다. 아투는 최근 어둠의 늑대를 물리친 승리를 자랑스러워하며 오솔길 위에서 뽐냈다.

"다쳤니 샤샤?"

샤샤가 아투를 보고 있는데 그녀 뒤에서 트라이언의 목소리가 들렸다. 그런데 그 목소리는 샤샤가 예상했던 목소리 톤과는 사뭇 달랐다. 그의 무표정한 외모와는 매우 달리 그의 목소리에는 소녀를 향한 진심어린 걱정이 배어있었다. 샤샤는 안도하며 그를 올려다봤다. 그녀는 트라이언을 보는 것이 매우 기뻤다. 샤샤는 아무리 고귀한 아투가 옆에 있다 하더라도 그녀가 늑대 무리에서 살아남을 수 없었을 것이라는 것을 이해했다. 최근 전투로 인한 두려움이 샤샤를 사로잡기 시작했다. 그녀의 눈에서 눈물이 흐르기 시작하자 눈물을 참으며 트라이언에게 달려갔다. 그녀의 팔은 그의 허벅지를 꽉 잡았고 그녀의 머리 끝은 간신히 그의 엉덩이 쯤에 왔다.

트라이언은 어린 소녀가 다시 여유를 찾을 수 있도록 한동안 조용히 서 있었다. 결국 그는 다시 말을 꺼냈다.

"샤샤, 네 손목을 한번 살펴보자."

그는 한쪽 무릎을 꿇고 그녀의 팔과 손목을 잡았다. 그의 코트 밑의 검은색 셔츠를 조금 찢어서 그녀의 팔목을 감쌌다.

"많이 아플 것 같은데…."

트라이언은 샤샤를 향해 부드럽게 말했다.

"아주 조금이요."

샤샤가 대답하며 다치지 않은 팔로 눈물을 닦았다.

"저는 걱정하지 말고 아투가 심하게 다치지 않았는지 꼭 좀 봐주세요."

샤샤는 팔목의 통증을 숨기며 트라이언에게 도움을 구했다. 그녀는 그의 손에서 벗어나 다시 아투 옆으로 가려고 노력했다. 트라이언은 손을 놔주지 않고 계속 그녀의 상처를 살펴봤다.

"그는 매우 강한 늑대야. 괜찮을거야."

트라이언이 말하며 샤샤의 상처를 붕대로 잘 감은 후 말을 이어갔다.

"많이 늦었네. 집에 갈 준비 됐니?"

"네."

샤샤는 대답했다. 트라이언은 왼쪽 팔로 그녀를 안아 올렸다. 샤샤가 그의 목을 감싸고 그녀의 머리가 그의 어깨를 눌렀다. 트라이언은 샤샤의 집을 향해 걷기 시작했다. 그는 매우 빨리 걸어서 아투가 보조를 맞추기 위해 종종걸음으로 따라갔다. 몇 분 후 트라이언은 속도를 올렸다. 그는 어둠속에서 나무와 덤불 사이를 쉽지만 매우 빠르게 달리고 있었다.

샤샤가 밑을 내려다보니 아투가 그들을 따라잡기 위해 최선을 다해 달리고 있었다. 샤샤는 사람이 이렇게 빨리 달릴 수 있는지 몰랐다. 저녁의 일들로 인해 지친 샤샤는 트라이언의 품속에서 잠들기 시작했다. 그녀가 아빠 품에 안겼던 때를 떠올렸지만 지금은 무언가 매우 달랐다. 냄새가 매우 이상했다. 트라이언의 향기는 그녀가 최근 바닷가를 갔을 적에 어부가 마을을 지날 때 났던 바다 냄새를 떠올리게 했다.

집에 도착했을 때 샤샤는 피곤함으로 몸을 가누지 못했다. 집에 이렇게나 빨리 왔다는 것에 그녀는 놀랐다. 트라이언은 남은 손으로 샤샤의 침낭을 펼치고는 그녀를 내려놨다. 그녀를 내려놓으면서 그의 손은 그녀의 머리를 받쳐서 그녀의 작은 베개에 내려놓았다. 트라이언의 시선은 벽난로 쪽으로 향하며 밤을 지샐 불을 지피기 시작했다. 아투는 샤샤 옆에 자리를 잡고 누웠고 샤샤는 잠들어 버렸다. 샤샤는 밤새 가끔 잠결에 눈을 뜨곤 했다. 그녀는 트라이언이 불 옆에 앉아있는 것을 봤다. 피로와 불꽃의 빛으로 흐려진 그녀의 눈은 트라이언의 모습을 선명하게 보기 힘들었다. 그러나 그가 깨어 있었고 계속 앉아서 그녀를 지켜보고 있다는 것을 알 수 있었다.

"고마워요!"

샤샤는 이렇게 중얼거리고는 이내 깊은 잠에 빠져들었다.

# 05
# 늑대와 흡혈귀

샤샤가 아침에 일어나 침대에 앉아서 눈을 비볐다. 하품을 하며 스트레칭을 하고는 방을 재빨리 살폈다. 창문을 통해 들어오는 햇빛이 이미 늦은 아침이었음을 보고 그녀가 늦게까지 잤다는 것을 깨달았다. 그리고 그녀는 트라이언이 떠난 것을 알아차렸다. 아투도 막 잠에서 깨고 있었다. 그는 앞 다리는 얼굴 앞으로 내밀고 뒤 다리는 꼬리 끝 쪽까지 뒤로 뻗으며 스트레칭을 했다. 아투는 하품을 하며 아침인사로 쓰다듬어 달라고 샤샤에게 기대어 비볐다.

"좋은 아침이야 아투!"

샤샤는 친구를 꼬옥 안아줬다.

"괜찮아?"

그녀는 전 날의 모험에서 생긴 아투의 상처를 살펴보았다. 그녀는 아투의 왼쪽 앞다리에 붕대가 감겨 있는 것을 발견했다. 트라이언이 아투에게도 도움을 줬을 것이라고 생각했다. 샤샤가 침낭을 돌돌 말아서 벽에 대면서 트라이언에 대해 생각하기 시작했다. 트라이언은 그녀에게 너무 잘 대해주고 친절하게 대해줘서 샤샤는 그와 같은 친구가 있다는 것이

기뻤다. 그는 아무런 보답도 기대하지 않고 타협하지 않은 연민을 그녀에게 보여줬다.

다음 날 저녁, 트라이언의 방문으로 샤샤는 매우 기뻤다. 한 주가 지나가면서부터 트라이언은 매일 밤 집에 찾아오기 시작했다. 처음 방문했을 때는 특별히 주목할 만한 대화가 전혀 없었다. 트라이언은 샤샤의 상처가 잘 아물고 있다는 것을 확인하기 위해 방문하는 것 같았다. 그럼에도 샤샤는 함께 있을 수 있다는 것에 기뻐하며 둘 사이의 이상한 유대감은 더욱 강해져 갔다. 몇 주가 지나고 트라이언의 방문은 계속 이어졌는데 샤샤는 아투가 간혹 트라이언을 향해 으르렁거린다는 것을 알아차렸다.

어느 날 밤, 트라이언이 그녀의 팔목 붕대를 새로 감을 때 아투가 트라이언을 향해 으르렁거리는 것을 목격했다.
"아투, 이제 그만해. 트라이언은 우리의 친구잖아."
샤샤가 으르렁거리는 아투를 타일렀다.
"그냥 놔둬. 이 늑대는 나를 미워할 만한 이유가 있어."
트라이언은 샤샤의 말을 끊었다. 샤샤는 의아하다는 듯이 트라이언을 바라보았다. 그녀가 물어볼 질문을 생각하기도 전에 트라이언은 아투를 쳐다보다가 예전의 어떤 일을 생각하는 것처럼 불을 바라보았다.
"저 친구는 흰 늑대의 매우 희귀한 종이지만 그럼에도 불구하고 늑대는 늑대야. 나의 종족은 늑대의 적이야. 우리 종족은 다양한 늑대를 스포츠 삼아 사냥을 하는데 특히나 흰색 늑대는 귀중히 여기지. 저 친구에게는 안타깝게도 그 종이 멸종 직전까지 사냥을 당했어. 우리에게 늑대, 특히 흰 늑대를 사냥하고 죽이는 것은 명예 훈장과 같은 것이다."
트라이언은 이렇게 말하며 본인도 모르게 깃에 있는 털을 비볐다.

"사람을 사냥하는 게임보다 늑대를 사냥하는 것이 훨씬 도전적인 게임이야. 추적하기도 더 어렵고 교전 시에는 더 위험하지. 우리 부족에서 가장 뛰어난 사냥꾼들은 영웅으로 존경받아. 우리는 달빛이 비치는 밤에 말을 타고 나가서 늑대 사냥을 하곤 했지. 늑대들은 항상 용감하게 맞서 싸웠지만 보통은 우리의 사냥 그룹이 우세했어. 사냥 후, 동물의 가죽은 벗겨지고 그 털은 우리 무리 사이에서 지위의 상징이 되었단다."

트라이언은 자신의 행동을 알아차리고는 코트의 깃에서 손을 뗐다. 그는 샤샤를 내려다보았고 왜 아투가 자신에게 그리도 적개심을 보이는지에 대해 그녀가 이해했는지는 확실하지 않았다.


"얼마 전 어느 겨울 밤, 나는 오래된 친구 라루카스와 우리 사령관인 아파나세이가 지휘하는 사냥을 돕고 있었어."

"라루카스?"

샤샤는 물었다.

"라루카스."

트라이언은 대답했다.

"그는 나의 가장 오래된 친구이고 나의 곁에서 여러 해 같이 지냈어."

더 이상 질문할 필요 없이 트라이언은 계속했다.

"우리 둘 다 아주 어렸을 적에 양아버지가 라루카스를 데려왔지. 우리는 마치 전사 캠프의 형제처럼 함께 지내면서 자랐어. 불행히도 라루카스는 캠프에서 매우 가혹한 대우를 받았어. 나와 라루카스 같은 고아는 캠프에 있을 가치가 없다고 여겨졌어. 대부분의 전사들은 우리를 깔봤지. 그들은 자랑스러운 전사 가문 출신이고 우리는 유산이나 전통 같은 것이 없었기 때문에 우리를 보면 눈살을 찌푸렸지. 그럼에도 불구하고 라루카스는 캠프의 최고 어린 학생들 중 한 명으로 컸어."

"친구는 어떻게 생겼어요?"

샤샤가 물었다.

"라루카스는 나보다 키는 조금 작고 목까지 내려오는 웨이브의 옅은 갈색 머리를 하고 있단다. 그는 매우 파란 눈을 갖고 있어."

이렇게 대답하며 트라이언은 이야기를 이어 나갔다.

"사냥하는 날 그는 평상시 입는 옷을 입었어. 그는 평상시에 입는 검정 로브를 입었는데 그것은 복잡한 나뭇잎 모양의 금빛 테두리가 있어. 이 로브 위에 로마 군단 전통 양식의 검은 가슴받이를 걸치고 있었어. 그의 황금색 벨트는 허리춤에 걸려있었고 그는 검과 칼집을 잡고 있었어. 그가 밤새 말을 타면 그의 등 뒤에서 빨간색 망토는 우렁찬 소리를 내며 펄럭였지. 사냥을 나갈 때면 라루카스는 항상 자신이 제일 좋아하는 말을 데리고 나갔어. 그의 말은 목에 검정과 금색 장식을 둘렀고 숲속을 거닐 때면 쇠비늘 장식은 바람에 날리는 차임소리와 같이 아주 작은 소리를 냈어."

"오 이런! 그는 전사들이 가득한 캠프의 불쌍한 아이라기보다는 왕자처럼 들려요."

샤샤가 끼어들었다. 샤샤는 미소를 절반만 짓고는 트라이언의 이야기를 다시 방해하고 싶지 않아 멈췄다. 트라이언은 감탄하며 샤샤를 바라보았다. 사람들을 대하는 그녀의 마음은 매우 선했다. 더불어 그녀는 어린 소녀 치고는 매우 총명했는데 그 사실은 그의 새 친구의 독특함을 확인해줄 뿐이었다.

트라이언은 할 말을 매우 신중히 생각하며 샤샤에게 응답했다.

"라루카스는 해가 지나면서 상당한 야망이 생겼어. 그는 가끔 우리가 캠프에서 배운 겸손에 대해 잊어버리곤 했단다. 그는 이제 자신을 자랑스러워하며 적에게는 무자비했지. 그의 양손 검은 그의 지도력의 상위 진출을 막는 우리 부족민 몇몇을 제거했었어. 아무튼….”

트라이언은 계속 얘기를 하기 시작했다.

“우리를 이끄는 아파나세이와 사냥을 나간 날이었어. 아파나세이는 검은색의 긴 웨이브 머리인데 머리를 뒤로 묶었고 그는 고령인 얼굴에 눈은 깊고 갈색이었지. 네가 라루카스의 복장을 좋아했다면 아파나세이의 제왕 같은 모습에 감탄했을 거야. 그의 바깥 튜닉은 전신을 덮는 검은색에 금빛 장식이 있었지. 튜닉은 그의 몸통 전체와 다리까지 덮었고 그 밑에는 팔 쪽에서 보이는 빨간색의 튜닉과 로브를 입었지. 빨간 부분에는 금색 실로 복잡한 문양들이 새겨져 있었고 튜닉은 보호를 위해서 패딩이 되어 있었으며 팔꿈치 바로 위에는 여우 털이 있었어. 팔꿈치에서 손목까지는 짙은 암전색의 셔츠였는데 몸에 딱 붙었어. 그는 검정 벨트를 매고 크고 곧은 칼을 허리춤에 찼어. 라루카스와 비슷하게 그 또한 빨간색 망토를 입었지만 라루카스의 것은 그의 갑옷에 연결했다면 아파나세이의 것은 목과 어깨에서 이어지는 목 부근의 큰 깃에 묶여 있었단다. 우리 셋은 최근 우리 종족 몇 명을 죽인 늑대 무리를 사냥하러 숲속을 뒤지고 있었어. 늑대 무리의 흔적을 찾았는데 매우 희귀한 흰 늑대 무리와 마주쳤지. 우리는 세 마리의 어른 늑대와 두 마리의 새끼를 보았어. 우리는 늑대를 계속 지켜보며 밤까지 그들을 쫓았어. 아파나세이가 사냥에 앞장서고 늑대들과 안전한 거리를 두고 쫓아갔지. 아파나세이가 공격을 시작하면 늑대들이 도망가지 못하도록 라루카스와 나는 말을 타고 앞으로 나아가서 측면에 자리를 잡았어. 아파나세이는 우리가 자리를 잡는데 충분한 시간을 준 후, 늑대들을 향해 전진하기 시작했어. 이제 거대한 흰 늑대 무리는 먹잇감이었지. 아파나세이는 말을 타고 가까이 다가가서더니 무리를 향해 돌진했어. 동물들은 빨리 움직여서 두 어른은 새끼들을 입에 물고 아파나세이의 돌격을 피하면서 우두머리를 따랐지. 아파나세이의 흰 말이 숲의 울창한 부분을 지나기 어려워하는 가운데 늑대들은 매우 빨랐고 아파나세이를 조금씩 따돌리기 시작했어. 늑대들이 탈출을 시도하는 동안 그들은 자신도 모르게 라루카스가 위치한 곳을 향해 질주했지. 그들이 다가오자 라루카스는 말에서 내려 검을 뺐어. 라루카스는 무리 바로 앞으로 뛰어들어 우두머리를 향해 검을 내려찍어 고귀한 동물은 그 자리에서 즉사했어. 그는 다음으로 지나가려던 암컷 늑대의 뒷다리를 잡았지. 그녀는 새끼를 떨어트리고 바로 라루카스를 물려고 몸을 틀었어. 다른 암컷도 자신의 새끼를 떨어트리고 라루카스 공격에 가담했어. 두 새끼들은 엄마들이 라루카스를 공격하는 것을 지켜보았지. 두 늑대가 그의 로브와 망토를 물고 늘어질 때 라루카스는 자유로운 한쪽 팔로 한 늑대의 등을 검으로 내리찍었어. 아파나세이가 북쪽에서 현장으로 재빠르게 올 때 나는 동쪽에서 전투가 있는 곳으로 향했단다. 그의 신경은 마지막 남은 늑대를 향해 있었고 라루카스는 계속 싸웠지. 늑대는 빠르게 움직였어. 라루카스는 발을 헛디뎠고 암컷 늑대는 내 친구의 목을 물 것 같았지. 나는 자칫 시간에 맞춰 도착하지 못할 까봐 걱정되어 라루카스를 향해 쏜살같이 달렸지. 마지막 순간 화살이 늑대의 머리를 적중하면서 그녀의 죽은 몸이 라루카스에게서 튕겨져 나갔어. 내가 고개를 들어보니 아파나세이가 말에 걸어 놓은 활을 사용한 것이었어. 두 마리 새끼늑대는 본능적으로 도망쳤어. 아파나세이는 활을 한 개 더 뽑아서 쐈단다. 활이 첫 번째 새끼 몸 중앙에 맞자 새끼는 울부짖으며 땅에 떨어졌어. 아파나세이는 재빠르게 활을 하나 더 뽑아 미소를 지으면서 마지막 새끼를 향해 쐈지. 그러나 활은 동물을 피해갔고 새끼 늑대는 숲의 어둠 속으로 사라졌어. 아파나세이는 자기가 사냥감을 놓쳤을지 모른다는 사실에 놀라 미소는 금세 사라졌고 잠시 말 위에 앉아 있었어. 내가 도착할 무렵 그는 말에서 내려와서는 라루카스를 일으켜 세웠어. 나는 라루카스가 지치고 멍든 것을 알아차렸지만 괜찮을 것이라고 확신했지. 나는 아파나세이에게 말을 걸었어. '주인님이 놓친 새끼를 제가 따라갈까요?' 아파나세이는 나를 노려보고는 자신만만한 목소리로 '내 친구 트라이언, 네가 잘못 본 것 같군. 나는 활로 그 새끼를 맞췄어. 네가 원한다면 숲으로 들어가 사체를 직접 확인하도록 해. 나는 나의 동지가 말에 오르는 걸 도와줄 테니 말이야. 오 대단한 트라이언, 부상당한 새끼를 해치우는데 도움이 필요하다면 모를까 우리는 집으로 향하겠네'. 아파나세이는 시선을 라루카스를 향해 돌리면서 교활하게 미소를 지었지. '저는 잠시 후에 합류하겠습니다. 외람된 말씀이지만 이 늑대들은 우리 종족에게 너무 위험한데 확인 없이 죽었다고 단정할 수 없습니다'라고 나는 아파나세이에게 말했어. '알겠다' 아파나세이는 나에게 여전히 등을 보이며 부드럽게 대답했어. 나는 숲으로 들어갔고 여기 있는 아투의 뒷다리가 아파나세이가 쏜 화살에 맞은 것을 확인했지. 그 늑대 새끼는 마지막 숨을 거둘 때까지 나와 싸우려고 덤볐지. 나는 그의 용기를 보고 감명을 받았고 이 용감한 고아가 너의 완벽한 동반자가 될 것이라는 생각이 들었단다."

샤샤는 트라이언의 이야기를 듣더니 울기 시작했다.
"불쌍한 아투, 너도 나처럼 가족을 잃었구나."
샤샤는 이렇게 말하며 울었다. 트라이언은 샤샤가 뜻밖의 눈물을 보이자 어떻게 행동해야 할지 몰라서 아무 말도 하지 않았다.
"더 알고 싶은 것이 있니?"
트라이언은 물었지만 샤샤가 무엇을 물어볼지 몰라 긴장했다.
샤샤는 집중하면서 이마를 찌푸렸다. 그녀는 열심히 생각했지만 머리 속은 그녀의 어린 상상력으로 가득 찬 질문과 풀어야 할 미스터리로 가득했다. 마침내 그녀는 불쑥 말했다.

"먹는 것 중에서 무얼 좋아해요?"

트라이언은 이 질문으로 인해 매우 놀랐고 샤샤는 그의 어리둥절한 표정을 눈치챘다.

"먹는 것?"

트라이언은 부드럽게 물어봤다.

"내가 저녁 만들어 주고 싶어서 그래요."

샤샤는 웃으면서 대답했다. 트라이언의 얼굴은 그의 보통의 평범한 눈매로 돌아왔다.

"제가 뭘 잘못 말했나요?"

샤샤는 트라이언의 무언의 응답에 재빨리 질문했다.

"죄송해요, 기분 나쁘게 할 생각은 없었어요."

"아니다."

그는 조용히 대답했다.

"샤샤!"

그는 말을 이어 나갔다.

"네가 질문하기 두려운 것은 알지만 나는 더 이상 너에게 숨길 수가 없다."

샤샤의 얼굴은 걱정하기 시작했다.

"너의 부모님이…. 그 날 밤을 기억하니?"

트라이언이 말을 시작했지만 다음 문장에 대한 반응이 어떨지 몰라 잠간 멈췄다.

"내 종족과 내가 너의 부모님의 죽음에 책임이 있다."

# 06
## 결속을 다지다

샤샤는 바닥에 앉아 뒤에 기대어 있었는데 눈이 휘둥그레졌다.

"그…그렇군요."

그녀는 말했다.

"그렇지만 당신이 죽인 것은 아니잖아요. 당신은 집에 들어와서 나를 보호해 줬잖아요. 무슨 말을 하는 거예요?"

트라이언은 자기가 무슨 말을 해야 할지 생각을 해보고 응답했다.

"샤샤, 너는 이 세상에 대해 모르는 부분이 많단다. 이해가 안가는 부분도 많을 것이다. 네 순수함과 젊음이 우리 주위의 매우 끔찍한 진실로부터 너를 보호해 줄 거야. 네가 조금 더 큰 다음에야 너는 이해할 것이다. 그리고 이해를 하면 너는 나의 종족과 나를 미워할 것이다."

트라이언은 자신이 한 얘기에 대해 잠시 동안 생각하더니 떠나야겠다는 생각에 일어섰다.

"기다려봐요! 내가 어려서 아직 이해 못하는 것들이 있다는 것을 알겠어요."

트라이언이 문 쪽으로 가자 샤샤가 외쳤다. 그녀는 잠깐 멈춘 뒤, 엄마가 자주 그녀에게 해주던 말이 기억났다. '모든 생물은 태어나는 순간부터 사랑받고 연민을 받을 만하다. 이 규칙을 따라가기만 한다면 모든 것이 괜찮을 것이다'라고.

"트라이언, 나는 당신을 사랑해요. 당신은 나를 구해줬고 그 때문에 나는 당신을 진심으로 사랑해요."

샤샤는 생각을 정리한 뒤 말했다. 트라이언은 소녀에게서 충격을 받았다. 그는 그녀에게 매료 당한 듯이 그녀를 내려다보았다. '이 소녀는 뭐지?'라고 트라이언은 생각했다. 그녀에게 두려움은 없었고 그녀의 마음은 그가 본 중에 가장 순수했다. 트라이언은 본인의 존재가 이 소녀를 위함이 아닌가 하는 생각이 들었다. 그의 아버지 보이안이 예견했듯이 어쩌면 '그녀가 그에게 방향과 목적을 제공할 수 있을 것이다'라고.

"너는 참 신기하구나."

그는 말했다.

"나는 많은 곳을 가봤고 수많은 전투를 해봤지만, 너는 내가 본 중에 가장 용감하면서도 가장 아름답고 작은 사람이란다."

샤샤는 대답으로 웃었다.

"언젠가는 네가 더 크면 분명 너는 나에 대한 생각이 바뀔 것이다. 이 사실은 바꿀 수가 없구나. 그렇지만 어떤 일이 있더라도 너는 두려울 것이 없고, 나는 너를 헤치지 않을 것이라는 것을 꼭 기억했으면 좋겠구나."

트라이언은 밖의 어둠 속으로 나갔다. 샤샤는 문에 서 있었고 바람에 갈색 머리가 살랑거렸다.

"돌아와서 너와 함께 식사하겠다."

샤샤는 트라이언이 어둠 속으로 희미해지며 내 뱉은 그의 목소리를 들었다. 그녀는 트라이언이 돌아올 것이라는 생각에 기뻤다. 그녀는 그들이 시작한 이야기에 위안을 받았고 과거 어느 때보다도 트라이언이 가깝게 느껴졌다.

그녀는 그녀의 부모님을 그리워했지만 트라이언의 동족이 한 일에 대해 트라이언을 원망하지는 않았다. 그녀는 문을 닫고 집 안으로 들어오는데 얼굴에 웃음이 가득했다.

"아투, 우리 가족에 새로운 멤버가 생겼어!"

그녀는 아투를 불렀고 아투는 몸을 돌려 꼬리를 내리며 다시 트라이언에 대한 불신을 드러냈다. 샤샤는 허리를 굽혀 아투를 쳐다보았다.

"그에게 조금만 친절하게 대해줘라."

샤샤는 엄마가 아이에게 말하듯이 아투를 타일렀다.

"나를 위해서 해줘, 부탁이야."

샤샤는 이렇게 말하며 아투를 꼭 껴안았다.

# **07**
## 식 사

그 다음 주 매일 저녁 샤샤는 트라이언이 오기만을 기다리며 준비했다. 삼 일째 되는 날 밤, 그녀는 노크 소리를 들었다.

"트라이언!"

그녀는 문으로 달려가면서 소리쳤다. 그녀가 문을 열었을 때 트라이언이 서 있는 것을 보았다. 그녀는 흥분을 가라앉히지 못하고 그의 손을 잡고는 집 안으로 끌어당겼다.

트라이언은 들어와서는 식탁의 세팅과 중앙에 놓인 싱싱한 꽃을 보았다.

"샤샤, 꽃이 정말 아름답다."

트라이언은 최대한 밝은 톤으로 말하려고 애썼다. 트라이언이 다정하려고 하는 시도는 어색했지만 샤샤는 그의 노력에 감사하며 미소를 지었다.

"고마워요. 이 데이지는 내가 제일 좋아하는 꽃이에요."

샤샤가 대답했다.

"여기서 멀지 않은 목초지에서 자라요."

트라이언은 식탁의 의자들 중에 하나를 골라 앉았다. 샤샤는 감자, 스프 그리고 물을 준비해 놨다. 그녀는 트라이언 옆의 의자에 앉아서는 트라이언의 저녁식사에 대한 반응을 보기 위해 그의 눈을 쳐다봤다. 아투는 식탁 밑에 앉아 작은 나무 그릇에 놓인 음식 찌꺼기를 먹고 있었다. 트라이언은 준비된 음식을 보며 생각에 잠겼다. 그는 잊고 지내던 내면의 따뜻함을 느끼면서 먹기 시작했다. 그것은 음식으로 인한 따뜻함이 아닌 영혼으로부터 오는 따뜻함이었다. 그는 한 번이라도 마지막으로 언제 이렇게 평화롭게 앉아서 먹었는지 기억할 수 없었다. 그는 왜 샤샤를 그리도 많이 생각하고 보살피게 되었는지 이성적으로 설명하기 힘들었다.

트라이언은 새로운 동반자와 시간을 보내는 것을 즐거워했다. 그는 무슨 이유에서인지 이해할 수 없는 이유로 그녀에게 이끌렸다. 몇 년 만에 처음으로 그는 인간의 본능을 믿고 이 금빛 눈동자를 한 소녀에게 마음을 열었다. 그는 그녀가 희망과 목적을 준 것이라고 결론지었다. 그는 이 소녀를 보호하기 위해 가능한 모든 것을 하겠다고 맹세했다.

"스프 어때요? 맛있어요?"

샤샤는 트라이언을 생각에서 얼른 돌아오게 하면서 물었다. 트라이언은 평소 유지하던 딱딱한 표정으로 식사를 하고 있다는 것을 깨달았다. 불쾌해 보이고 싶지 않은 그는 샤샤에게 비록 입은 닫힌 작은 미소일지라도 그가 만들어 낼 수 있는 최고의 미소를 지어보면서 스프가 맛있다고 얘기를 했다.

"정말 맛있다!"

트라이언의 대답에 샤샤는 자랑스러운 미소를 내보였다. 트라이언은 몇 분 동안 조용히 식사를 했다. 샤샤는 그녀도 먹어야 하는 욕구를 무시한 체 그를 뚫어져라 쳐다보면서 계속 웃고 있었다. 마침내 트라이언은 손으로 그녀의 접시를 가리켰다. 그녀는 천천히 먹기 시작했지만 여전히 모든 신경은 트라이언의 반응에 쏠려 있었다.

"나에 대해 궁금한 것이 있구나?"

그는 몇 번 더 먹더니 들고 있던 숟가락을 내려놓고 샤샤에게 물었다. 샤샤는 잠시 씹는 것을 멈추었고 그녀의 입은 마치 다람쥐가 가을 수확을 입속으로 모은 것처럼 꽉 차 있었다. 잠시 뜸을 들인 후, 그녀는 음식을 마저 씹어 삼켰다.

샤샤는 작은 코를 찡그리며 잠시 생각하다가 말을 꺼냈다.

"트라이언, 가족이 있어요? 어디 출신이에요?"

그녀는 조심스럽게 질문하지만 진중했다. 그녀는 그의 대답을 기다리는 동안 기대감에 반짝였다. 샤샤는 이제 트라이언의 차갑고 감정 없는 표정에 익숙해져 있었다. 그의 거친 겉모습은 그녀를 불편하게 하거나 위협적이지 않았다.


샤샤는 무슨 생각을 하고 있는지 혹은 어떤 느낌인지를 알 수 없는데서 오는 당혹감을 그에게서 느꼈다. 그것이 그녀를 많이 화나게 하지는 않았지만 그녀는 가끔 아투가 평상시에 트라이언 보다 더 감정적이고 활기차다는 것이 약간 재미있다고 생각했다. 그러나 그녀는 그 둘 모두가 그녀를 많이 아낀다는 것을 알고 있었다. 그녀도 그들을 사랑하고 그들의 우정을 소중히 생각했다.

"그래서… 가족이 있어요?"

그녀는 재차 물어봤고 트라이언은 소녀에게 어떻게 대답해야 가장 좋을지를 생각했다.

# 08
# 트라이언의 이야기

트라이언은 물을 한번 마시고는 가능한 한 가장 편안한 목소리로 이야기를 시작했다.

"나는 많은 사람들에게 다키아라고 알려진 땅에서 왔어. 그 곳에 사는 사람들은 알데알이라고 부르기도 하지만 어떤 사람들은 트란실바니아라고 부르기도 하지. 내가 매우 어린 나이였을 때 부모님이 돌아가셨는데 이제는 그들의 얼굴도 생각나지가 않아. 나는 네 살에 고아가 되어 숲과 마을을 돌아다니며 음식을 찾아 나서거나 살아남는데 꼭 필요한 물건들을 훔쳤어. 내가 여섯 살이었던 어느 날 밤, 나는 들판에 진을 친 몇몇 병사들과 마주쳤는데 나는 그들에게서 빵을 훔치기로 결심했지. 내가 빵을 들고 야영지 불을 지나가고 있는데 순찰하는 보초 한 쌍의 눈에 띄었어. 경비 한 명이 내 셔츠의 멱살을 잡았고 나를 욕하면서 땅에 내동댕이쳤어. 그의 파트너는 나의 배를 몇 번 발로 차고는 내가 발버둥 칠 때 내 뒤에서 팔을 잡아 나를 일으켜 세웠지. 나는 잡혀 있었고 그의 파트너는 검을 휘둘렀어. 나는 움직이지 못했어. 병사는 검을 뽑았고 그의 칼이 나를 향해 내려오고 있을 때 죽을 각오를 했지. 그리고는 커다란 챙 소리와 함께 금속 덩어리가 또 다른 금속 덩어리와 부딪히는 소리가 났어. 검은 다른 검에 의해 멈췄고 밝은 빨간색 불꽃이 내 얼굴을 스쳐 지나갔어. 나는 방금 나를 구해준 사람을 올려다보았어. 근육질의 가슴이 넓고 누더기 같은 검은색 머리와 지저분한 수염을 가진 남자였어. 그는 팔과 정강이에 가죽벤드를 두르고 그것을 가죽 끈으로 묶었고 갈색 가죽조끼는 목에서부터 그의 무릎까지 덮었어. 그는 간단한 가죽 벨트와 띠를 입고 있었고 등에는 칼집을 이고 다녔지. 그의 어깨 위에는 두 개의 갑옷 판이 자리 잡아 있었고 그는 보통 야만인처럼 보였지만 그의 행동은 흔한 군인이 아니라는 것을 보여줬지. 보초들의 반응을 보더라도 그는 존경을 받고 두려워해야 할 사람이라는 것을 알 수 있었어. 사나운 머리의 전사는 자신의 경비병들에게 말했어. '이제 우리는 아이들도 죽이는 건가, 제군들?' 그의 목소리는 매우 허스키하고 낮았어. '아닙니다, 우리는 이 아이가 저희 경비를 위한 빵을 훔치는 것을 잡았습니다'라고 한 경비가 두려움에 떠는 목소리로 대답했어. '이 아이가 우리의 진영을 뚫고 들어올 만큼 용감하다면 차후에 우리와 전투에서 함께 싸울 만큼 용맹하지 않겠나? 그를 내 숙소로 데려가라. 내가 순찰을 마치면 아이와 얘기하겠다'라고 우두머리가 말했어. '네 알겠습니다 보이안 경.' 경비병은 대답을 한 후 나를 그의 사령관의 텐트로 데려갔지. 나는 내 운명이 어떻게 될지에 대해 어떠한 확신도 하지 못한 채 텐트에 잠시 앉아 있었어. 나는 보이안이 나를 경비병들로부터 살려준 것에 대해 마음을 바꾸지 않았기를 바랬어. 전사들의 리더이면서 나의 예상하지 못한 구세주 보이안은 고기와 빵이 올려진 접시를 들고 텐트로 들어왔어. '자 여깄다. 애야 먹어라'라고 말하며 내 맞은편에 앉기 전에 접시를 나에게 건네어 주었어. 몇 년 만에 처음으로 나는 미소를 지었어….”

트라이언은 샤샤에게 밤이 깊어지도록 여러 가지 이야기를 들려줬다.

샤샤의 머리는 걸걸한 보이안이 트라이언을 기르는 이미지로 가득 찼다. 그녀는 그가 캠프 내에서 젊은 남자로 자라나는 것을 상상했고 이야기에 귀 기울였다.

한 이야기는 젊은 트라이언이 전사들을 위해 벨트와 검을 들고 캠프를 뛰어다니는 이야기였다. 그때 십대 소년이었던 그는 검은 수염을 기르고 가죽 옷을 입은 큰 전사에게 넓은 검을 가져갔다.

"그래, 네가 보이드 경이 가장 예뻐하는 애완동물이구나, 응?"

덩치 큰 야수는 검을 들어 올리며 말했다.

"너는 불쌍한 도둑 고아일 뿐인데 나는 그가 너의 어떤 면을 봤는지 모르겠다. 너는 여기 어울리지 않아. 영주는 출산 때 죽은 부인과 아들에 대한 슬픔 때문에 너 같은 고아를 보고 잠시 약해졌던 것뿐이야. 보이안의 앞을 절대 막지 말아라 이 비참한 것아!"

이렇게 얘기 후 일어나서는 아이를 밀쳐 넘어뜨리고는 자신의 말을 향해 걸어갔다.

그날 밤 트라이언은 그의 아버지의 텐트를 찾아갔다.

"얘기 좀 할 수 있을까요?"

"그럼, 무슨 고민이 있나 보구나. 무슨 일이니? 아들아."

보이안은 거친 외모와는 날카롭게 대비되는 자상한 목소리로 물었다. 트라이언은 바닥을 쳐다보다가 입구로 나가 밤하늘의 별을 바라보았다. 그는 젊은 남자가 되어가고 있었다. 탄탄한 몸, 긴 머리와 젊은 얼굴이지만 이미 평생 남을 딱딱한 외모가 보이기 시작했다. 잠시 후 그는 보이안을 향해 서서 물었다.

"아버지, 저는 왜 여기 있나요?"

"무슨 얘기냐? 그런건 왜 물어보느냐?"

보이안은 걱정스러운 톤으로 대답했다. 그는 젊은 트라이언에게 다가

가며 그의 어깨에 팔을 올렸다.

"여기서의 제 위치를 모르겠습니다. 매일 훈련을 하고 여기 있는 남자들의 반보다 전투를 더 잘 합니다. 왜 제가 아버지와 다른 사람들과 함께 전투하러 못 갑니까? 다른 남자들은 아버지가 저를 이리도 보호하니까 약하다고 생각합니다."

트라이언이 대답했다.

"아들아, 이 세상은 전투에 나가는 것 이상의 것이 있다. 누군가는 우리 민족의 야만적인 방식을 뛰어 넘어야 하지 않겠느냐. 우리 민족에게 가장 좋은 미래를 보여주기 위해서는 더 높은 수준의 문명과 행동을 받아들여야 한다. 나보다 현명한 지도자만이 보여줄 수 있는 변화, 그 사람이 바로 너란다. 너는 타고난 리더이고 네가 바로 우리에게 그 변화를 가져다줄 수 있다. 그렇게 하기 위해서는 아들아, 나를 대신할 만큼 오래 살아있어야 한다."

"왜 저인가요 아버지?"

트라이언은 물었다.

"저는 처음부터 있던 일원도 아니지 않습니까."

"바로 그 이유 때문이란다. 그래서 변화를 줄 수 있는 가장 완벽한 후보인 것이다."

보이안은 대답했다.

"이 세상의 모든 어둠을 이겨낼 수 있는 완벽한 남자다."

트라이언이 이 특정 이야기를 마치자 그는 마음속의 야만인이 가득한 전쟁터에서 벗어나 시골에 있는 샤샤의 집이 있는 현재로 돌아왔다.


"세상의 모든 어둠으로부터….”

트라이언은 속삭이듯이 되풀이했다.

"뭐라고 했어요?"

샤샤가 부드럽게 물었다.

"아무것도 아니다."

트라이언이 대답했다.

"그래서 트라이언, 아버지가 매우 자상하고 좋은 분 같이 보이던데요. 캠프에서 친구들은 있었어요?"

샤샤가 물었다.

"캠프에서 내가 예전에 이야기해줬던 나의 가장 친한 라루카스와 함께 자랐어."

트라이언이 대답했다.

"우리는 열두 살 때 처음 만나서 둘 다 아버지와 함께 훈련을 했어. 우리가 처음 만난 날 이 집 밖에 있던 자가 라루카스였어. 네가 얘기한 나를 부르는 소리를 들었다는 사람이 바로 그자란다."

"그날 밤 그가 나를 무섭게 만들었어요."

샤샤는 매우 심각하게 얘기했다.

"그의 목소리는 매우 차가웠어요. 당신을 위하는 것처럼 그를 위하지는 못할 것 같아요."

트라이언은 희미한 미소를 지으며 샤샤를 훑어보았다. 웃긴 상황이 아니었지만 그녀의 표정과 진지함이 트라이언을 웃음 짓게 만들었다.

"라루카스는 내 유년시절의 유일한 연결고리야."

트라이언은 말했다.

"그런데 아버지는 어떻게 됐어요? 지금 어디 계세요?"

샤샤는 물었다.

"그는… 전투에서 돌아가셨어."

"정말 죄송해요."

샤샤는 놀라서 입을 손으로 가렸다.

"괜찮아. 그는 내 품 안에서 평안하게 잠드셨단다."

트라이언은 안심하는 목소리로 말했다.


트라이언은 샤샤가 눈을 비비는 것을 알아차렸다. 시간은 늦었고 그녀는 피곤해했다.

"이제 내가 떠나야 할 시간이구나."

"아니에요, 조금만 더 있다 가세요."

샤샤가 애원했다.

"다른 모험은 없었어요? 전투 같은 거요?"

그녀가 말을 이어갔다.

"전투는 모험이 아니란다. 모험이라기보다는 공포에 가깝지."

그는 대답했다.

"내가 열세 살 때 아버지 말을 거역하고 캠프를 빠져나간 적이 있었다. 나는 그들이 내가 따라가는 것을 눈치 채지 못하도록 남자들과 멀리 떨어져서 움직였지. 전투장에 도착했을 때는 충격 그 자체였단다. 깃발과 북이 있고 영광만이 있는 것이 아니었어. 혼돈과 고통 그리고 아픔뿐이었어. 땅에는 양쪽 전사들이 여러 형태로 절단된 상태로 흩어져 있었어. 죽어가는 사람들은 전우들의 몸 위를 기어가며 죽음을 만나기 전에 어떠한 탈출구라도 찾고 있었고, 고통에 차 있는 사람들의 소리와 골짜기를 가득 채운 악취가 너무 끔찍해서 잊을 수가 없었단다. 나는 나의 감각이 압도되어 나의 마음이 아버지에게로 옮겨간 것을 기억해. 난 그의 흔적을 찾기 위해 들판을 둘러볼 때 잠시 공포로 마비되었단다. 결국 저 멀리 아버지의 익숙한 실루엣이 보였어. 그는 많은 적병들로부터 공격을 받고 있었어. 그는 적들을 계속해서 쓰러뜨렸지만 더 많은 적들과 맞닥뜨릴 뿐이었지. 난 내 발치에 있는 죽은 전사들 중 한 명에 꽂혀 있던 검을 움켜쥐고 아버지를 도와 드리기 위해 지평선을 향해 달려갔단다. 내가 가까이 다다랐을 때는 오직 두 명의 적만이 남아있었어. 아버지는 한 야만인에게 동그란 헬멧을 들고 내려찍고 있었어. 그의 뒤에는 길고 붉은 머리에 붉은 수염의 덩치 큰 야만인이 무거운 양손 검을 들고 공격할 준비를 하고 있었어. 나는 아직도 그의 머리에 달린 헬멧을 덮은 멧돼지 머리로 만든 머리 장식 밖으로 보이는 그의 눈을 기억한단다. 나는 그 짐승 쪽으로 힘껏 달려가서는 '아버지, 뒤요!'라고 외쳤어. 내가 온 힘을 다해 그의 등 아래쪽에 탈을 꽂자 아버지는 돌면서 공격자의 목을 베었지. 나는 아직도 커다란 붉은 수염의 머리가 멧돼지 머리 장식에 가려진 채로 땅에 떨어진 것을 기억하고 있단다. 나는 숨이 찼고 내가 맛본 첫 전투의 맛이었어. 나는 행복하지도, 슬프지도, 자랑스럽지도 않았어. 내가 유일하게 느낀 것은 아버지가 무사하다는 압도적인 안도감이었어. 우리 쪽 병사들은 승리를 거두었지만 아버지는 남은 결투 동안 나와의 대화를 거절했어. 전투가 끝난 후 아버지는 내가 그에게 불복했다고 질책하셨어. 그는 '이 곳은 아직 네가 있을 곳이 아니란다! 아직…'이라며 소리쳤지. 우리는 말없이 몇 시간을 걸었어. 아버지는 속도를 늦추고는 내 손위에 그의 손을 올리며 작은 한숨을 내쉬었단다. '아들아, 오늘 늙은 애비를 살린 것은 매우 용감한 행동이었고 너무 고맙구나. 그러나 너는 내가 해결할 수 있고 전쟁은 내가 있어야 할 곳이라는 것을 잘 이해해야 한다. 그리고 시간이 되면 내가 죽어야 할 곳이기도 하겠지. 이 곳은 너를 위한 곳이 아니다. 특히나 지금 너의 삶에 있어서 지금은 아니다.' 나는 그의 허스키하고 낮지만 부드러운 톤의 목소리를 기억했어. 우리는 서로를 존중하며 바라보았지. 아버지 대 아들."

"당신의 아버지는 멋진 사람 같아요. 내가 우리 아빠를 그리워하듯 당신도 아버지가 그립겠어요."

샤샤가 참견했다.


"그와의 가장 애틋한 추억은 전쟁터에서의 기억이에요?"

"아니다 샤샤!"

그는 빠르게 대답했다.

"아버지에 대한 가장 좋은 기억은 나의 첫 전투 일 년 후에 있었던 일이야. 우리는 단 둘이서 캠프에서 말을 타고 출발했어. 우리는 몇 일 동안 그 땅을 여행했지. 우리는 정말 많은 것에 대해 얘기했어. 서로의 감정, 생각 그리고 꿈에 대해 논의했지. 그리고 나흘째 되는 날 우리는 목적지에 도착했어. 우리가 도착했을 때는 밤이었고 익숙하지 않은 소리들이 들려왔어. 익숙하지만 부드러운 천둥과 같이 평화로운 소리였지. 우리는 어둠 속에서 큰 절벽 꼭대기에 서 있었어. 그때 해가 뜨기 시작했는데, 내가 본 것 중에 정말 가장 아름다운 것이었단다. 태양은 절벽 위 우리 횃불 밑에 있는 거대한 바다를 드러내 보였어. 우리는 파도가 우리 아래 있는 바위에 부딪히는 모습을 지켜봤어. 바다와 그 소금기 많은 물은 매우 독특한 냄새를 갖고 있는데 아버지와 나는 바위가 많은 해변 쪽으로 내려가 말을 묶고 모래밭을 걸으면서 나는 나의 모든 감각들을 바다로 가득 채웠단다. 우리가 걸으면서 보이안은 손을 나의 머리에 얹으면서 말했어. '트라이언, 내가 아직 기회가 있을 때 너를 여기로 데려오고 싶었다. 전쟁터에서 나에게 무슨 일이 일어나기 전에.' 그는 무릎을 꿇으면서 내 어깨에 두 손을 올리고는 내 눈을 들여다보았어. 그는 부드러운 미소로 '아들아, 너는 신이 나에게 주신 선물이란다. 너는 나에게 목적과 희망을 주었고 나에게 준 기쁨 때문에 나는 인생에 후회가 없단다.' 보이안은 말을 이어갔고 눈에 눈물이 차기 시작했지만 뺨으로 떨어지지는 않

61

았다. 그 때가 아버지가 우는 모습을 가장 가깝게 본 날이지. 그는 말을 이어갔어. '너는 내가 바랄 수 있는 어떤 아이보다도 강하고 총명하다. 하지만 나는 아들아, 너에 대해 많은 걱정을 하고 있다. 아버지로서 너를 실망시켰어.' 내가 항의하기 시작하자 그는 말했어. 보이안은 내게 조용히 하라고 손짓을 하며 말을 이어갔어. '있지 아들아, 내가 이기적으로 너를 내 자식처럼 키워서 너를 해쳤단다. 네가 나에게서 배운 것은 강해지는 방법, 싸우는 방법, 때로는 어떻게 해야 남자나 소년을 싸움터로, 어떨 때에는 무덤으로 보내는 방법뿐이었다. 너는 내가 너에게 해줄 수 있는 것 보다 더 좋은 대접을 받을 자격이 있다. 아내와 아이가 죽은 뒤로부터 나는 미래에 대한 희망을 갖지 못했다. 나는 네가 나보다 더 완전한 사람이 되기를 기도했다. 나는 종종 너에게 엄마가 있었다면 얼마나 많은 잠재력을 발휘할 수 있었을 지에 대해 궁금해 한다. 상황이 달랐을 것이다. 언젠가는 네가 전투에 나가서 전사가 되는 것 이상의 삶이 있다는 사실을 깨닫기를 바라고 기도한다.' 보이안은 태양의 햇살이 아름다운 바다 속까지 비춰지는 지평선을 가리켰다. '저 밖의 세상, 바다 건너에는 새로운 세계가 있단다. 네가 자유로울 수 있는 세상이.' '무엇으로부터의 자유요?'라고 물었어. '저는 이미 자유롭잖아요. 우리는 하고 싶은 대로 하고 부족 전체도 자유롭잖아요.' 아버지는 머리를 흔들며 '아니다, 너는 진정으로 자유롭지 않다. 생활방식의 노예이고, 전투의 노예이며 이 어두운 땅과 우리가 살고 있는 이 어두운 시대의 노예란다. 이 끝없는 싸움과 전쟁에서 벗어나 진정한 자유를 경험해야 한다. 내가 줄 수 없었던 자유와 행복을 너에게 인도해줄 수 있는 사람을 찾게 될 것이라고 나는 느낀다.' 파도가 끝없이 치는 바다를 바라봤던 기억이 난다. 그때 당시 나는 보이안이 한 이야기를 이해했다고 생각 했지만 몇 년 동안은 그 뜻을 이해를 못했었어. 아니 최근까지도 나는 보이안의 뜻을 진정으로 이해하지 못했지."

트라이언은 그렇게 결론지었다.

"지금은 이해해요?"

샤샤는 흥분하기도 하고 똑같이 어리둥절해하기도 하면서 물었다. 트라이언은 샤샤의 커다란 금빛 눈을 응시하면서 잠시 멈췄다. 트라이언은 손을 샤샤의 머리 위에 얹었다.

"응, 이해하는 것 같구나."

트라이언이 응답했는데 샤샤는 바로 그때 트라이언이 지은 진정한 미소를 처음으로 목격했다.

"이제 내가 떠나야 할 시간이야."

트라이언이 식탁에서 물러나며 말했다. 그는 나가면서 아투를 지나갔다.

"샤샤를 잘 보살피거라."

밑을 바라보면서 아투에게 주문했다. 아투는 으르렁거리며 트라이언을 외면했다. 트라이언은 멈춘 뒤 동물을 향해 외쳤다.

"미안하구나. 조금 전과 같이 내가 너에게 명령할 자리가 아닌데. 우리 서로 화해해보도록 노력하자고 제안하고 싶구나."

그는 늑대를 향해 몸을 굽히고 말했다.

"결국, 우리는 더 자주 만나게 될 것 아니냐?"

트라이언은 여전히 몸을 앞으로 굽힌 채 샤샤를 향해 올려다보며 말했다. 트라이언은 자기와 같이 아투 또한 샤샤를 위해 목숨을 바칠 것을 알고는 몸을 돌려 나갔고 샤샤는 미소를 지었다.

트라이언은 문밖으로 나와 말을 묶어 놓았던 덤불을 향해 긴 산책을 시작했다. 그는 밤길을 걸으면서 비구름이 형성되는 것을 봤다. 몇 년 동안, 먼 구름에서 천둥소리가 날 때면 그는 해안에서 부서지던 파도 생각이 났다. 그는 그 날 보이안이 해변에서 의미한 것이 무엇인지 의문을 품어 왔었다. 이제서야 그는 그의 아버지가 준 지혜를 이해하기 시작하고 있었다. 삶이 제공할 수 있는 것은 너무나도 많다. 트라이언은 난생 처음으로 희망과 꿈을 꿀 엄두를 냈다. 그는 그의 젊은 동지와 함께 희망과 평화를 찾을 수 있다고 느꼈다. 그의 삶에 새로운 의미가 생겼다. 그는 이제 싸울 이유가, 살아갈 이유가 생긴 것이다. 그는 이 작고 축복받은 소녀를 위해, 온 정성을 다해 보호해 줄 것이다. 그는 기꺼이 자신의 감정적 방패막이 샤샤로 인해 깨어지도록 허락했다. 그는 이 어린 소녀를 향해 약점인 연민을 갖도록 자신을 허락했다. 그는 그의 아버지가 준 꿈처럼 살 기회를 받는 대가로 그의 불굴의 전사 정신의 희생과 맞바꿨다.

그는 계속 걸으며 샤샤의 집에서 먹었던 음식이 생각났다. 그녀는 모르고 있겠지만 그의 종에게 있어서 일반적인 음식은 썩은 맛이 난다는 것이었다. 트라이언은 친구의 기분이 상하지 않도록 샤샤를 속이고 음식을 맛있게 먹었다고 생각하게 한 것이 기뻤다. 다행히도 그의 후각은 그대로였다. 음식의 맛있는 냄새가 썩은 맛을 그나마 더 맛있게 만들었다.

그는 긴 갈색 갈기와 꼬리를 가진 회갈색의 종마인 그의 말에 도착했다. 트라이언은 말의 안장에 매어 놓은 가방에 손을 넣었다. 그는 가방에서 동물 피 푸딩 빵을 꺼냈다. 그가 만든 레시피로써 그의 저주받은 대부분의 동지처럼 인간을 먹는 것을 자제하기 위해 만들었다. 이 보충 식사는 신선한 동물의 피에서 받을 수 있는 영양분을 공급해 주지는 못했지만 그가 그의 백성들이 있는 성으로 가는 길까지 숲에서 동물을 찾을 수 있는 시간을 줄 만큼 식욕을 오랜 시간 동안 자제할 수 있게 해줬다. 트라이언은 말의 얼굴을 쓰다듬고는 말에 올라탔다. 그는 이 지역을 둘러보며 그들이 자주 올 지역이기 때문에 그의 말이 이 여행을 즐기기를 바랐다.

# **09**
## **특별한 방문**

트라이언은 그 후 일 년 동안 매주 샤샤를 방문했다. 사계절 내내 샤샤를 살펴보겠다는 약속을 지켰다. 그가 샤샤를 방문할 때면 그들은 저녁에 산책을 나갔다. 샤샤는 그의 옆에 서서 그의 집게손가락을 잡고 걸었다. 트라이언은 그녀의 작은 손이 그의 손가락을 꽉 잡는 모습을 내려다보면서 미소를 지었다. 그는 그 작은 손을 놓고 싶지 않았다. 그것은 더 나은 세상과의 연결고리였고 그가 어둠의 저주에 휩싸이지 못하게 만드는 한 줄기 빛이었다.

트라이언이 다키아에 있는 아파나세이의 성에서 보내는 시간은 점점 줄어들었다. 그가 샤샤를 방문하는 때가 아니면 그는 저녁에 해변으로 가서 바위 위에 앉아 있곤 했으며 몇일 동안 머물렀다. 그는 혼자 해변에 앉아 남자로서의 인생 그리고 저주받은 자로서의 시간을 돌이켜봤다. 그는 밤하늘을 쳐다보면서 출발해야 하는 최대한 마지막 순간까지를 기다렸다. 첫 햇빛이 밤하늘을 비추기 시작하면 트라이언은 말을 타고 절벽으로 들어가 일출을 바라본 후 하루를 쉬었다. 트라이언은 인간성을 되찾기 위해 자기 내면의 싸움을 지속하면서 라루카스와 다른 흡혈귀들과 점점 멀어졌다. 트라이언이 휴양지와도 같은 해안에서 있는 동안 샤샤와 아투는 먼 곳에서 일상생활을 이어갔다.


늦가을의 어느 저녁, 샤샤는 트라이언을 위한 조끼를 만들고 있었는데 아투가 큰 소리로 짖었다. 샤샤는 창가로 올라가서는 세 명의 기수들이 손에는 횃불을 들고 말을 타고 다가오는 것을 봤다. 길 따라 그녀의 집으로 다가오는 그들에 대한 어떤 세부사항도 알아낼 수 없었다. 그녀가 지켜보는 가운데 말들은 멈춰 섰고 그 중 하나가 말에서 내려서 샤샤의 집으로 걸어오고 있었다. 일 분 뒤, 샤샤는 문을 두드리는 소리를 들었다. 아투는 으르렁 대며 큰 소리로 짖었다.

"아투, 잠깐만!"

샤샤가 말했다.

"우리는 이 여행자들이 무엇을 원하는지 몰라. 길을 잃었을 수도 있잖아."

그녀는 문을 조금 열었고 문 밖에는 한 남자가 서 있었는데 곱슬곱슬한 갈색 머리는 그의 귀와 주름진 눈썹 위까지 덮고 있었고 뒷머리는 목덜미까지 내려왔다. 그의 눈은 샤샤에 집중했고 위에서 봤을 때는 다소 큰 코를 가졌다. 샤샤에게 그의 외모는 꼭 사냥감을 찾아 땅을 살피는 맹금류 같았고 그의 눈은 샤샤의 금빛 눈동자에 집중해 있었다. 그는 연한 갈색의 튜닉과 바지 위에 크고 짙은 색의 코트를 입었다. 그의 외투 앞에는 큰 주머니가 있었고 등에는 화살집이 묶여 있었다. 화살집 안에는 화살이 튀어나와 있었는데 벽난로에서 나오는 빛으로 인해 화살은 은빛으로 빛났다. 다른 어깨 뒤로는 빛나는 활을 볼 수 있었는데 가슴에는 은줄을 둘렀다. 그는 주민들을 위협하지 않기 위해 무기를 일부러 등에 맸다.

"안녕!"

낯선 사람이 웃으며 말했다. 아투는 문틈으로 코를 내밀면서 짖었다.

"아, 친구 너도 안녕!"

남자는 자신의 손을 아투의 코에 내려놓으면서 대답했다.

샤샤는 아투가 낯선 사람을 물까봐 두려웠다. 아투는 그러나 재빨리 냄새를 맡고는 문에서 물러났다. 기뻐하지는 않았지만 기수가 처음 다가왔을 때보다는 확실히 화를 덜 냈다. 샤샤는 놀라웠다.

"그렇지, 그는 그의 동무가 누군지에 대해 까다롭겠지."

낯선 남자는 말을 이어갔다.

"작은 아가씨, 내 이름은 이아시바란다. 나와 내 동료들은 아주 긴 여행을 하고 있는데 오늘 저녁에 너희 집에 피난을 할 수 있을까 한다. 우리는 기꺼이 너의 환대에 대가를 지불하고 너와 너의 짜증스런 친구와 함께 나눌 수 있는 음식이 조금 있단다."

샤샤는 그의 부드러운 목소리에 주목했고 방문객을 맞이한다는 생각에 흥분했다.

"네, 그러세요."

그녀가 생생하게 외쳤다.

"아주 좋아요. 나의 동무들과 나는 우리 말들을 놔두고 곧 들어올게요."

이아시바는 웃으며 대답했다. 조금 후에 이아시바는 돌아왔고 노크를 한 뒤 들어왔다.

"들어갑니다. 작은 여주인님."

그가 들어서면서 인사를 했다. 샤샤는 손님들을 위해 요리를 하려고 야채를 냄비에 넣고 있었다. 이아시바는 재빨리 그녀 손에서 솥을 가져가면서 도왔다.

"내가 도울게요."

그는 기꺼이 도움을 제안했다.

"이름은 뭐니?"

그가 물었다.

"샤샤요."

샤샤가 대답하며 바닥에 있던 나머지 파와 당근을 모았다.

"이 쪽은 내 친구 아투에요."

그녀는 곁에 있는 무관심한 아투를 가리키며 말했다. 샤샤는 문이 한 번 더 열리는 소리를 들었다.

"자, 우리가 왔어요. 오늘 밤 궁전에 온 걸 환영해."

젊은 남자가 말했다.

"형제, 저녁은 뭐야?"

젊은 남자가 물었다.

"형제여 무례하게 굴지 말고 본인 소개를 먼저 여주인에게 하렴."

이아시바가 젊은 남자에게 지시했다. 순식간에 남자는 문에서 움직여서는 샤샤 바로 앞에 섰다. 그의 움직임이 얼마나 빨랐는지 샤샤를 놀라게 했다. 새로 도착한 이의 속도가 너무 빨라 아투 조차 놀라 고개를 들고 귀를 쫑긋 세웠다.

"저는 레하사입니다."

남자는 샤샤의 작은 손을 잡고는 자신의 얼굴을 향해 가져가고 절을 하면서 말했다. 그는 짧고 짙은 갈색 머리를 갖고 있었고 앞머리가 가운데서 갈라져서는 그의 어두운 갈색 눈 위에서 다시 만났다. 그는 목에 스카프를 둘렀다. 그의 갈색 튜닉은 팔꿈치와 무릎까지 내려왔고 튜닉 밑에는 연한 갈색의 셔츠를 입었다. 그의 허리와 가슴에는 두 개의 두꺼운 벨트가 둘러져 있었고 여러 개의 은 칼이 꽂혀 있었다. 그는 무릎까지 오는 높은 가죽 부츠를 신고 있었다.

"아이야, 오늘 우리를 대접해줘서 고맙구나."

벨트에 매달려 있는 작은 가방을 뒤적거리며 얘기했다.

"오늘 숙박을 위한 나의 공물을 바칩니다!"

그는 비트 여러 개를 꺼내더니 이렇게 말했다. 레하사가 자신의 형제가 들고 있는 냄비에 야채를 넣었고 샤샤는 깔깔댔다. 저녁을 어떻게 준비할지 장난스럽게 다투는 두 사람의 모습을 지켜보던 샤샤는 나무바닥 저 편에서 들려오는 부츠 소리를 들었다.

"소녀가 음식을 준비하게 하는 것이 더 좋을 것 같아."

여자의 목소리가 말했다. 샤샤는 몸을 돌려 눈앞에 여자를 보고는 바로 경이로움을 느꼈다. 긴 웨이브의 적갈색 머리에 아름다운 헤이즐색 눈을 가진 키 큰 젊은 여자가 서 있었다. 그녀는 흰색 깃이 어깨에서부터 무릎까지 달린 녹색의 비단 드레스를 입고 있었다. 그녀의 왼쪽 어깨에서 가슴을 가로질러 허벅지 윗부분까지 내려오는 갑옷은 샤샤가 본 것 중에 가장 멋진 것이었다. 커다란 은색 비늘이 여자의 탄탄한 몸을 보호했다. 그녀는 허리 오른편에 단검이 있는 벨트를 차고 있었다. 그녀의 팔뚝에는 가죽으로 된 손목밴드를 찼다. 그녀 또한 종아리 근육 윗부분까지 올라오는 높은 가죽 부츠를 신었다. 그녀의 손에는 매우 이국적인 무기가 들려 있었다.

"그건 뭔가요?"

샤샤는 그녀의 이름을 묻기도 전에 무기를 가리켰다. 여자는 큰 창을 들고 있었다. 칼날의 끝은 은으로 코팅된 두꺼운 사브르 칼 같았다. 칼날이 나무 손잡이와 만나는 부분에는 빨간색 술이 달려있었다.

"이것이 나를 지켜준단다. 모든 이들이 너처럼 늑대 보디가드가 있는 것은 아니다."

여자는 구석에 있는 아투를 향해 고개를 기울이며 말했다.

"내 이름은 사피라야. 너는?"

그녀가 물었다.

"나는 샤샤에요."

그녀는 시선을 그녀 앞에 고정한 채로 대답했다.

"무엇이 잘못 되었니?"

사피라가 물었다.

"아니요."

샤샤가 사피라의 드레스를 만지려고 손을 뻗으며 다가가며 대답했다.

"이것은 어떤 종류의 옷인가요?"

그녀는 물었다.

"이 옷은 비단이라고 하는 천으로 만들어졌는데 이 지역에서는 흔하지 않단다."

사피라가 대답했다.

"맞아. 그리고 이 갑옷은 이 아마존 여전사가 직접 죽인 용의 비늘로 만들었고!"

신난 레하사가 외쳤다.

"진짜요?!"

샤샤가 물었다. 사피라는 형제에게 다가가서는 레하사의 뺨을 가볍게 때린 후 샤샤에게 돌아서며 말했다.

"이것은 사실 은으로 코팅한 철 조각일 뿐이야. 너는 종종 레하사를 무시하는 것이 최선이라는 것을 알게 될 거야."

레하사는 이아시바를 보면서 두 눈썹을 치켜 올리며 미소를 지었다. 그는 아름다운 젊은 여자의 관심을 잠깐이라고 받은 것이 기뻐보였다. 이아시바는 눈을 굴리고는 고개를 가로 저었다가 이내 가서 채소를 요리했다. 샤샤와 사피라가 벽난로 쪽으로 걸어가자 레하사는 몸을 돌려 사피라에게 감탄하며 눈길을 보냈다. 그는 사피라가 걷는 것을 바라보았고 그의 시선은 그녀의 몸을 따라 흘러갔다. 그는 그의 형을 팔꿈치로 쿡 찔렀다.

"형, 그녀가 이제 나를 정말 좋아하기 시작하는 것 같아."

남자가 속삭였다.

"그녀는 벌써 스물 세 살이고 너를 좋아하기에는 너무 똑똑하고 성숙하다."

이아시바는 잠시 생각하더니 입을 뗐다.

"내가 집안에서 사랑을 독차지한다고 해서 질투하지마."

레하사가 반박하면서도 계속 사피라를 바라보며 너무 빤해 보이지 않도록 노력했다.

"아 저 아름다운 꽉찬… 입술."

이렇게 말하며 한숨을 내쉬었다.

"다시 일 해야지."

이아시바는 비트의 줄기를 잡아 휘둘러 동생의 머리 옆을 때리면서 말했다. 여자들은 불에 나무를 더했다. 사피라가 불 속에 통나무들의 자리를 잡기 위해 무릎을 꿇는 동안 샤샤는 그녀 허리에 매달린 펜던트를 봤다. 펜던트는 나비 모양으로 묶여 있었고 밑에 작은 나비 모양들이 부서진 옥조각까지 내려왔다. 돌의 밑에는 몇 개의 나비 모양이 더 있고 마지막에 붉은 공이 자리 잡았다.

"그 돌은 아름답네요. 그렇게 생긴 것은 처음 봐요."

샤샤가 말했다.

"옥이라고 부르는 물질이란다."

사피라는 설명을 하며 샤샤에게 보여줬다.

"이것은 어떤 동물 모양인가요?"

샤샤는 돌에 감탄하며 물었다.

"이것은 호랑이라고 한단다. 내가 온 곳에는 많이 있어. 정말 큰 고양이, 사람보다 크지."

사피라가 대답했다.

"이런!"

샤샤는 의아해하며 소리쳤다.

"이 동물은 매우 똑똑하고 강하단다."

전사가 말했다.

"멋져요, 꼭 아투 같아요."

샤샤가 아투를 자랑하며 말했다.

"그렇게 말할 수 있겠구나."

사피라가 대답했다.

"그 부적은 너무 예쁜데 부러진 것 같아 보여요."

샤샤가 실망한 듯이 말했다.

"괜찮아, 나의 엄마가 선물로 준 것이란다. 다른 반은 내 자매인 카시한테 있어."

사피라는 반쯤 미소를 지으며 말했다.

"샤샤!"

사피라는 눈에 띄게 진지한 말투로 말을 꺼냈다.

"미안하지만 너의 부모님에 대해 물어봐야 할 것 같다."

"무슨 말이에요? 저녁이 거의 다 된 것 같아요."

샤샤는 이야기 주제를 돌리려고 시도했다.

"샤샤, 나는 너를 좋아해. 그렇지만 우리를 바보로 보지 않았으면 좋겠다. 우리는 이 지역이 뱀파이어 습격을 받은 사실을 알고 있고 너의 집 앞 밭에 있는 무덤을 봤어."

사피라의 심문이 시작되면서 질문을 하기 시작했고 분위기는 점점 심각해졌다.

"그런 것 같아요….."

샤샤는 불편하게 말하기 시작했다.

"너 혼자서 이렇게 오랜 시간 동안 어떻게 살아 남았니? 우리는 오늘 오후에 시내에 있었는데 마을 사람들이 아직도 이 지역에 산발적으로 뱀파이어가 있다고 믿으며 무서워하고 있어."

사피라는 계속 얘기하며 조금 조급해졌다.

"잘… 모르겠어요….."

샤샤는 사피라가 하고자 하는 말이 정확히 무엇인지를 궁금해하며 당황해하면서 말을 더듬었다. 이아시바가 둘 앞으로 재빨리 왔다.

"자 여러분, 음식이 준비 돼 었어. 먹자."

그는 샤샤를 이 순간에서 구해주려고 얘기했다.

"우리는 답변이 필요해, 지체할 시간이 없어."

사피라가 반박했다.

"우리는 먹어야 해. 그리고 우리가 그녀 집에 머무를 수 있게 허락한 여주인에게 예의를 좀 지켜라."

이아시바가 말했다. 사피라를 노려보면서 그의 표정은 더욱 심각해졌다. 레하사는 이아시바와 사피라를 초조하게 왔다 갔다하며 살폈고 자신의 형과 분명 자신이 좋아하는 여자 사이에 있는 긴장감 때문에 눈에 띄게 불편해했다. 사피라는 화가 났지만 일어났다. 그녀는 침묵을 지키며 벽난로 옆의 벽에 등을 기대고 한쪽 무릎을 구부리고 부츠의 발바닥으로 벽을 밀었다.

"밥맛이 없어졌다."

그녀는 가슴 앞에 팔짱을 꼈다. 이아시바는 그의 파트너를 무시하고 샤샤와 대화를 나눴다.

"그녀의 매너 없는 행동에 사과해요. 그녀는 매우 집요하며 때때로 고집까지 세죠. 우리가 식사하는 동안 우리가 왜 여기에 오게 됐는지를 이야기해주는 게 좋겠어요."

"멋진 생각이야 형!"

레하사는 샤샤에게 윙크를 하며 말했고 샤샤가 웃었다.

"좋은 음식과 흥미로운 이야기, 완벽한 저녁일세."

샤샤는 예의 바른 이아시바와 레하사의 태도에 다시금 편안해졌다. 이아시바는 식탁에 놓인 그릇 네 개에 스프를 따르고는 샤샤 맞은편에 앉았다. 그는 아직 벽난로 옆에 서 있는 사피라와 눈을 마주쳤다. 그는 그의 맞은편에 있는 빈 의자를 가리키면서 웃음을 지었다. 사피라는 이아시바와 나눈 말 때문에 여전히 불만스러워 창밖을 내다보기만 했다. 레하사는 살짝 신음소리를 내며 손짓으로 그녀에게 가라는 시늉을 하고는 미소를 지으며 샤샤를 보고 어깨를 으쓱했다. 샤샤는 의자에서 내려가 아투의 접시에 음식을 조금 주고는 다시 식탁으로 돌아왔다. 아투는 즉시 자기 그릇에서 스프를 먹기 시작했다.

"우리의 새 친구이자 주인 샤샤를 위하여…."

레하사는 자신의 스프 그릇을 들어 올리며 말했다.

"샤샤!"

이아시바도 화답했다.

"네가 정말 좋구나."

레하사가 얘기했다.

"저도 정말 좋아요."

샤샤도 크게 웃으며 말했다. 샤샤는 이아시바의 이야기를 들으려고 흥분해서 식사를 겨우 했다. 그녀는 왠지 흥미로운 이야기일 것을 알기에 이야기가 시작되기를 간절히 기다렸다. 샤샤가 신날수록 그녀의 금빛 눈은 더욱 빛났고 모두 그녀가 흥분했다는 것을 알 수 있었다. 여행자들은 이 독특한 소녀를 어떻게 받아들여야 할지 잘 몰랐다. 샤샤가 식사를 하면서 눈에서 부드러운 빛을 뿜어내자 기분이 안 좋았던 사피라도 놀란 눈을 크게 뜨고 바라보았다. 사피라는 자신이 샤샤에게 너무 심했을지 모른다고 생각했다. 결국 그녀는 아직 어린 소녀인데, 본인이 너무 예민했을지 모른다고 생각했다.

사피라는 샤샤가 무언가 다르다는 것을 알아차렸다. 매우 다르다는 것을. 사피라는 정확히 설명하기는 어려웠지만 그 소녀를 윽박지른 것에 대해 후회를 하기 시작했다. 그녀는 자신의 경솔한 행동을 자제하려고 노력해왔지만 샤샤에게 거친 말투로 얘기한 것에 대해 조금 민망했다. 그녀는 천천히 벽난로에서 식탁 쪽으로 움직였다. 그녀는 샤샤를 질책했다는데 아직도 다소 부끄러운 채로 식탁에 앉았다. 사피라는 고개를 들고 식탁 건너편의 샤샤를 향해 미소를 지었다. 자존심은 유지하면서 사과하려는 시도였다. 샤샤는 그들이 모두 함께 있다는 사실에 진심으로 기뻐하며 같이 웃었다.

"내가 모든 세부사항까지 알지는 못하지만 우리의 목적이 설명되기를 바란다. 샤샤, 이제 이야기를 시작해야 겠다."

이아시바가 시작했다.

# 10
# 뱀파이어의 출현

한때 이머난드라는 남자가 있었다. 그는 몇 천 년 전에 태어났지. 그는 고대 장군이었다. 그의 공포는 나일 강에서 티그리스 강까지 뻗어 나갔다. 그의 야만함은 비교할 수 없었다. 너무 끔찍해서 하나님까지도 알게 됐고 결국 이머난드는 신의 저주를 받았다. 그는 불멸의 존재로 살아야 하는 저주를 받았다. 그는 매우 힘이 강했지만 더 이상 태양빛이 그에게 닿을 수 없었고 어둠 속에서 살아가며 생존을 위해 피를 마실 수밖에 없었다.

몇 백 년이 지난 후 이머난드의 고집스러운 마음이 꺾였다. 그는 더 이상 저주를 견디지 못해 하나님께 용서와 자유를 달라고 빌었다. 한 천사가 내려왔고 그의 혈통을 통해 사면을 해주겠다고 했다. 신은 그가 가정을 꾸릴 수 있는 기회를 주었다. 인류를 향한 사랑과 연민을 통해서만이 그는 구원받을 수 있다고 했다. 이머난드는 구원받을 때까지 이 땅의 악한 자들을 다스리는 하나님의 집행자로 세상을 거닐도록 명을 받았다. 수 세기 동안 이머난드는 세상을 돌아다니면서 자신들만의 공포와 잔인함을 퍼트리는데 헌신하는 자들에게 정의의 심판을 내렸다.

저주를 받기 전의 이머난드와 비슷한 사람들이었다. 도적, 악당 그리고 다른 약탈자들 또한 이머난드의 전설에 대해 듣기 시작했다. 근육질의 키 큰 남자. 그의 피부색은 그을린 갈색이었다. 머리는 길고 금발이었다. 그의 눈은 금빛이었고 오랫동안 세상을 지켜보았다. 인간의 모든 깊이와 높이를 그의 금빛 눈동자는 관찰했다. 그는 셔츠를 입지 않은 채 돌아다녔다. 자연이 주는 극단 현상과 요소들을 그는 개의치 않았다. 그는 그의 하체를 가려주는 스커트를 입고 각 팔에는 금색 팔찌를 찼다. 그는 종종 길고 어두운 보라색 망토로 몸을 가렸다. 그의 망토는 왼쪽 어깨 위에 부적으로 붙어있었다. 같은 부적이 허리에 차고 있는 벨트에도 있었다. 부적은 금색이었고 뜨고 있는 눈처럼 보였고 눈꺼풀의 위와 아래에 고대 문양이 쓰여 있었다.

어느 날 엘드릭 왕의 영토를 여행하던 중, 이머난드는 상상할 수 없는 가장 아름다운 소리를 듣게 되었다. 그곳에서 그는 아름다운 이아손 공주를 만났다. 그리고 둘은 사랑에 빠졌다. 이아손은 동쪽에서 온 매우 아름답고 동정심이 많은 공주였다. 그녀는 옅은 갈색 머리, 창백한 피부, 그리고 보라색 눈을 갖고 있었다. 공주는 이머난드를 왕에게 소개했다. 엘드릭 왕은 그의 자비로움 때문에 '하나님의 종'으로 알려진 위대한 통치자였다. 그는 이머난드를 그들의 가족으로 받아들였고 저주받은 자에게 딸을 시집보냈다. 결혼식에서 이머난드는 엘드릭 왕이 살아있는 한 그를 지지하겠다는 맹세를 했다. 이머난드와 엘드릭의 동맹은 인류에게 유익한 헌신이었다.

하나님은 마침내 이머난드가 저지른 죄에 대한 자비를 베풀어 줬다. 이머난드와 이아손은 아들을 얻었다. 그들은 하나님과 엘드릭 왕을 받들 며 함께 행복하게 살았다. 그러나 불행히도 그들의 행복은 오래가지 못했 다. 엘드릭 왕의 최고 부대는 그의 최고 전사이면서 나의 전 사령관인 아 파나세이의 지휘를 받고 있었다. 아파나세이는 인사권에 대한 욕심을 냈 고 이머난드가 초자연적인 능력을 가졌다는데 질투했다. 아파나세이는 이머난드의 능력을 자기 것으로 빼앗을 수 있는 방법을 발견하고는 그의 왕과 나라를 배신했다. 그리고는 이머난드와 이아손 공주를 죽였다.

엘드릭 왕은 아파나세이의 배신을 알아차리고는 그를 영원히 그 땅에 서 추방시켰다. 그는 작은 무리의 전사들과 동쪽 다키아로 도망쳤다. 그 는 이 전사들을 자신과 같은 밤의 저주받은 동물로 변환시켰다. 그들은 대륙을 돌아다니면서 밤에 이동하며 사람들을 먹이로 삼았다. 아파나세 이는 또한 그 땅에서 최고의 전사들을 찾아다녔다. 그는 모든 종류의 전 사들을 따라 사방팔방 전쟁터를 훑고 다니며 최근 전투에서 속수무책으 로 남겨진 최고의 전사들을 긁어모았다. 그리고는 그들에게 그의 새로운 왕국에 합류하면 불멸의 기회를 줬던 것이다. 시간이 흐르면서 아파나세 이는 다키아 북부에서 자신만의 공포의 제국을 세울 수 있었다.

# 11
## 선과 악의 선택

이아시바가 이야기를 이어 나가려는데 그때 샤샤의 큰 울음소리로 인해 방해를 받았다. 놀란 이아시바는 이야기를 멈추고 샤샤를 달래 주려고 노력했다.

"미안하다 샤샤!"

그는 말했다.

"이 이야기가 너에게 이리도 슬픈 것이었는지 미처 몰랐다."

"이머난드는 드디어 착해졌는데 그와 공주가 죽었잖아요."

샤샤는 눈물을 흘리며 말했다.

"한 가지 기억해야 할 중요한 점은 아파나세이는 이머난드를 죽이기 전에 저주를 가져갔다는 것이다. 그렇기 때문에 이머난드가 저주가 없이 죽어서 공주와 함께 하나님의 왕국에 함께 돌아갈 수 있었다. 적어도 이머난드의 영혼이 구원을 받고 그의 아들은 엘드릭 왕의 보호를 받는 것에 위안을 받을 수 있겠구나."

이아시바가 아이를 안정시키기 위해 손을 올렸다.

"그럴 수도 있겠네요."

샤샤는 조용히 흐느끼며 눈물을 닦으며 말했다. 레하사는 샤샤에게 특별한 시범을 보여줌으로써 분위기를 조금 가볍게 바꿔 보기로 했다.

"샤샤"

그는 그녀의 주의를 끌기 위해서 말했다.

"내 말 가방에 너에게 줄 것이 있단다."

그는 말하기가 무섭게 흐릿해 보일만큼 빨리 집 밖으로 뛰쳐나가 샤샤가 반응을 보이기도 전에 돌아왔다. 그는 밖의 가방에서 꺼낸 사과를 그녀에게 선물했다. 샤샤는 입이 벌어진 채 앉아 있었다.

"어떻게 그리도 빨리 할 수 있었어요?"

샤샤가 레하사에게 물었다. 레하사는 대답을 안 하고 집 안을 가로질러 질주해 벽에 있던 꽃을 집어 한 송이는 사피라에게 건네주고 다른 꽃은 샤샤 앞에 무릎을 꿇고 선물했다. 모든 동작은 잠깐밖에 걸리지 않았다. 사피라는 작은 헛웃음을 보였고 샤샤는 활짝 웃었다. 그녀는 레하사에게 꽃에 대한 고마움을 표현하려 했지만 어안이 벙벙해 어떤 말도 꺼낼 수가 없었다. 레하사의 능력에 대해 샤샤의 충격 받은 반응을 보고 방문객들은 모두 웃었다.

"나는 당신이 그렇게 빨리 뛸 수 있는지 몰랐어요. 아투 만큼 빠르네요."

샤샤는 진정한 뒤 말했다.

"내가 더 빠를 것 같은데…."

레하사는 아투를 바라보며 경주에 도전하듯 제자리 뛰며 팔도 흔들었다.

"그렇단다. 나의 동생은 숲에서도 가장 빠른 사슴보다 빨리 달릴 수 있는 재능이 있다."

이아시바가 끼어들며 말했다.

"그리고 나는 매의 시력을 가지고 있어."

레하사가 말을 이어갔다. 샤샤는 방문객들의 기괴한 능력에 경외심을 느꼈다. 그녀는 늑대들을 이기고 트라이언이 그녀를 안고 숲을 가로질러 집으로 데리고 온 날이 기억났다. 그녀는 그가 얼마나 빨리 움직였는지 생각해봤지만 트라이언의 속도는 방금 레하사가 보여준 것을 능가할 수 있는지 확신이 안 섰다. 샤샤는 기분이 좋아져서는 이아시바에게 이야기를 계속 해달라고 요청했다.

"확실해?"

이아시바가 조심스레 물었다.

"응!"

샤샤는 끄덕였고 웃으며 그녀의 큰 앞 이빨을 보여줬다.


"그럼 슬픈 이야기는 그만 하고 대신 뱀파이어의 출현에 대해 이어가마."

이아시바는 그녀의 미소에 화답하며 말했다.

"그러니까 샤샤, 아파나세이가 뱀파이어가 된 이후로 그 종족은 정말 빠르게 증가했다. 지난 십년 간 정말 많은 나라에 뱀파이어의 전설과 이야기가 있단다. 이들이 얼마나 있는지도, 이들이 얼마나 많은 생명을 앗아갔는지도 알 수 없다."

"그들이 우리와 다른 것이 무엇인가요?"

샤샤가 물었다.

"우리가 알아낸 것은 대부분 남자이고 살아있는 생물의 피를 마시면서 자신을 지탱한다는 것이야. 이것이 그들에게 영원한 생명을 가능케 해."

이아시바가 말했다.

"게다가 어떤 경우에는 일반 사람들도 뱀파이어로 만들 수 있는데 그

82

것은 목을 물어서 희생자의 피를 너무 많이 마시지 않으면 가능하다."

그는 이야기를 계속 이어갔다.

"그들은 다른 능력들도 있어. 예를 들자면 빠른 속도와 센 힘 같은 것. 그들의 능력은 인간이었을 때의 장점을 반영해. 따라서 한 뱀파이어의 힘은 저주가 그를 감염시키기 전의 능력에 따라 다르겠지. 대부분의 경우 그들의 외모만 봐서는 인간과 구별하기 어려워. 가장 눈에 띄는 차이점 중 하나는 그들의 눈에 있어. 뱀파이어의 눈은 피에 대한 갈증으로 가득 찼을 때나 지나치게 흥분하면 변하게 된다. 그들의 눈은 또한 뱀파이어 부족 내의 돌연변이를 알아내는데 도움이 되는데 새로운 세대의 뱀파이어는 더욱 난폭하고 한때 갖고 있었던 인간성과도 단절되어 있지. 눈이 완전히 검거나 빨개질 수 있는 경우는 뱀파이어의 초기 세대란다."

"이 괴물들을 막을 방법들이 있어."

레하사가 말을 끊었다.

"맞아."

이아시바가 이어받았다.

"그들도 약점은 있어. 예를 들자면 태양으로부터 나는 빛은 그들을 해칠 수 있어. 그들의 민감한 피부는 타 들어가고 오랫동안 노출되면 병에 걸려서 죽어. 뱀파이어들은 피부에 물집이 생기고 화상을 입는다. 일단 감염이 되면 강한 뱀파이어의 경우 일반 뱀파이어 보다 죽음을 더 오래 끌 수는 있시만 뱀파이어는 틀림없이 죽는다. 대부분의 무기로는 그들을 죽이기에는 매우 어려워. 하지만 그들의 피가 은과 접촉했을 때 극단적인 반응을 보이기는 한단다. 그들의 향상된 치유 능력은 은색 무기로 생긴 상처에는 효과가 없기 때문이야. 또한 심장을 찌르거나 목을 베어도 죽일 수 있어. 이것이 우리가 현재까지 그들에 대해 알고 있는 것이야."

"그럼 이 모든 것이 여러분과는 무슨 상관이 있나요?"

샤샤는 물었다.

"우리는 뱀파이어를 조사하고 그들을 찾아내서 사람들을 보호하기 위해 필요한 일을 하기 위해 이곳에 왔단다."

이아시바가 말했다.

"그들을 지구에서 없애 버리는 것이 우리의 소명이고 의무란다."

사피라가 끼어들며 말했다. 이아시바는 이어서 말했다.

"안타깝게도 우리는 수에서 밀리는데 우리가 유리하게끔 역전시킬 수 있는 전사를 모집하러 가는 길이다."

그들이 이야기를 이어갈수록 샤샤는 트라이언을 걱정하기 시작했다. 그녀는 비로소 트라이언의 존재를 이해했고 그들이 기회만 있다면 트라이언을 죽일 것이라는 것을 잘 알게 됐다. 샤샤는 친구가 걱정되기 시작해 방문객들이 떠나는 것이 좋겠다고 생각하기 시작했다.

"괜찮니?"

이아시바는 샤샤가 더 긴장하고 걱정한다는 것을 알아차리고는 보고 물었다. 샤샤는 이 사람들이 트라이언이 방문했다는 증거를 못 찾기를 바라며 짧게 미소를 지었다.

"그녀가 뭔가를 숨기고 있어!"

사피라가 샤샤에게 다가가며 외쳤다. 이아시바는 사피라에게 화를 참으라고 지시하며 손을 들었다.

"이 말이 맞니?"

그는 꽤나 안심하는 투로 물어봤다.

"네 이아시바, 그렇지만….."

샤샤는 말하기를 멈추고 손님들을 슬픈 표정으로 올려다보았다.

"우리는 너를 돕기 위해 와있다는 것을 이해해야 한단다."

이아시바가 얘기했다.

"하지만 우리에게 털어놓고 싶지 않은 이유가 있을 거야 그치?"

샤샤는 사피라의 의심을 긍정하며 살짝 고개를 저었다.

"솔직하게 답해줘서 고맙다. 샤샤."

이아시바가 말했다.

"더 이상 너에게 질문하지 않을 테다. 나의 직감은 우리가 미래에 다시 만날 것이라고 얘기하네. 그렇게 되면 지금 나한테 할 수 없는 얘기를 다 말해주겠니?"

그는 웃으면서 얘기를 계속했다.

"네 이아시바, 약속할게요."

샤샤는 안도의 미소를 지으며 대답했다. 레하사는 그녀 앞에 무릎을 꿇고 씩 웃었다.

"조만간 봤으면 좋겠다. 너의 그 귀여운 얼굴을 다시 보고 싶을거야."

그는 윙크를 날리며 말했다. 사피라는 한 마디 말없이 집 밖으로 걸어 나갔다.

"우리를 접대해줘서 고맙구나."

이아시바는 계속 말했다.

"우리는 충분히 너에게 신세를 졌어. 오늘 밤 우리는 다른 숙소를 찾겠지만 나는 너와 친구로 남고 싶구나."

그는 샤샤와의 악수를 위해 손을 뻗었다. 샤샤는 그의 손을 바라보고는 손을 잡기 보다는 이아시바에게 뛰어들며 그를 꼭 안았다.

"네, 이아시바. 우리는 친구에요. 제발 바로 떠나지말고 더 머물며 조금이라도 쉬고 가세요."

그들은 남기로 결정했다. 샤샤와 아투는 벽난로 근처에서 자고 두 형제는 식탁 밑에서 잤다. 이아시바는 한밤중에 집에 돌아오는 사피라를 보기 위해 눈을 잠시 떴다. 그녀는 잠들어 있는 샤샤를 보면서 아까 소리친 것에 대한 약간의 후회를 느끼면서 그녀의 머리를 부드럽게 만졌다. 그녀는 잠들기 전에 창을 벽에 기대어 놓고는 문간에 기댔다. 이아시바는 팀원이 그녀의 감정을 통제할 수 있고 그들이 싸우는 이 싸움은 샤샤와의 싸움이 아니라는 것을 이해할 수 있다는 것에 기뻐하며 미소를 지었다. 그는 눈을 감고 잠들어 있는 일행과 함께했다.

다음 날 아침, 일행은 일찍 일어나서 다음 여정을 위한 준비를 했다. 그들은 샤샤와 아투가 지켜보는 가운데 짐을 싸고 말에 올라탔다.

"친구야 안녕!"

이아시바가 말했다. 레하사는 웃으며 손을 흔들었다. 사피라는 그저 살짝 미소를 보이며 존경의 뜻으로 고개를 끄덕였다.

"이제 어디로 향하나요?"

샤샤가 물어봤다.

"우리는 이머난드의 아들을 찾아 프랑스로 향하려 한다. 그리고는 추가로 새로운 인원들을 모집하려고 한단다."

이아시바가 대답했다.

"잘 있거라 아이야, 안녕 아투."

이아시바는 손을 흔들며 말했다. 셋은 오솔길을 따라 사라졌다. 샤샤는 새 친구들이 떠나는 것을 보며 잠시 슬퍼했다. 얼마 지나지 않아 그녀의 슬픔은 가라앉았고 한동안 트라이언이 무사할 것이라는 것을 알고 있기에 편안해졌다.

# 12
# 돌아온 트라이언

트라이언이 마침내 샤샤의 집으로 돌아오는데 그로부터 일주일이 더 지났다. 그는 늦은 저녁에 왔다. 그는 노크를 하고는 집 안으로 들어왔다. 그는 샤샤에게서 바로 환영을 받았고 그녀는 바로 그에게 달려가서는 그 어느 때 보다도 꽉 껴안았다. 트라이언은 무언가가 샤샤를 걱정하게 만든다는 것을, 무언가 잘못되었다는 것을 바로 알아차렸다.

"모두 괜찮아? 내가 없는 동안 무슨 일이 있었니?"

트라이언은 진심으로 걱정하며 물었다.

"아니오, 트라이언."

그녀가 대답했다.

"나는 그저 당신이 안전하고 잘 있어서 좋은 거에요."

트라이언은 다시 밖으로 나갔다. 그가 이제는 말을 샤샤의 집까지 데리고 왔다. 그는 그의 가방을 뒤지면서 잠시 멈추고 어두운 나무들을 살펴봤다. 주변을 일분 정도 살펴보고는 트라이언은 가방이 있는 곳으로 돌아와 꽃과 자신이 잡은 작은 동물들을 몇 마리 꺼냈다. 그는 샤샤의 집으로 다시 들어서면서 문을 닫기 전에 마지막 한 번 더 어깨너머 숲을 바라보았다. 샤샤는 트라이언이 보고 있는 곳을 살피기 위해 나왔다. 트라이언은 소녀가 집 밖으로 나가기 전에 재빨리 그녀를 멈춰 세웠다.

"안으로 들어가자."

그가 말했다.

"왜 그래요?"

샤샤가 물었다.

"아무것도 아니다. 저기 밖에 뭐가 있는 줄…. 아무것도 아니다."

트라이언은 샤샤가 걱정하지 않도록 대답을 했다. 트라이언은 샤샤에게 꽃을 건네면서 고기는 냄비에 넣었다.

"자 샤샤, 왜 나의 안전에 대해 그리 걱정하니? 네가 이런 공포를 느끼는 것을 보면 최근에 무슨 일이 있었나 보구나. 내가 무슨 위험에 처했다고 생각했니?"

트라이언은 물었다. 샤샤는 어떻게 대답해야할지 몰랐다. 그녀는 머리를 살짝 위아래로 끄덕였다.

"네…. 누가 방문했고 새로운 친구들을 만들었어요."

그녀는 조금 더 활기차지면서 말했다.

"왜 내가 너의 새로운 친구들 때문에 위험에 처했을 것이라고 생각했니?"

트라이언이 물어봤다.

"그들은 당신 같은 사람들을 사냥하고 있었어요. 뱀파이어라고 불렀어요. 그들은 아파나세이와 당신 종족에 대해 말해줬어요. 그들은 당신의 약점에 대해서도 다 알고 있어요. 그들은 군대를 모아 당신 부족을 사냥할 계획을 갖고 있어요."

샤샤가 대답했다.

"그렇구나."

트라이언은 천천히 대답했다.

"나에게 그들이 얘기한 모든 것을 말해주렴."

샤샤는 그가 방문자들에 대해 아는 것을 모두 말했다. 그녀의 이야기는 이상하게도 걱정과 흥분이 모두 뒤섞여 있었다. 트라이언은 걱정이 되었지만 샤샤를 걱정시킬 어떤 표정도 보이지 않았다.

"트라이언, 이제는 당신이 나랑 일반 사람처럼 식사할 수 없다는 것을 알아요. 당신은 내가 준비한 모든 음식을 내가 불쾌하지 않도록 다 참아냈어요. 그런 일을 겪게 해서 미안해요."

그녀가 이야기를 마치고 이처럼 덧붙였다.

"아니 샤샤!"

트라이언은 설명했다.

"진짜로 괜찮단다."

그는 부드럽게 그녀 얼굴을 만지고는 미소를 지었다. 샤샤가 그의 미소를 보고 그녀는 모든 것이 다시 일상과 같아졌다고 느꼈다. 그녀는 트라이언이 이야기에 등장한 다른 뱀파이어들과 다르다는 것을 느낄 수 있었다. 그녀는 그가 착하고 인간성을 유지하고 있다는 것을 조금의 거리낌 없이 알고 있었다.


트라이언은 최근 전개된 일들이 자신과 샤샤의 미래에 무슨 의미인지를 알기에 불안했다. 그의 동족 뱀파이어에게 있을 일들에 대해 그는 신경 쓰지 않았다. 샤샤가 묘사한 사냥꾼들에 의해 그들이 죽는 것에 대한 걱정은 거의 안 했다. 트라이언은 어떤 면에서 뱀파이어 부족이 없어져야 한다고 자주 느꼈다. 그는 뱀파이어 형제들의 잦은 살육을 어떻게 막을 것인지에 대해 몇 년간 자기 내면과 싸웠다. 그의 의견으로는 뱀파이어의 제거가 인류에게 이로울 것이라고 생각했다. 그의 가장 큰 걱정은 샤샤였다. 그녀가 집에 혼자 있는 것이 더 이상 안전하지 않게 느껴졌다. 샤샤를 너무 걱정시키지 않으면서 현재의 중대한 상황을 어떻게 설명해야 할지 몰랐다. 트라이언은 그녀가 지금껏 알고 지내던 유일한 집을 떠나서 그와 피신해야 한다는 것을 어떻게 설명해야 할지 몰랐다. 마침내 트라이언은 샤샤에게 직접적으로 이야기했다.

"샤샤, 나는 지금 너가 하기 싫어할 것 같은 것을 부탁해야 한단다. 어떻게 부탁해야 할지 모르겠지만….”

샤샤가 방해했다.

"트라이언, 괜찮아요. 당신은 어떤 것을 요청해도 괜찮아요. 나는 당신을 믿고 당신이 원하는 것 다 할 수 있어요. 나에게 최선인 것을 당신이 할 것이라는 것을 나는 알고 있어요.”

그녀는 웃으면서 그의 얼굴을 바라봤다. 트라이언도 웃음을 지어 보내며 자신에 대한 샤샤의 신뢰에 압도당했다. 그녀가 괴물인 본인보다 더 자신을 믿고 있다는 것을 그는 알았다. 그는 그녀가 이 저주받은 존재자체인 그에게 위안을 주는 사람이라는 것을 알고 있었다.

"네 말이 맞아.”

그가 말했다.

"내가 아마도 너를 과소평가 했나보다. 너도 알듯이 너의 새 친구들은 나와 내 종족을 죽이기 위해 온 것을 알고 있지. 그렇기에 나는 너를 보러 여기로 더 이상 올 수 없다. 네가 인간과 저주받은 자들의 전쟁에 말려들 것 같다는 두려움이 생기는구나. 나랑 떠나자. 우리 둘이서 이제 임박한 전쟁을 피할 수 있어. 내가 너를 위험에서 보호해줄 수 있지만 사람들이 우리를 찾을 수 있는 여기서는 지키기 어렵단다."

트라이언은 샤샤를 바라보며 그녀가 어른을 능가하는 이해력과 집중력으로 그의 말에 어떤 결심을 할지 귀를 기울였다. 그녀가 그 어떤 항의나 충격을 느끼지 않는다는 것은 트라이언에 대한 그녀의 믿음임을 확인시켜줬다.

"우리가 어디로 가서 무엇을 해야 할지 모르겠다. 다행히도 그 갈등이 이 땅을 휩쓸 때까지 시간이 조금 있다. 나는 가서 생각을 해야 하는데 내가 돌아왔을 때에는 집을 떠날 준비가 되어 있을 수 있겠니?"

트라이언은 이어서 말했다.

"그럼요."

그녀는 지체 없이 대답했다.

"당신이 내 가족이고, 가족은 어떤 일이 있어도 함께 하는 거잖아요. 그렇지요?"

"그래, 네 말이 맞다."

트라이언은 확인했다.

"샤샤 너는 내 유일한 가족이란다. 나는 너를 많이 사랑하고 내 마지막까지 우리는 함께할 거야."

그들은 서로 심각하게 바라보고는 특별한 말이나 행동 없이 트라이언은 돌아서 집을 나갔다. 샤샤는 창밖을 내다보기 위해 최대한 높게 서 있었다. 밖의 밤을 들여다보면서 그녀는 달빛 밑의 트라이언을 바라봤다. 그는 그의 창백한 갈색 말에 올라탔다. 독특하게 잘린 머리는 곧게 세워져 있었고 달빛이 모래언덕같은 색을 가진 말 가운데를 비춰 부각시켰다. 샤샤는 트라이언이 그녀에 대한 그의 사랑을 인정한 것이 행복했다. 그녀는 그의 사랑을 받아 마음이 따뜻해져서 감사하지만 트라이언에게 인간성을 향한 문을 다시 열어 줄 수 있다는 것에 대해 흥분했다.

"아투, 우리는 이제 새 집을 찾기 위한 여행을 준비해야 해."

트라이언이 밤길에 달려 나간 후 샤샤는 아투를 바라보며 말했다. 그녀는 트라이언과 아투와 함께 세상을 탐험한다는 생각에 신이 났다. 그녀는 그가 빨리 돌아오기를 바랐다.

# 13
# 뱀파이어 성에 돌아온 트라이언

며칠 밤을 계속 달린 트라이언은 동이 틀 무렵이 되서야 쉬었다. 저 멀리 수평선 위 산에 아파나세이의 웅장한 성이 보였다. 성은 각 모퉁이에 큰 타워가 있었다. 각 탑의 돌출되어 있는 뾰족한 지붕 위를 도는 궁수들을 위한 길은 크고 담은 돌로 덮여 있었다. 담은 외관을 따라 몇 개의 창문이 있었다. 성 전체가 큰 돌 벽으로 둘러 쌓여있었고 벽의 윗부분은 들쭉날쭉해서 침입자들이 성으로 도착하기 전에 긴 활과 석궁을 아래를 향해 쏠 수 있었다. 무거운 석조와 방어물은 모두 아파나세이가 초창기 뱀파이어들 무리와 정복한 봉건제도의 영주들의 것이었다.

초창기 무리에 트라이언이 포함되어 있었다. 이제 뱀파이어 영주의 군대는 수 백 명으로 늘어났고 그 지역은 아파나세이와 그의 지휘관들이 걱정할 만한 위협은 거의 남아 있지 않았다. 그 땅은 트라이언이 자랐던 캠프 장소에서 멀지 않은 곳에 있었다. 트라이언이 보이안 경을 따라 전투에 나섰던 때와는 땅이 많이 달라져 있었다. 가까운 마을들은 오두막과 나무 빌딩들도 껍데기만 남긴 채 버려져 있었다. 그 곳의 거주자는 아파나세이와 그 전사자들의 초기 잔치의 희생자들이었다.

이 지역에 인구가 점차 부족해지면서 뱀파이어들은 먹이를 찾기 위해 더 먼 거리를 이동해야만 했다. 그 지역은 동물들도 많지 않았다. 대부분의 야생생물은 그 저주받은 곳을 피해야 한다는 감각을 갖고 있었다. 그곳은 늘 어두워 보였다. 산에서 생기는 그림자와 큰 나무들로 인해 성은 하루의 대부분이 어둠 속에 갇혀 있었다. 성 근처 위쪽의 구조물을 따라서는 큰 방수 덮개가 자리 잡고 있었다. 이 구조물들은 뱀파이어들이 만약의 비상사태에 대비하여 뱀파이어 전사들이 성이 빛이 있는 시간동안 방어를 할 수 있기 위해 지어졌다.

해가 질 무렵, 트라이언은 산을 올라 성으로 통하는 좁을 길을 따라 나아갔다. 트라이언은 대문에 있는 두 명의 보초에게 다가갔다. 경비병들은 동방의 이국적인 병사들처럼 머리끝부터 발끝까지 옷을 입고 있었다. 옷은 그들의 검은 눈을 제외한 모든 것을 덮었다. 그 복장은 태양에 자주 노출되는 경비병들에게는 흔한 유니폼이었다. 최고의 보호막은 아니었지만 낮 시간의 경비 임무는 가장 낮은 직급의 뱀파이어 혹은 벌을 받고 있는 자들에게 내려졌다.

트라이언은 정문으로 통하는 카노피로 들어갔다. 그가 임시 터널을 따라 내려갈 때 경비병들이 창과 방패를 준비하고 있는 것을 보았다. 그가 다가오자 경비병들은 그를 알아보고 지나갈 수 있도록 뒤로 물러섰다. 트라이언의 전장에서의 기량과 아파나세이 경과의 친밀한 관계 때문에 대다수의 뱀파이어들은 그를 존경했다. 마을 군대의 공격 중 트라이언의 전설적인 방어력은 뱀파이어 부족 전체에게 영웅적 지위를 가져다주었다. 트라이언의 인기는 전사들 사이에서 타의 추종을 불허했다. 아파나세이나 왕의 계승자들이 그를 죽이지 않은 이유는 그가 정치에 관여하지 않고 관심 받는 것을 회피하기 때문이었다. 트라이언과 가까운 자들은 종종 동료들로부터 존경을 받기 위해 트라이언의 우정을 이용하곤 했다. 트라이언이 입성하자 라루카스는 재빨리 인사를 나눴다.

"트라이언, 보고 싶었다 형제여!"

라루카스는 그의 친구를 안으며 외쳤다.

"드디어 정신을 차린거야? 이번에는 오래 머무를 거라고 기대해도 되나?"

"아니!"

트라이언은 무뚝뚝하게 대답했다.

"적어도 다음 사냥에 우리와 같이 하겠나? 곧 출발 할 거야."

라루카스는 뒤로 물러서서는 활기찬 웃음을 지으며 말했다. 트라이언은 라루카스가 가질 조금의 의심을 떨쳐 버리게끔 하려고 애썼다. 그는 라루카스를 바라보며 가볍게 끄덕이며 한숨을 쉬었다.

"아니, 미안하지만 오랜 친구. 이번에는 안 될 것 같다."

그는 친구를 지나치기 전에 대답을 했다.

"친구야 갈증에서 영원히 도망칠 수는 없어. 우리는 특별한 상황에 놓였고 우리가 얻은 힘을 즐겨야 해."

라루카스는 트라이언을 붙잡고 마음을 바꾸라고 강요했다.

"이 힘을 가진 우리는 세상을 쥐고 있어. 우리는 일반인과는 상대가 안 되잖아."

라루카스는 귓속말보다는 조금 크지만 부드러운 목소리로 말했다. 그리고 말을 이어갔다.

"이것이 우리가 원해왔던 것이 아니야? 우리 형제가 함께 이 세상을 다스리자. 운명이 우리에게 내려준 기회를 잡자고."

그의 목소리는 열정적이고 더 흥분되어 잠시 눈이 붉게 타올랐다. 트라이언은 라루카스에게서 떨어졌다.

"네 주위를 둘러싸고 있는 이 모든 죽음이 보이지 않니? 그 꿈은 나나 보이안이 꿈꾸었던 어떠한 삶도 아니야."

트라이언은 말하며 다시 걸어가기 시작했다.

"나는 형제를 이해하지 못 하겠어. 너는 달라진 것이 하나도 없구나. 너는 아직도 더 좋은 삶을 꿈꾸며 사는 인간처럼 행동해. 나이가 들어 늙고 한심해지는 그런 삶을 말이야. 죽어서 먼지가 되는 삶 말이야. 그것은 인간의 꿈이지만 형제야, 우리는 이제 인간이 아니고 인간보다 더 나은 삶을 살거야."

라루카스는 살짝 웃으며 외쳤다. 트라이언은 잠깐 멈추고는 아무 말 없이 다시 걷기 시작했다. '나에게 선택권이 있다면, 나는 인간의 꿈을 선택하겠어'라고 생각하며 트라이언은 걸었다. 트라이언은 자기 방으로 가서는 큰 가방에 몇 가지 필요한 물건들을 담기 시작했다. 그는 곧 시작할 여정 중 샤샤에 필요할 것으로 생각되는 물건들만 챙겼다. 그는 여행 중에 필요하게 될지 모르는 담요와 짙은 자주색 로브 그리고 작은 지갑과 그 안에 금화를 담았다. 그는 짐을 다 싼 후 안뜰로 돌아왔다. 그는 샤샤와의 여행을 시작하기 전 마지막 명상을 위해 말을 타고 바다로 향했다.

그가 말을 타고 가는 동안 라루카스는 성벽에서 그를 지켜봤다. 그가 서서 지켜보고 있을 때 그림자에서 불길한 형체가 다가왔다.

"저를 부르셨습니까?"

성벽을 따라 놓여있는 횃불의 불빛 가까이 걸어오는 뱀파이어가 말했다. 그의 얼굴은 크고 특징적인 광대뼈가 있었고 밝고 푸른 눈은 그의 얼굴 깊숙이 있었다. 그의 곱슬곱슬한 연한 갈색 머리는 그의 귀와 목을 덮었다. 그의 눈썹은 끊임없이 노려보는 눈 때문에 주름이 깊었다.

"트라이언은 또 다시 여기를 떠나는구나. 어떻게 생각하느냐? 그는 어느 때 보다 더 서두르는 것 같았다. 뭘 알아냈어?"

라루카스가 위협적인 뱀파이어에게 말했다.

"지난 몇 달 동안 저는 걸리지 않고 그를 따라다녔습니다. 그는 해변으로만 여행하는 것이 아니고 게르마니아에서 친구 몇몇을 만든 것 같습니다."

남자는 깊게 으르렁거리며 말했다.

"드디어 내 호기심을 자극하는구나. 계속 얘기해라 케르베로스."

라루카스는 요구했다. 케르베로스는 짙은 파란색의 튜닉과 흰색 예복을 드러내며 검은 로브를 뒤로 젖혔다. 그의 허리에는 빨간색 벨트가 느슨하게 걸려있는데 그의 큰 클레이모어(끝이 두 갈래인 대형 검)의 무게는 땅까지 내려왔다.

"그는 게르마니아의 작고 아무것도 아닌 마을로 여행을 하고 있습니다. 거기서 작은 소녀의 집을 방문합니다. 농장에는 어른이 아무도 없는 것처럼 보이는데 아이의 옆은 항상 흰색 늑대가 지키고 있습니다."

그가 말했다

"흰색 늑대?!"

라루카스가 끼어들었다.

"정말 흥미롭구나, 나는 우리가 게르마니아의 모든 흰색 늑대를 사냥한 줄 알았는데…. 음, 아파나세이 경께서 흰색 늑대에 매우 관심 가질 것 같구나."

라루카스는 샤샤의 존재보다는 아투에 대한 보고에 더 관심을 보이는 것처럼 큰 소리로 얘기했다.

"그래 아파나세이 경이 이 늑대를 매우 좋아하실 것 같아. 늑대를 이리로 데리고 와야 한다. 여자 아이도 데리고 와라. 그 아이와 트라이언이의 어떤 연관이 있는지 알아야 겠어."

라루카스는 케르베로스에게 지시했다.

"네, 주인님."

케르베로스는 답변했다.

"케르베로스, 우리 대대에서 필요한 만큼의 병력을 데리고 가도록 해.
그리고 잘했다. 자네는 다시 한 번 전국에서 최고의 추적자임을 증명했
다. 아직 트라이언과의 충돌을 부추기지는 말게. 기다렸다가 그 둘만 남
았을 때 여자아이와 늑대를 잡아."

라루카스는 계속 얘기했다.

"네, 알겠습니다."

케르베로스는 성 꼭대기 산책로로 가기 전에 자신의 지휘관에게 가볍
게 절을 하고 돌아섰다.

"또 다른 것이 있습니다."

케르베로스가 이어서 얘기했다.

"그 지역을 정찰하던 다른 인간 전사들이 있습니다. 몇몇은 은 무기를
갖고 있었는데 아마도 얼마 전 주인님이 그 지역을 방문했던 일 때문인
것 같습니다."

"그렇구나."

라루카스는 응답했다.

"거기 가야할 이유가 더 생겼구나. 다가오는 잔치 때 그 곳 사람들을
이용하자. 새로운 위협으로 메시지를 보낼 것이다. 그들이 동맹군을 모
으러 가는 마을들을 모두 지구상에서 쓸어버릴 것이다. 그리고 케르베로
스!"

라루카스가 불렀다.

"너와 함께 가겠다. 그 여자아이가 살아있고 늑대의 사체가 온전했으면 좋겠거든. 그 늑대는 많은 찬사를 가져올 것이고 그 소녀는 내 형제를 그렇게 사로잡은 것을 보면 틀림없이 뭔가 특별한 구석이 있을 것이다."

케르베로스는 돌아서서는 미소를 살짝 지었고 송곳니가 조금 자랐다. 그는 고개를 조금 끄덕이며 가던 길을 갔다.

# 14
## 헤어짐

트라이언은 달빛이 비치는 하늘 아래 절벽 위에 서 있었다. 그는 새로운 세상을 꿈꾸며 지평선 너머를 바라보았다. 아버지가 바라던 자유가 있는 곳. 평온만이 있는 곳. 트라이언은 이곳에 오래 머물지 못한다는 것을 잘 알았다. 그는 해안의 모든 풍경과 소리를 만끽했다. 바다의 짠 내음과 아래 바위에 부딪히는 파도의 소리까지. 그는 인간과 뱀파이어 사이의 새로운 전쟁이 유로파의 마을들을 집어 삼키기 전에 샤샤의 집에 도착을 해서 그들의 여정을 빨리 시작해야 한다는 것을 알고 있었다.

같은 날 밤, 먼 곳에서 샤샤는 그녀의 물건을 큰 포대에 넣었다. 그녀는 허브도 포대에 함께 넣었다. 그녀는 그녀가 기억할 수 있을 때부터 갖고 있던 금 펜던트를 찾았다. 그녀는 불빛에 그 부적을 올려서 살펴보았다. 부적의 한쪽 면은 덜 뜬 눈의 모양처럼 생겼고 위 눈꺼풀과 아래 눈꺼풀에 모두 알 수 없는 문자가 새겨져 있었다. 반대쪽 면은 원 모양을 십자가가 네 개의 사분면으로 나눴고 각 면 안에 동일한 문자가 새겨져 있었다. 샤샤는 목걸이 줄로 펜던트를 감고, 헝겊 조각으로 싼 뒤에 조심스럽게 가방 안에 넣었다. 다가오는 여행을 잘 지낼 수 있을 만큼 튼튼한

지 확인하기 위해 가방끈을 살피는데 아투가 마구 짖기 시작했다.

"왜 그래 아투?"

샤샤는 앞 유리창 밖을 살펴보려고 의자에 올라가면서 물었다. 저 멀리, 십여 명의 남자들이 말을 타고 오고 있었는데 몇몇은 횃불을 들고 있었다. 그들은 그녀의 집을 향해 매우 빠르게 돌진하고 있었고 이내 말발굽이 땅을 두드리는 듯한 소리가 들리기 시작했다. 위험이 샤샤를 사로잡았다.

"빨리! 뛰어야 해!"

그녀는 아투를 향해 소리 질렀다. 그녀는 가능한 한 빨리 가방을 목과 가슴에 걸고 문을 뛰쳐나왔고 아투가 그 뒤를 따랐다.

"저기 있다! 그들을 빨리 잡아라!"

라루카스가 외쳤다. 케르베로스는 한 번의 빠른 동작으로 말이 전속력으로 뛰고 있는 동안 말에서 뛰어내렸다. 그는 땅에 착지했고 잠시도 멈춤 없이 도망가는 둘을 향해 질주했다. 라루카스와 다른 뱀파이어들도 말에서 내려서 케르베로스를 따라 어둠속으로 갔다.

샤샤는 어두운 숲 속으로 비틀거리며 들어가다가 덤불과 나뭇가지 사이로 넘어졌다. 아투는 자주 뒤를 돌아보며 그녀와 보조를 맞췄다. 샤샤는 뱀파이어들이 따라잡기 전이지만 그리 멀리 가지 못했다. 뱀파이어가 샤샤를 뒤에서부터 넘어뜨렸다. 흙 속으로 얼굴이 먼저 들이박혔다. 그녀는 몸을 돌려 케르베로스와 얼굴을 마주치며 소리쳤다. 송곳니가 보이며 어둠을 밝히는 붉은 눈을 가진 그는 쉿쉿 소리를 내며 어린 샤샤의 얼굴에 보이는 공포를 즐기고 있었다.

아투는 케르베로스의 팔을 물고는 그를 힘껏 내던졌다.

"저 늑대를 잡아!"

라루카스가 외쳤고 다른 뱀파이어들이 다가왔다. 여덟 명의 뱀파이어들이 쉿쉿거리며 사악한 소리를 밤하늘에 뿜어내자 아투는 샤샤 앞에 섰다. 그들은 라루카스와 케르베로스가 다시 합류하자 먹잇감을 중심으로 반원을 만들었다. 아투는 가장 가까운 뱀파이의 발목을 잡아 어둠속으로 날려버렸다. 재빠르게 그는 뱀파이어들을 공격하기 시작했다. 먼지가 주변을 둘러쌌고 아투는 샤샤가 도망치기를 원했다. 그녀는 뛰기 시작했지만 이내 멈췄다. 그녀는 아투가 이 괴물들과 혼자 싸우게 내버려 둘 수 없었다.

"그를 내버려둬!"

그녀는 그녀의 늑대 친구를 도와야 한다는 사실에 사로잡혀서 다시 돌아가서 소리 질렀다. 샤샤는 뱀파이어 무리에게 작은 돌을 던졌다. 라루카스는 아투가 여덟 명의 뱀파이어들과 계속 싸우는 것을 곁에서 지켜보며 차분한 목소리로 케르베로스에게 말했다.

"저건 정말 대단한 늑대야. 저 늑대를 죽여야 하는 것이 아까울 정도네. 그렇지만 이번 내 부하들을 한명이라도 잃을 수는 없다."

라루카스는 그의 검을 꺼내어 난투극 앞으로 다가갔다. 다른 뱀파이어와 싸우고 있는 아투를 향해 다가가는 모습을 샤샤가 봤다. 샤샤는 그를 쓰러뜨리기 위해 작은 몸을 라루카스의 옆으로 날렸다.

"안돼!"

그녀는 소리쳤다.

라루카스는 그의 손등으로 그녀를 땅바닥으로 때려서 눕혔고 이내 아투가 돌아섰다. 분노로 가득 찬 아투는 라루카스에게 달려들었다. 뱀파이어 사령관은 움직여 자신의 검을 아투의 머리 꼭대기에 박았다. 칼날은 그의 얼굴과 머리를 강타해 눈에서 코까지 털과 피부를 벌렸다. 그 충격으로 그는 땅에 내동댕이쳐졌다. 아투는 일어서기 위해 헉헉거렸다. 늑대는 다시 공격하려고 준비하다가 비틀거렸다. 아투의 얼굴이 피에 젖어 빨갛게 변하자 샤샤는 공포에 질렸다. 그녀는 앞으로 다가갔지만 케르베로스가 뒤에서 그녀를 붙잡아 그녀가 움직이지 못하게 단단히 고정시켰다. 아투는 땅바닥에 쓰러지더니 재빨리 다시 일어서려고 애썼다. 그는 눈으로 흐르는 피 때문에 눈이 보이지 않아 이리저리 비틀거렸다. 그의 으르렁거리는 소리는 이제 헐떡거림으로 바뀌었다. 아투는 그의 공격 대상이 어디 있는지 파악하고 샤샤가 있는 곳을 알아내기 위해 허공의 냄새를 맡았다.

"나머지는 물러서라."

라루카스가 지시했다.

"고귀한 늑대야, 오로지 너와 나의 대결이다!"

라루카스가 웃으며 말했다. 샤샤는 계속 공포에 질린 채 바라보며 가슴이 찢어졌다. 그녀는 케르베로스의 손아귀에서 떨어지지 못하고 아투의 얼굴을 바라보며 울었다.

"안돼! 제발 멈춰요, 그는 다쳤어요!"

그녀는 울면서 애원했다. 케르베로스는 그의 강한 손으로 그녀의 입을 감쌌다. 그녀의 얼굴에서 눈물이 계속 쏟아지자 그의 길고 더러운 손톱이 그녀의 머리 옆을 스쳤다. 샤샤는 그녀의 자유로운 팔로 눈물을 닦으려고 해봤으나 눈물이 너무 많이 나와서 소용이 없었다. 라루카스가 검을 땅에 박았다.

"조금 재미있게 해볼까?"

그는 양손으로 아투를 잡았다. 아투는 남은 모든 힘을 다해 라루카스의 오른쪽 팔뚝을 물었다.

"악!"

아투가 그를 물고 바닥으로 끌어내리자 뱀파이어는 소리를 질렀다. 두 야수는 흙 속에서 계속 뒹굴었지만 아투는 너무 약했다. 그는 지치기 시작했고 라루카스는 흙 속에서 계속 구르면서도 동물에게 주먹을 날리기 시작했다. 그는 아투의 갈비뼈와 머리를 주먹으로 때린 뒤 두 손으로 동물의 목을 잡았다. 아투는 라루카스를 차고 할퀴다가 결국 피를 많이 흘려 기절했다. 아투는 얼굴을 가린 피 사이로 샤샤를 올려다보면서 호흡이 느려지고 있었다. 라루카스는 승리를 했지만 예상했던 것보다 더 피곤해하면서 천천히 일어섰다. 케르베로스는 샤샤를 땅에 내동댕이치고는 자기 주인에게 가봤다. 샤샤는 약간 어지러운 느낌이 들었으나 바닥에서 일어나 아투에게 달려갔다.

"아투, 제발 죽지마."

그녀는 그의 목을 살짝 어루만지며 울었다. 아투의 눈은 떴다 천천히 감았다. 그는 샤샤를 핥아 보려고 애썼지만 그녀의 얼굴에 닿을 만큼 고개를 들 힘이 없었다. 샤샤는 몸을 앞으로 내밀고 눈물로 범벅된 얼굴을 지금은 진홍색으로 물든 털에 갖다 대었다.

"그의 털이 필요하다, 둘 다 잡아가라!"

라루카스가 부하들에게 말했다. 그는 자신의 오른쪽 팔을 내려다보고는 케르베로스에게 말했다.

"제길, 저 짐승은 대단했어."

다른 뱀파이어가 그의 말을 데려오는 동안 케르베로스는 헝겊 몇 개를 라루카스에게 건네주었다. 라루카스는 재빨리 상처를 붕대로 감고는 말에 올라탔다. 뱀파이어들은 샤샤와 아투를 묶었다. 그들은 다시 샤샤의 집 쪽으로 말을 타며 돌아갔고 아투는 트로피 마냥 라루카스의 안장 앞에 동여매어진 채 간신히 생명을 유지하고 있었다. 샤샤는 케르베로스 앞에 앉았다. 그들은 지나가면서 두 말이 끄는 마차와 다른 두 뱀파이어와 마주쳤다.

"곧 있을 잔치에 사용할 고기를 준비했나?"

라루카스가 말했다.

"네, 주인님."

코가 비뚤어지고 어두운 모자를 뒤집어쓴 늙은 뱀파이어가 말했다.

"여자아이도 같이 넣어라. 하지만 성에 도착하면 음식으로 쓸 인간들과 섞이지 않게 하거라."

라루카스가 케르베로스에게 지시했다. 케르베로스는 샤샤와 함께 내려 거칠게 그녀를 마차 뒤쪽으로 던졌다. 거기는 모든 연령대의 마을 사람들이 충격과 공포에 휩싸여 쇠사슬로 묶여 있었다. 케르베로스는 아무 말도 하지 않고 나머지 마을 사람들과 같이 샤샤를 쇠사슬에 묶어 두고 말이 있는 곳으로 돌아갔다. 샤샤는 자신의 집 근처 마을에 사는 윈프레드 아저씨를 비롯해서 여러 명의 포로들을 알아봤다.

샤샤는 피곤했고 지쳐 잠이 들었다. 샤샤는 다음 아침 여전히 쇠사슬에 묶인 채 마차 안에 있었다. 그녀는 아투가 죽었을까 걱정되어 하루종일 울었다. 그녀가 알 수 있는 것은 이 여정이 시작된 지 사흘이나 나흘 정도 지났다는 것이었다. 포로들이 매일 아침에 일어나면 수레의 양쪽에 수조가 있었다. 한 개는 물로 가득했지만 다른 하나는 야채와 빵이 있었다. 어떤 포로들은 그들이 도살장으로 가는 소처럼 자신들에게 먹이를 먹이고 있다는 것을 알고는 음식을 안 먹으려고 했다. 샤샤도 먹지 못했고 그로인해 매우 약해졌다. 마차의 바닥에 누워있을 때 그녀는 그녀 눈앞에 있는 트라이언을 상상했다.

며칠 밤을 보낸 뒤 마차는 험한 길을 천천히 굴러가다 멈춰 섰다. 샤샤는 수레에 올라탄 마지막 포로였기 때문에 나올 때는 맨 처음 나왔다. 뱀파이어들이 그녀를 수레 밖으로 끌고 나가자 그녀는 옆으로 움직여서 올려다보았다. 보름달은 그녀 앞에 아파나세이의 성을 비췄다. 땅 속에 박혀 있는 방어벽은 그 주위를 둘러싸고 있는 불길한 어두운 산속으로 솟아올랐다. 마치 달을 향해 뻗은 네 개의 송곳니처럼 뾰족한 탑들이 산의 스카이라인을 넘봤다. 뱀파이어들이 포로들을 성 쪽으로 데려갈 때의 적막은 무서웠다. 인간 노예들은 큰 돌로 된 감시 망루를 지나 성 안쪽의 열린 성 안으로 작은 횃불로 비춰진 다리를 가로질러 행진했다. 샤샤는 그들에게 점점 다가오고 있는 마지막을 받아들이며 뒤돌아서 패배당하고 부서진 채 뒤따라오고 있는 한 남자를 바라보았다. 샤샤는 아투가 확실히 죽었을 것이라는 생각에 슬픔을 극복하지 못하고 있었다. 트라이언에 대한 생각이 그녀에게 작은 위안이 되었다. 그녀는 그가 자신을 위해 올 것이라고 믿었지만 그 희망이 그녀의 마음속의 슬픔을 이겨내게 할 수는 없었다. 그녀 자신의 비참한 상황에도 불구하고 그녀의 모든 생각은 죽은 동물 친구에게 향해 있었다. 샤샤는 빠르게 성의 지하 감옥으로 옮겨졌다. 거기서 그녀는 개 우리보다 조금 더 큰 작은 감옥 안에 있었다. 이 여정에서 지옥으로 함께 가는 동지들은 그녀와 가까운 곳에 큰 우리에 갇혀 있었다.

# 15
## 집에 돌아온 트라이언

트라이언은 해변에서 샤샤의 집으로 돌아왔다. 모래언덕 색깔 말을 타고 달리다가 그는 갑자기 공포감에 휩싸였다. 꼭 샤샤에게 무언가 문제가 생긴 것 같은 느낌이었다. 그는 즉시 속도를 올렸다. 그는 밤새 말을 타고 달리면서 말의 한계를 시험했다. 샤샤의 집이 시야에 들어오자 트라이언은 물건들이 제 자리에 없다는 것을 알아차렸다. 집 안에는 불도 촛불도 없었고 많은 말굽 자국이 집 쪽을 향했다. 트라이언은 발자국들을 따라갔고 샤샤가 말들이 도착하기 전에 도망쳤을 것이라는 추측을 했다. '그녀가 탈출할 수 있었을까? 그녀는 괜찮나?' 트라이언의 머릿속은 질문들로 가득 찼다. 잠시 후, 트라이언은 아투가 뱀파이어들에게 마지막까지 저항했던 장소에 다다랐다. 샤샤가 탈출했을 것이라는 트라이언의 희망은 희미해져갔다. 그는 사방팔방 흩어진 아투의 피를 발견했다. 그가 더 많은 단서를 찾기 위해 흙을 뒤져보다가 부러진 뱀파이어 송곳니와 뱀파이어 피를 발견했다.

"잔혹한 싸움이었던 것이 틀림없어."

그는 생각했다. '아투가 살아남았을까? 아닐 것 같아.'

트라이언은 그 부근의 수색을 이어가며 덤불 옆에서 샤샤의 가방을 찾았다. 트라이언은 죄책감에 빠졌다. 그는 두 무릎을 꿇고 가방을 움켜잡았다. 그의 거친 숨을 몰아쉬며 양손으로 가방을 꽉 쥐었다. '내가 여기더 빨리 왔어야 했어.' 그는 생각했다. 그의 죄책감이 걷잡을 수 없는 분노로 바뀌면서 그의 눈에서는 불꽃이 튀기 시작했다. 그는 여전히 무릎을 꿇은 채 가방을 내던지고 양팔을 옆으로 치켜들었다. 그는 밤하늘에 대고 끔찍한 으르렁거리는 소리를 질렀다. 그 끔찍한 소리는 근처 나무에서 쉬고 있던 모든 새들이 놀라서 집을 버리고 트라이언이 있는 곳으로부터 사방으로 날아가게 만들었다. 트라이언은 야수처럼 헐떡이고 있었고 이마에서 땀이 뚝뚝 떨어지며 눈의 빛은 어두운 숲을 비추고 있었다.

그는 차분해지려고 애썼다. 달빛은 트라이언이 가방을 땅에 던졌을 때 드러난 샤샤의 펜던트를 비추었다. 트라이언은 그 부적의 금빛 눈을 응시했고 그의 마음이 그 금빛 눈동자를 샤샤의 금빛 눈으로 바꿨다. 그 환영은 트라이언을 진정시켰고 샤샤의 모습도 희미해지며 그의 눈에서 나던 빛도 수그러들었다. 진정된 트라이언은 샤샤의 물건들을 다시 주머니 속에 넣었고 그는 추가 단서를 찾기 위해 현장을 뒤졌다. 그가 땅을 더 살펴보았을 때 쇠사슬 고리를 발견했다. 뱀파이어 하나가 죄수들을 제압하는데 흔히 사용하는 것으로 트라이언은 고리를 알아봤다. 아투와 뱀파이어들이 몸싸움을 벌일 때 벨트 하나가 떨어진 게 틀림없었다.

'어쩌면… 아직 가망이 있을지도 몰라.' 그는 감히 생각을 해 보았다. '그녀가 만약 포로로 잡혀 있는 것이라면 그들은 그녀를 바로 죽이지는 않을 거야. 그녀는 다가오는 축제를 위해 성으로 끌려갔을지도 몰라.'

트라이언은 샤샤의 가방을 갖고 말에게 돌아갔다. 그는 다키아 쪽으로 말머리를 돌렸다. 그는 말의 옆구리를 발로 찼고 그 아름다운 동물은 뒷다리로 일어섰다.

"샤샤!"

말의 앞다리가 땅으로 다시 내려왔을 때 트라이언이 샤샤 이름을 외쳤고 말은 바로 밤을 향해 달리기 시작했다. 그는 가능한 한 빠르게 달리면서 본인과 말을 계속 극단으로 밀었다. 그는 오후에도 계속 달릴 수 있도록 어두운 숲길을 선택했다. 그가 택한 길은 다른 길에 비해 태양으로부터 더 숨기 쉬웠지만 햇볕으로부터 완전히 자유로울 수는 없었다. 트라이언은 자신을 이렇게 계속 한계로 밀어부치면 자신이 온전히 보호받을 수 없다는 것을 잘 알고 있었다. 그는 자신의 안전은 고려하지 않고 말에게는 최소한의 휴식만 허용하고 밤낮으로 말을 계속 탔다. 그는 말을 타고 달리면서 그가 챙긴 여분의 옷들로 얼굴과 머리를 가렸다. 임시로 사용한 터번은 눈 주의를 제외하고는 그의 머리 구석구석을 덮었다. 그의 손은 햇볕으로부터 화상을 입었다. 그의 손에서는 이미 붉고 갈색의 물집이 잡히기 시작했다.

트라이언은 자신의 안전은 신경 안 쓰고 전진했다. 그의 코트로 가능한 만큼 손을 가렸지만 손만 문제가 된 것이 아니었다. 비록 트라이언의 몸은 대부분의 빛으로부터 보호가 되었지만 태양으로부터 뿜어져 나오는 미세한 양의 독이 뱀파이어의 몸 전체로 퍼지는 것으로 알았다. 감염을 활성화시키지 않기 위해서는 더 이상의 노출은 안됐다. 그렇기 때문에 대부분의 뱀파이어들이 햇빛으로부터 멀리 떨어지려고 매우 조심했다. 설령 가려져 있다 하더라도 태양의 광선은 뱀파이어들에게 여전히 해로웠다. 태양에서 뿜어져 나오는 열기는 옷을 관통하고, 옷과 그늘은 흔히 그들이 말하는 '태양병'으로부터 보호는 해주지만 그 열기는 트라이언의 머리를 욱신거리고 아프게 했다. 트라이언은 엄청난 불편함에도 불구하고 앞으로 나아갔다.

둘째 날, 트라이언은 말을 위해서 쉬어 갔고 짙은 그늘이 있는 곳을 찾았다. 그는 터번을 풀고서 덤불 속에 토했다. 그의 몸은 태양의 열에 노출되어 병들었다. 트라이언은 두 손을 감싼 헝겊도 풀고는 물집이 아직 남아있는 것을 확인했다. 트라이언은 물집을 보고 놀라는 눈치였으나 부드럽게 다시 두 손을 감싸고 머리에 터번을 씌웠다. 그의 유일한 생각은 행여나 태양병에 걸렸더라도 샤샤를 구할 수 있을 만큼은 버텨야 된다는 것이었다.

며칠 밤과 낮을 여행한 끝에 마침내 트라이언은 아파나세이의 성에 도착했다. 몇몇 뱀파이어는 트라이언이 말에서 내릴 때 다양한 인사와 경례로 인사했다. 트라이언을 말에서 내려 뜰을 지나갔다. 트라이언은 자신에게 존경심을 표하고 있는 뱀파이어들을 신경 안 썼다. 트라이언은 라루카스의 방으로 곧바로 갔다. 자신도 모르게 문을 열고 들어섰다. 라루카스는 침대에 앉아있었다. 그는 셔츠를 입지 않았고 오른 팔은 심하게 붕대로 감겨져 있었다. 긴 검은 머리를 늘어뜨린 두 여자 뱀파이어도 셔츠를 입지 않은 채로 그의 양 옆에 앉아있었다.

"지금 당장 나가!"

트라이언은 두 여인을 보고는 으르렁거리며 말했다. 여인들은 재빨리 고개를 끄덕이는 라루카스를 쳐다봤다. 그들은 요란하게 문밖으로 향했지만 먼저 트라이언을 향해 험악한 표정과 쉿쉿 소리를 내고서야 나갔다. 트라이언은 그들 뒤로 문을 쾅 닫았다.

"대단한 트라이언께서 몸을 낮춰 아파나세이 경의 성으로 돌아왔을 뿐 아니라 그의 가장 오래되고 친한 친구를 찾아오다니 매우 좋고 놀랄 만한 일이 아닌가!"

라루카스가 비꼬았다.

"자네는 게르마니에서 있었던 흥미로운 순간을 놓쳤다네."

"그들은 어딨지?"

트라이언은 낮지만 단호한 목소리로 질문했다.

"그 늑대와 작은 여자아이 말하는 거야? 그들을 알고 있었어?"

라루카스는 시니컬한 목소리로 물어봤다.

트라이언은 대답하지 않고 라루카스를 잠깐 쏘아보고는 물러서서 문을 열었다.

"트라이언!"

라루카스는 그가 나가려는 것을 막아보려고 불렀다.

"잔치 전에 경기장 행사에 참석할거지? 아파나세이는 포획된 늑대들과 싸우기 위해 모든 위대한 전사들의 참석을 계획했는데 특히 흰 늑대를 죽이는 것을 그가 직접할 예정이야. 그는 그 행사에 많은 기대를 하고 있어."

"아니."

트라이언은 차갑게 대답했다.

"그러면 재밌는 부분을 다 놓치잖아."

라루카스는 입을 다물고 웃으면서 말했다.

"자네는 내가 축제에 신경 쓸 것 같아?"

트라이언이 물었다.

"왜 아니야? 천한 여자아이에 신경 쓰는 것 보다 낫지."

라루카스가 답변했다. 라루카스는 앉은 자세로 몸을 앞으로 내밀면서 말을 이어갔다.

"우리가 변한 후 몇 년 동안 많은 것이 바뀌었어."

"그래 맞아, 친구."

트라이언은 차갑지만 눈에 띄게 라루카스를 비하하는 말투로 말했다.

트라이언은 몸을 돌려 라루카스의 방을 나가면서 문을 열어 둔 채 복도로 걸어 나갔다.

"우리는 아직 그 여자아이를 어떻게 할지 결정 안 했어."

라루카스는 침대에서 거의 웃으면서 복도를 향해 외쳤다.

"몇 년간 그녀를 계속 포로로 붙잡아 놓고 충분한 식사량이 될 때까지 애완동물처럼 키우겠지…. 아니면 그녀를 케르베로스에게 줄 수도 있고 그가 은근 그녀가 있는 것을 즐기는 것 같던데."

트라이언은 라루카스가 자신의 반응을 보려고 그런다는 것을 알기에 흐트러짐 없이 계속 걸었다. 트라이언은 케르베로스가 샤샤에 대해 아무런 관심이 없다는 것을 알고 있었다. 케르베로스는 맹렬히 싸우는 전사로 용감하고 부족 전체에서 최고의 추적자였다. 하지만 그는 거의 모든 것에 대해 무관심한 태도를 가지고 있었기 때문에 그녀가 일단 성 안으로 인도된 후에는 샤샤에 대해 잊어버렸을 것이 분명했다. 트라이언은 지하 감옥으로 이어지는 특수 계단을 통해 바로 내려갔다. 그는 아파나세이의 최고 지휘관 중 한 사람이라는 직책 덕분에 성 전체를 자유로이 통행했고 그가 경비병을 지나는데 전혀 어려움이 없었다.

지하 감옥은 넓은 구역 곳곳에 듬성듬성 있는 횃불만 있어 매우 어두웠다. 지하 감옥은 많이 축축하고 습했다. 동물들은 일체 없었다. 쥐들조차 성을 버리고 떠난 지 오래다. 심지어 가장 밑의 해충들도 그 비참한 곳에 있으면 안 된다는 것을 알고 있었다. 마침내 트라이언은 감옥에서 샤샤를 찾았다. 그는 재빨리 벽에서 횃불을 빼서 들고는 그녀가 있는 우리로 달려갔다. 트라이언은 창살 사이로 샤샤를 바라보며 슬픔에 빠졌다. 그녀는 매우 약하고 지쳐 보였다. 그녀는 고개를 들어서 불빛이 있는 쪽을 바라보며 트라이언을 알아봤다. 그녀는 입을 열지는 못하고 작은 미소를 지을 수밖에 없었다. 그것은 그녀의 평상시의 밝고 명랑한 기질과는 거리가 너무 멀었다.

"당신이 올 줄 알았어요."

그녀는 그가 철창 사이로 넣은 손 위로 머리를 떨어트리며 작은 목소리로 속삭였다. 몇몇 사람들이 옆의 감방에서 지켜보았다. 그들은 트라이언이 그들을 먹으러 왔다고 생각하며 무서워했다.

"샤샤!"

트라이언이 걱정하며 불렀다. 샤샤는 다시 올려다봤다.

"트라이언, 아투가 죽었어요. 내가 그를 도울 수가 없었어요."

그녀는 울기 시작하며 얌전하게 말했다.

"미안하다 샤샤. 이 모든 것이 내 책임이란다."

트라이언은 슬픔에 젖은 목소리로 말했다.

"내가 여기서 너를 빼낼 거야."

그가 속삭였다.

"그렇지만 내가 돌아올 때까지 힘을 내야 한다."

그는 아투를 잃은 상실감으로 하도 울어서 퉁퉁 부은 눈을 바라봤다.

"샤샤, 아투는 아직 살아있단다."

트라이언이 말했다. 샤샤는 힘을 얻은 듯 일어나서는 창살에 기댔다.

"진짜요? 어디요? 그는 괜찮아요?"

"그는 괜찮을 거야."

트라이언이 대답했다.

"샤샤, 들어봐….

그는 더 작은 속삭임으로 말했다.

"내가 이 성에서 해가 올라오기 전에 너희 둘 모두를 빼낼게. 하지만 강해져야 한단다. 이것을 먹고 있어라."

그는 그녀의 감방 안으로 빵과 야채를 조금 건네며 말했다.

"그리고 가능하면 잠을 조금이라도 자야 한단다."

트라이언은 부드럽게 그녀의 얼굴을 문질렀다. 샤샤는 그의 손을 꽉 잡았다.

"고마워요, 너무 보고 싶었어요."

그녀는 자신의 보호자가 돌아왔다는 것에 안도했다.

"응, 알고 있어."

트라이언은 일어서기 전에 작은 미소를 보였다.


트라이언은 지하 감옥을 나와 아파나세이가 매일 업무를 수행하는 본 관으로 갔다. 트라이언은 뱀파이어 부족의 영주에게 가는 두 개의 큰 나무 문 앞으로 다가갔다. 두 명의 아파나세이 개인 병들이 지키고 서있었다. 그들은 각각 가슴과 다리에 검정색 갑옷을 입고 있었다. 갑옷 아래 보라색과 금색 소매가 있는 빨간 셔츠를 입고 있었다. 그들은 가장자리에 똑 같은 금색과 보라색 무늬가 있는 긴 빨간 망토를 입었다. 그들의 헬멧은 입술 위부터 얼굴이 가려졌다. 둥글고 검은 헤드피스에 나 있는 긴 슬릿 사이로 볼 수 있었다. 양족에서는 쇠뿔이 뻗어 나와 얼굴 앞에서 휘어졌다. 그들은 옆구리에는 짧을 칼을 차고 두 손에는 커다란 창을 들고 있었다. 트라이언이 다가서자 그들은 창을 내려 그의 입장을 막았다.

"아파나세이 경에게 무슨 볼일이 있느냐?"

경비 하나가 툭 내뱉었다. 그들은 다른 뱀파이어들과 같이 존경심을 가지고 트라이언을 바라보지 않았다. 그들은 오로지 아파나세이를 섬겼다. 그들은 백 퍼센트 그에게만 충성했다. 트라이언은 잠시 동안 등에 매어 있는 검을 향해 손을 뻗을까 생각했지만 그 행동이 샤샤를 구출하는 데 도움이 되지 않는다는 것을 알고 있었다.

"너의 주인님에게 트라이언이 돌아왔고 그를 뵙기를 청한다고 말씀 올려라."

트라이언은 경비병에게 지시했다. 경비 하나가 문을 살짝 열고는 안으로 들어갔다. 그는 재빨리 돌아왔고 트라이언에게 들어오라고 말했다. 두 경비는 무거운 문을 밀어서 열었다. 문이 삐걱거리면서 열리자 트라이언은 큰 복도로 들어섰고 그의 발자국 소리가 방 전체에 울려 퍼졌다. 홀에 있는 긴 통로가 통치자에게로 가는 통로였다. 그 길은 양 옆으로 아파나세이의 대리석 조각상들이 실물보다 훨씬 큰 크기로 영웅적인 자세를 취하고 있었다. 통로 끝에 있는 왕자에 아파나세이는 앉아있었다. 그의 왕좌는 흰 늑대 털로 덮여 있었는데 아마도 아투의 무리들 것이라고 트라이언은 생각했다.

트라이언이 다가오자 아파나세이는 그의 웨이브진 검은 머리카락을 머리 뒤로 묶고는 왕좌에서 일어났다. 그는 그의 크고 빨간 망토를 바로 잡아 완전히 뒤로 보내며 왕좌가 올라가 있는 라이저에서 내려왔다. 그의 갈색 눈과 할아버지 같은 얼굴은 트라이언과 눈을 마주치는데 다정해 보였다. 두 남자는 서로를 향해 걸어갔고 트라이언은 아파나세이가 무장하지 않았다는 사실을 알아차렸다. 트라이언은 그를 쓰러뜨리고 싶었지만 기다려야했다. 그는 샤샤와 함께 탈출을 할 수 있는 기회가 생길 때까지 시간을 벌어야 했다. 서로 가까이 이르렀을 때 아파나세이가 손을 내밀며 인사했다.

"우리 왕국에서 너를 보기가 힘들구나. 내 친구여."

그의 목소리는 활기차고 힘이 넘쳤다.

"네가 와줘서 기쁘다. 자네와 할 얘기가 있다."

그는 이어갔다.

"무슨 일인가요 주인님?"

트라이언은 조심스럽게 물어봤다.

"트라이언 중령, 너는 여행을 매우 자주 하지."

아파나세이가 시작했다.

"평소 같으면 이런 행동을 좋아하지 않겠지만 자네의 이런 이상한 행동이 지금 보니 유용할 것 같다. 여행하는 동안 대륙을 가로지르며 생길 수 있는 새로운 적에 대해 들어본 적이 있는가? 뱀파이어 사냥꾼이라고 하는?"

그가 물었다.

"저는 그런 무리에 대해 들어보지 못했습니다. 설령 그런 것이 있다 하더라도 우리에게 위협이 될 수 없을 것입니다."

트라이언은 대답했다.

"아무리 작고 소소해도 숫자가 많아지면 거슬릴 수 있다."

아파나세이가 반박했다.

"매우 맞는 말씀입니다."

트라이언이 동의했다.

"이 무리들에 대해 더 알고 있는 것이 없어서 실망스럽구나."

아파나세이가 말했다.

"실망시켜 드려서 죄송합니다 주인님."

트라이언은 고개를 살짝 숙이며 말했다.

"여기 우리 둘 밖에 없단다 트라이언."

아파나세이가 말했다.

"듣기 좋은 예의 차리는 행동은 파트너인 라루카스와 하거라. 자네는 어차피 그런 것에는 좀 약했다. 나의 이 왕국을 세우는데 자네의 큰 공이 없었더라면 오래전에 자네를 지도했을 것이다. 안타깝게도 나는 자네를 대할 때 좋은 것과 나쁜 것 모두를 함께 대해야 한다네. 아무튼 자네의 용감무쌍한 행동이 다시 필요해졌네. 새로운 위협 세력이 일어서고 있으니 전면에서 나설 수 있는 최고의 전사가 필요하다. 나는 자네에게 새로운 대대의 병사를 배정하겠다. 자네는 영토를 가로지르면서 인간들을 우리 종족으로 바꾸거라. 인간들이 우리에게 대항할 수 있을 만큼의 동력이 생기기 전에 우리 군대의 숫자를 늘릴 것이다. 자네가 나의 오른팔이라고 한 번 더 믿어도 되겠느냐?"

"당연합니다."

트라이언은 아파나세이에게 의심이 생기지 않도록 빠르게 답변했다.

"그렇지만 사냥꾼들에 대한 증거가 있습니까?"

"아직은 많지 않지만 자네 동지 라루카스가 소녀와 흰 늑대를 잡아오면서 나에게 언급했다. 그는 그들이 사냥꾼의 일행이라고 생각한다. 게다가 그 소녀를 고문해서 그들의 힘이나 위치에 대한 자세한 내용들을 빼내려고 한다."

아파나세이가 설명했다.

"네? 소녀를 고문하는 것이 어떻게 우리가 방어를 제대로 하는데 필요한 기밀 정보를 얻을 수 있단 말입니까?"

트라이언은 화를 내며 물었다.

"진정해라 사령관."

아파나세이는 엄중한 투로 말을 가로챘다.

"자네가 우리 종족의 방식을 온전히 받아드린 적이 없다는 것을 알지만 자네는 이 종족의 일원이라는 것을 잊지 말아야 하고 자네가 보이고 있는 이런 인간의 감정은 우리의 새로운 세상에서는 존재할 수 없음을 알아야 한다. 그녀가 어떠한 정보도 가지고 있지 않을 수도 있다. 그렇지만 그녀가 고문당하건, 죽임을 당하건, 간식으로 먹게 되건 누가 신경이나 쓰겠나. 결국 그녀는 인간일 뿐이다."

"제가 그 소녀를 향한 어떤 마음이 있어서 얘기를 한 것이 아니라 우리에게 필요한 정보를 줄 능력도 없는 어린 인간들을 고문하는데 저희의 노력을 낭비해야 한다는 것 때문이었습니다. 사실에 대해 알아보기 위해 정찰대를 파견하는 것이 나을 것입니다."

트라이언은 샤샤에 대한 개인감정을 숨기면서 대답했다.

"자네 말이 아마 맞을 것이다. 하지만 라루카스가 그 아이와 보내는 시간은 길지 않을 것이다. 그 아이는 어리고 그녀가 받을 처벌을 그녀는 오래 버티지 못할 것이다. 그건 그렇고….."

그는 말을 이어갔다.

"둘 다 새 임무로 인해 바로 떠나게 하지는 않을 것이다. 내일 밤 성대한 잔치와 서커스가 있을 것이다. 나의 고위 장교들은 모두 참석을 요한다. 그리고 주요 행사는 잡아온 흰 늑대와 내가 경기에서 싸우는 것이다. 지도자는 그의 사람들에게 전장에서 여전히 싸울 수 있는 능력을 보여주는 것은 항상 좋다."

"모든 사람들이 주인님의 활동하는 모습을 환영할 것입니다."

트라이언은 동의했다. 트라이언은 허리를 살짝 굽혀 인사를 하고서는 돌아섰다. 그는 복도를 걸어 나가면서 다음 날 밤에 있을 행사에 대해 생각했다. 그는 이런 행사에 뱀파이어들이 매우 흥분한다는 것을 알고 있었다. 그들은 갈증을 해소하면서 경기장 내에서 전투를 지켜본다. 먹이에 대한 사냥과 폭력에 거의 모든 뱀파이어들은 광란에 빠진다. 그 흥분 속에서 그들은 잘하면 들키지 않고 빠져나올 수 있을지도 모른다고 트라이언은 생각했다. 트라이언은 밤중에 생길지 모르는 뱀파이어의 일에 산만해지고 싶지 않아 일찍이 숙소로 돌아갔다. 방 안에 있는 작은 의자에 앉은 그는 샤샤와 아투를 해방시킬 수 있는 가장 좋은 방법에 대해 생각을 해봤다. 그는 동이 트기 직전에 탈출하기로 결심했다. 해가 올라올 때 말을 탄다는 것은 그가 큰 고통을 겪게 되지만 그들과의 거리를 어느 정도 두기 쉬워지고 그들을 쫓기 위해 파견된 뱀파이어들과의 거리도 벌릴 수 있을 것이다.

축제 당일 해가 지자 트라이언은 샤샤를 방문하려고 방에서 나왔다. 그가 방문을 열자 복도 맞은편 바닥에 앉아있는 케르베로스를 발견했다. 트라이언이 걸어 나오자 케르베로스가 그를 쳐다봤다.

"라루카스가 자신의 감시견을 보내다니 황송한데."

트라이언은 케르베로스를 내려다보며 말했다. 케르베로스가 일어서며 둘은 얼굴을 맞대며 섰다.

"우리는 당신이 축제에 꼭 참석했으면 좋겠어."

케르베로스가 으르렁 댔다.

"우리는 이번 행사의 음식을 위해 매우 먼 곳까지 다녀왔으니까."

"우리의 식량이 줄어들고 있는 것을 알지만 잔치를 위해 인간을 모으러 가기에 그곳은 엄청나게 먼 곳아닌가."

트라이언은 그들이 샤샤를 어떻게 발견했는지 알아보기 위해 케르베로스를 부추겼다. 트라이언이 잠시 돌아왔을 때 라루카스가 그를 미행하게끔 케르베로스에게 시킨 것 같다는 의심을 들었다. 케르베로스는 가까이 미행을 하면서도 상대가 알아차리지 못하게 할 수 있는 전문성을 갖춘 유일한 추적자였다. 하지만 케르베로스는 트라이언의 미끼를 물지 않고 마치 지금 상황이 두 사람의 전투로 확대되기를 바라는 듯이 겁내지 않고 트라이언을 계속 노려봤다. 그들이 그렇게 서로를 바라보고 있는데 돌로 된 복도 아래에서 둘을 향해 다가오는 발자국 소리가 들렸다. 아파나세이와 라루카스였다. 케르베로스는 그의 주인 앞에서 싸움을 부추기는 것처럼 보이고 싶지 않아 트라이언에게서 떨어졌다.

"트라이언, 자네가 다시 서둘러 떠나지 않아서 좋구나. 오늘은 정말 위대한 밤이 될 것이다. 준비는 계속되고 있고 우리는 몇 시간 후에 시작할 것 같다. 내가 포로로 잡힌 늑대와 싸울 때 자네가 두 번째로 나서겠나?"

아파나세이가 묻자 라루카스는 눈에 띄게 괴로워했다.

"영광입니다."

트라이언은 불만이 가득한 라루카스의 눈을 바라보며 대답했다.

"좋다. 그럼 다섯 시간 후에 경기장에서 만나자."

아파나세이가 말했다.

# 16
## 탈출 시도

성은 이런저런 준비로 활기가 넘쳤다. 주요 홀과 복도는 흥분한 뱀파이어들로 가득 찼다. 피를 향한 충동과 폭력은 사악한 혼합물처럼 광란에 기름을 부었다. 트라이언은 복도를 지나 걸었고 아직 살아 있는 인간들이 성의 여러 식당 안으로 들어가는 모습을 보았다. 성은 트라이언이 지금껏 기억하고 있는 것보다 훨씬 더 요란했다. 그는 춤을 추는 뱀파이어와 서로를 애무하는 커플을 지나갔다. 조금은 이상하지만 어느 정도 통제된 듯한 혼돈이 성을 가득 메우고 있었다. 트라이언은 군중을 헤치고 경기장 쪽으로 향했다.

"실례합니다, 아직 아무도 시설에 들어갈 수 없습니다."

입구에 있는 경비원이 말했다.

"나는 아파나세이 경의 오늘 밤 전투 두 번째 순서로 참가한다. 전하가 이 곳에 오시기 전에 경기장 구내를 살펴야겠다."

트라이언은 경비병에게 단호하게 말했다.

"네 트라이언 주인님!"

경비병은 옆으로 물러나며 말했다. 트라이언은 경기장 먼 쪽에 있는 동물들의 우리를 발견했다. 동물들은 경기장으로 이어지는 터널 안의 여러 곳으로 나뉘어 갇혀 있었다. 트라이언은 벽에서 떼어낸 횃불을 들고 어두운 터널 안을 걸어갔다. 그는 다양한 종류의 늑대와 들개를 지났다. 대다수가 이미 약해지고 패배해 짖거나 으르렁거리지 않았다. 뱀파이어들은 경기장 내에서 예상하지 못한 패배가 일어나지 않기를 원했다. 그는 드디어 아투를 발견했다. 예상대로 아투는 아파나세이와의 만남 전에 문제가 생기지 않도록 따로 우리 안에 있었다. 트라이언은 우리 옆에 무릎을 꿇으며 아투의 관심을 받았다.

"이제 갈 시간이야."

그가 속삭였다. 트라이언이 우리의 자물쇠를 따려고 하는데 뒤에서 목소리가 들려왔다.

"거기서 뭐해?!"

아파나세이의 두 경호병이 트라이언을 향해 달려왔다. 트라이언은 아파나세이가 자신의 경호 요원들을 보내 아투를 보호할 것이라고는 생각지 못했다. 그들이 다가오자 트라이언은 경비병들을 진정시켜 보려고 두 팔을 앞으로 내밀고 서있었다. 경비병들은 트라이언의 설명을 듣기위해 창을 내렸다. 그 중 한 경비병은 우리에 손댔는지 확인하기 위해 아투의 우리 쪽으로 갔다. 트라이언은 이 기회를 놓치지 않고 등 뒤에 검을 뽑아 혼자 남아있는 경비병을 향해 내리쳤다. 경비병은 창을 들어올렸다. 트라이언은 휘두르는 창을 받아 치고는 재빨리 경비병의 머리를 베었다.

나머지 경비병이 트라이언에게 다가갔다. 아투는 자신의 우리 끝에 가까이 있는 경비병의 긴 망토를 물었다. 그는 경비병을 세게 당겨서 우리 쪽으로 넘어지게 만들었다. 경비병이 다시 일어서기 전에 트라이언은 그의 앞에 서서 검으로 경비병의 갑옷을 뚫고 가슴에 내리꽂았다. 트라이언은 죽은 뱀파이어 몸에서 칼을 뽑아 우리 위에서 발로 차서 떨어트렸다.

그는 칼을 들어 우리의 자물쇠에 쾅하고 세게 부딪쳤다. 좌물쇠가 부러졌고 아투는 우리의 문을 열고 자유를 향해 나왔다. 아투는 두려워했고 아직 힘을 다 회복하지 못했다. 트라이언은 늑대가 샤샤를 풀어주는데 있어 그의 탐색에서 늦춰지지 않기를 속으로 바랐다. 아투는 긴장한 듯 일어서며 또 싸울 상대 뱀파이어를 찾았다.

"네 정신은 패배하지 않았구나. 그러나 우리는 조심해야 해. 이 곳은 맹목적으로 전투에 임할 곳이 못된다. 우리가 샤샤한테 안전하게 다가가려면 다른 경비병들을 몰래 피해서 다녀야 한다."

트라이언은 아투에게 지시했다.

"빨리 가자!"

트라이언이 경기장 복도로 뛰어들어 경비가 없는 작은 출구로 나갔다. 트라이언은 성곽 하수구로 뛰어 들어 온갖 쓰레기들을 지나 지하 감옥을 향해 걷기 시작했다. 오물의 깊이가 꽤 깊어 아투는 트라이언을 따라잡는 것을 어려워했다. 트라이언은 너무 중요한 시간을 빼앗기기 싫어 아투를 잡아서 그의 어깨 위에 올렸다.

그가 오물을 헤치며 걸어갈 때 그의 동료 뱀파이어들이 지르는 비명소리가 성에서 메아리 쳤다. 소리가 얼마나 큰지 깊은 하수구까지 들렸다. 트라이언은 먹는 시간이 곧 시작된다는 것을 깨달았다. 그는 속도를 내며 모퉁이를 돌아 감옥 쪽으로 더 가까이 나아갔다. 그는 성의 모든 내부를 기억해서 매우 다행이라 여겼다. 훌륭한 지휘관은 언제나 그의 지형에 익숙해야 한다. 트라이언은 혹시 있을지 모르는 적의 공격이나 다른 비상상황에 직면할 경우를 위해 성을 잘 알고 있었다. 그가 상대해야 할 적이 자신이 입양된 종족 내에서 나타날 것이라고는 생각지도 못했다. 트라이언은 짧은 계단을 아투를 들고 올라 조심스럽게 감옥 쪽으로 들어갔다. 트라이언은 아투를 바닥에 내려놓았지만 그의 목덜미는 잡고 있었다.

"쉿. 우리가 여기서 샤샤를 안전하게 빼내기 위해서는 조용히 해야 한다. 이 성안에 가득한 뱀파이어 무리와 싸움을 하면서 샤샤를 보호할 수는 없다. 알겠지?"

트라이언은 아투에게 속삭였다. 아투는 입을 닫았고 허공을 향해 냄새를 맡고는 샤샤의 냄새가 나는 방향 쪽으로 발을 들어올렸다. 트라이언은 아투가 그의 지시를 이해했음을 알아차리고는 그의 목덜미를 놓아주었다.

"나를 따라와!"

그가 속삭였다. 트라이언은 조심스럽지만 더 빠르게 움직였고 아투도 가까이서 부드럽게 따랐다. 트라이언은 모든 경비병들이 잔치에 참가하러 갔다고 짐작했다. 어쨌든 그들은 포로들이 탈옥할 것이라고 두려워할 이유가 없었다. 트라이언은 샤샤의 감옥에 다다랐다. 그녀는 감옥의 문 근처에 누워서 반쯤 잠들어 있었다. 아투는 코를 창살 사이로 밀어 넣어 그녀의 얼굴을 핥았다. 샤샤는 눈을 떴고 마침내 그녀의 동반자를 다시 만나 미소를 지으며 기쁨에 소리쳤다.

"아투! 정말 살았구나!"

그녀는 창살 사이로 손을 뻗어 그의 목을 끌어안으며 소리쳤다. 그리고는 그녀의 손가락으로 얼굴의 깊은 상처를 어루만졌다.

"많이 다쳤어?"

그녀는 부드럽게 말했다.

"샤샤, 서둘러야 한단다."

트라이언이 끼어들었다.

"뒤로 물러서라."

샤샤는 문에서 뒤로 물러났다. 트라이언은 등에서 검을 빼내어 한 번의 스윙으로 자물쇠를 박살내며 망가뜨렸다. 그가 문을 열었고 샤샤는 아투에게 달려가 안아주고는 트라이언을 안았다. 트라이언은 무릎을 꿇고 샤샤와 아투를 내려다보았다.

"내가 말을 대기시켜 놓은 곳까지 나가야 한다. 여행에 필요한 짐은 싸 놓았고 여기서 멀지 않지만 우리는 조심해서 가야 한다. 뱀파이어들은 지금 광란의 먹이 시간이고 우리가 관심을 끌지 않도록 해야 해. 나를 따라오고 조용히 해야 한다."

그가 설명했다. 그가 지하 감옥의 작은 복도를 향해 걸어갔다. 그를 따라가면서 샤샤는 그녀의 옆 감옥에 있던 다른 사람들이 모두 사라졌다는 것을 깨달았다. 그들이 어디로 끌려갔는지 그녀는 몰랐지만 트라이언은 위에서 어떤 야만적인 일들이 일어나고 있는지에 대해 나서서 설명해줄 생각이 없었다.

셋은 지하 감옥을 나가서 성 안에서 조심스럽게 움직였다. 트라이언이 복도의 미로 속을 잘 헤쳐 가며 가던 중에 그들을 향해 다가오는 발자국 소리를 들었다. 트라이언은 그들이 방금 지나온 모퉁이 뒤로 샤샤와 아투를 밀어 넣고는 복도가 만나는 곳에 서 있었다. 뱀파이어 커플은 서로 몸을 기대어 비틀거리며 복도를 걸어 내려왔는데 분명 너무 지나치게 먹어 취해 있었다. 남자는 일반 병사였다. 그는 바지와 부츠만 입고 있었다. 그의 몸은 피범벅이었다. 그의 몸통의 정맥은 샤샤 동포들의 피로 가득 찬 채로 그의 근육에서 터져 나오려는 커다란 관 같았다. 그의 친구는 몸에 딱 붙는 바지와 굽이 높은 부츠를 신었다. 그녀의 상의는 그녀의 어깨와 가슴의 반 정도를 가리고 있었다. 나머지 셔츠는 아마도 남자 친구의 짓인 듯 갈기갈기 찢어져 있었다. 뱀파이어 교미와 열정은 종종 먹이를 먹는 광란의 열기로 인해 매우 거칠어졌다. 그녀의 얼굴은 피투성이였고 금발 머리는 응고된 피로 얼룩져 있었다. 트라이언은 커플이 다가오는 것을 지켜보았다. 그는 그의 뒤로 아투와 샤샤를 향해 복도 더 뒤로 물러가라고 손짓을 했다. 뱀파이어들은 트라이언이 서 있는 복도의 교차로까지 다가왔다.

"이 방향은 출입금지야 친구들."

트라이언은 차분하게 말했다. 남자 뱀파이어가 으르렁거리며 그의 검정 눈으로 트라이언의 파란 눈을 응시했다. 여성은 몇 발자국 뒤로 물러섰다. 트라이언은 이 젊은 남성이 인간남자의 피를 먹어서 테스토스테론 때문에 붕 떠있는 것을 알고 있었다. 트라이언은 이 상황에서 뱀파이어와의 갈등이 불가피하다는 것을 알고 등 뒤에서 칼을 뽑았다. 트라이언의 뱀파이어 경쟁자는 어설프게 그를 향해 덤벼들었다. 트라이언은 쉽게 공격을 피했다. 그는 빠르게 칼을 잡을 손을 조정하고 무기를 손으로 받쳐 작은 손가락으로부터 칼날이 아래로 향하도록 했다. 뱀파이어가 복도의 돌담 쪽으로 비틀거리자 트라이언을 뱀파이어의 두개골 부분을 찔렀다. 칼날은 뱀파이어의 목을 관통하여 그를 벽에 꽂았다. 재빨리 손목을 움직여 트라이언은 그 저주받은 생물의 머리가 몸으로부터 떨어져 돌바닥으로 떨어지게 했고 뱀파이어의 근육의 털썩 거리는 소리는 복도에 메아리쳤다.

여자는 처음에는 충격을 받은 것처럼 보였지만 재빨리 트라이언을 바라보았다. 그녀의 입술은 미소를 지었고 그로 인해 입에 딱딱하게 굳어 있던 피가 부서졌다. 그녀는 자신과 함께 저녁을 보낼 알파 남성을 발견했다고 생각하고는 트라이언을 향해 자신을 뽐내며 걸어갔다. 그녀는 가까이 다가가다가 복도의 저 너머에 있는 샤샤와 아투를 보았다. 그녀의 미소는 재빨리 사라지고 트라이언에게 설명을 요하며 쳐다봤다. 그녀가 뭘 하기도 전에 트라이언은 검을 위로 향하며 그녀의 왼쪽 허벅지부터 오른쪽 어깨까지 그의 유혹녀가 될 뻔한 자를 두 동강냈다. 그녀는 높은 소리로 비명을 지르며 뒤로 넘어갔다. 트라이언은 재빨리 그녀에게 가서

126

그녀의 심장을 찍었다.

"빨리 가야 해."

트라이언은 샤샤와 아투에게로 돌아서 소리쳤다. 샤샤가 트라이언에게 달려가자 그는 왼팔로 그녀를 낚아서 들어 올렸고 오른손으로는 검을 잡았다. 그들은 복도를 질주했다. 그들이 달려갈 때 트라이언의 예리한 감각은 뒤에서 다가오는 뱀파이어 소리를 들을 수 있었다. 트라이언은 자기 앞에도 뱀파이어 그룹이 하나 더 있다는 것을 알아차리고 멈춰 섰다. 그는 재빨리 근처 나선형 계단을 뛰어올라갔다. 양쪽 방향에서 뱀파이어들은 서둘러 계단을 올라가면서 소리를 질렀다. 트라이언은 계단 꼭대기로 올라 복도 끝으로 전력질주 했다. 그는 커다란 이중창문의 빗장을 열고는 밑의 어둠속을 내려다보았다. 뱀파이어들은 그들 3인조를 향해 달려들면서 피범벅이 된 얼굴로 괴성을 지르고 울부짖으며 그들이 있는 쪽으로 질주했다. 트라이언은 자신의 검을 등의 칼자루에 집어넣고는 샤샤를 두 팔로 들어서 안았다.

"우리를 따라와 아투!"

그는 어둠을 향해 창문 밖으로 뛰어내리기 전에 외쳤다. 샤샤는 꽤 오랜 시간 동안 떨어지고 있다고 생각하며 꽉 붙잡았다. 그들이 떨어지는 동안 그녀는 트라이언의 긴 외투가 펄럭이는 소리를 들을 수 있었다. 그들은 못 위 달빛이 비치는 물로 떨어졌다. 물의 깊은 수심에 속도가 늦춰지자 트라이언은 샤샤를 잡았다. 한 팔로 그는 헤엄쳐서 둘은 물표면 위로 올라왔다. 그들이 수면 위로 올라오자 샤샤는 숨을 헐떡였다. 밤하늘을 올려다보며 숨을 고르는데 그녀는 성 저 높이에서 마치 자신을 향해 돌덩이처럼 내려오는 흰색의 털 뭉치가 보였다. 풍덩! 아투가 볼품없게 떨어지자 샤샤는 움찔했다. 샤샤가 걱정하기 전에 아투는 개헤엄을 치며 수면 위로 올라왔다.

127

일행은 못을 가로질러 먼 쪽에 있는 가파른 둑을 향해 헤엄쳤다. 트라이언은 진흙투성인 둑을 기어올랐다. 진흙언덕의 꼭대기를 향해 손을 뻗었을 때 뱀 한 마리가 쉭 소리를 내며 그의 손을 물었다. 트라이언은 마저 올라왔을 때 그는 뱀을 부여잡고는 어떤 아픔이나 불편함 내색 없이 못 쪽으로 내던졌다. 그는 손을 아래로 뻗어서 동지들을 언덕 위로 한 번에 끌어올렸다.

"이쪽으로!"

그는 성 밖에 있는 오두막집들을 가리켰다. 한 오두막에 다다르고 들어갔다. 버려진 집 안에는 말 두 마리가 있었다. 트라이언의 모래 색 말과 가방 여러 개를 실은 검은 말.

"내가 몇 가지 필요한 것을 챙겨서 이 말들을 우리가 탈출할 수 있게 숨겨놨어."

트라이언이 설명했다.

"아투, 말들을 따라갈 수 있어?"

트라이언이 물어봤다. 아투는 다가오는 여행에 동행할 수 있다고 단언하며 짖었다. 트라이언은 자기 말에 샤샤를 태우고 두 번째 말은 밧줄을 잡고 오두막을 나갔다. 그들은 성에서 이어지는 길을 질주했고 아투가 그들과 함께 뛰는 동안 말발굽은 밤을 향해 힘차게 나아갔다.

# 17
## 수배중인 트라이언

뱀파이어들의 잔치는 중앙 홀에서 계속되었다. 아파나세이는 트라이언을 찾기 위해 군중들을 헤치고 다녔다. 그가 그날 밤의 행사를 위해 한 장소로 이동해야 할 시간이 거의 다 되었기 때문이다. 그가 혼란 속을 헤치고 나아가고 있을 때 라루카스가 그에게 달려왔다. 케르베로스는 그의 뒤에 서 있었다.

"주인님!"

라루카스가 흥분해서 소리쳤다.

"트라이언이 저희를 배신했습니다!"

"뭐라고? 어떻게 된 일인지 똑바로 설명해봐!"

아파나세이가 말했다.

"성 전체에 그가 한 늑대와 어린 소녀를 풀어주었다는 보고가 돌고 있습니다. 그가 달아나며 저희 동족 몇몇을 죽였다고 합니다."

라루카스가 설명했다.

"이럴수가! 그가 어떻게 감히!"

아파나세이는 울부짖었다.

"그를 찾아. 그들을 데리고 오고 필요하다면 죽여서라도 내 앞으로 데려와라."

"네, 주인님."

라루카스는 고개를 끄덕이며 대답했다. 아파나세이는 트라이언의 배신에 격분하며 그곳을 뛰쳐나왔다.

"날이 거의 밝았으니 오늘밤 그들을 뒤쫓아라. 그들이 너무 앞서가지 않도록 밤새 그들을 추적해야 한다. 난 내일 밤 내 부하들과 함께 합류하겠다."

라루카스는 케르베로스를 돌아보며 외쳤고 케르베로스는 더 이상 시간을 허비하지 않으려고 라루카스에게 끄덕인 후 홀을 뛰쳐나갔다. 라루카스는 그의 형제자매들이 계속 잔치를 벌이는 동안 중앙 홀에 서 있었다. 라루카스는 미소를 지었다. 그는 혼자 생각했다. '트라이언이 지명 수배자로 낙인 찍혔으니 내 통치의 길이 열렸다. 나는 그를 잡아 죽일 것이야. 그리고 나서 뱀파이어 왕국을 통치하여 우리의 영향력을 전 세계로 확대 하겠어.'

라루카스는 크게 웃으며 홀에 있는 커다란 탁자 위 사람 피가 담긴 커다란 와인 잔을 꺼내 들었다. 그는 피를 마신 후 빈 잔을 바닥으로 던졌다. 그는 미소를 지었고 눈에서는 빛이 났으며 턱에서는 피가 흘러내리고 있었다. 라루카스는 두 팔을 뻗고 서 있었다. 그의 주위에서는 뱀파이어 남녀가 피를 마시고 서로를 움켜쥐며 맹렬한 속도로 춤을 추고 있었다. 라루카스는 천정을 바라보며 계속 웃었다. 트라이언이 조만간 사라질 거라고 생각하니 기뻤다. 그는 탁자 위에서 사람 피가 담긴 와인 한 잔을 한손으로 잡고 다른 한손으로는 그의 옆을 지나고 있던 여성 뱀파이어의 긴 검은색 머리를 잡아챘다. 그는 거친 숨을 몰아쉬며 그녀의 얼굴을 그에게로 잡아당기고 그의 새로운 '친구'에게 미소를 지었다. 그녀도 미소를 지으며 그의 턱에 묻어 있던 피를 핥아먹었다. 라루카스는 그녀를 팔로 끌어안으며 홀을 나와 그의 방으로 걸어갔다. 그는 뱀파이어들을 밀치고 지나가며 '오늘은 참으로 훌륭한 밤이야'라고 생각하며 중앙 홀 문 밖으로 나갔다. 그가 떠날 때도 그의 뒤에서 뱀파이어 잔치는 계속되고 있었다.

# 18
## 탈출

트라이언은 밤늦게까지 질주했다. 그들이 계속 달리고 있을 때 트라이언은 아투가 여전히 힘이 없다는 걸 알아챘다. 트라이언은 멈춰 서서 그가 두 번째 말에 실어 놓은 여러 가방들 사이 끈으로 묶인 작은 바구니에 아투를 넣었다. 그리고는 해가 뜰 때까지 그들은 계속해서 달렸다.

"해가 뜨기 시작했고 우리는 모두 좀 쉬어야 해. 말들도 좀 쉬고."

트라이언이 샤샤에게 말했다.

"뱀파이어가 아직도 우리를 쫓고 있어요?"

샤샤는 답을 이미 알고 있었지만 물어보았다.

"응, 하지만 그들은 햇빛이 비치는 대낮에 우리를 쫓아올 수는 없을 거야."

트라이언은 개울가 근처에 말들을 멈춰 세우며 말했다. 그는 말에서 내려 가방 안에 있던 담요를 꺼냈다. 그는 자신을 담요로 가리고 그늘진 곳을 찾았다. 샤샤는 밝은 곳에서 보니 트라이언이 매우 창백하다는 것을 알아차렸다. 그는 그의 건강이 걱정되기 시작했다.

"괜찮아요? 어디 아파요?"

그녀는 걱정스러운 듯 물었다.

"괜찮아…. 좀 쉬면 돼."

트라이언은 기침을 조금 하며 대답했다. 트라이언은 자신이 처한 곤경과 그녀 앞에서 나약해진 자기 자신을 생각하며 속으로 살짝 웃었다. 그는 잠시 숨을 고른 후 말들을 모아서 그들이 쉴 수 있는 작은 동굴로 걸어갔다.

"다시 움직이기 전까지 몇 시간 동안은 여기서 쉴 수 있어."

트라이언이 말했다.

"샤샤, 아투가 이상이 없는지 살펴보고 너도 좀 자둬. 너도 좀 쉬어야 해."

그는 작은 동굴 한 귀퉁이에서 자신을 담요로 덮기 전에 샤샤에게 부탁했다. 샤샤는 재빨리 가방을 뒤적거려 음식을 찾아 아투를 먹였다. 그리고 난 후 그들은 나란히 누워 잠이 들었다.

# 19

# 샤샤와 트라이언의 여정이 시작되었다

"샤샤, 일어나, 우리 이제 떠나야 돼!"

트라이언이 샤샤를 부드럽게 흔들어서 깨우며 말했다.

"어디…, 우리 어디 가는 거에요?"

샤샤는 잠이 덜 깬 채로 물었다.

"우리는 바다 쪽으로 가야 해. 그러고 나면 뱀파이어들의 영향으로부 터 자유로울 수 있는 땅이 서쪽에 있어. 그곳에서 우리는 평화롭게 살 수 있을거야."

트라이언이 대답했다. 샤샤의 눈이 밝아졌다.

"진짜요?"

그녀는 트라이언의 손을 잡고 물었다.

"우리는 거기로 가면 영원히 함께 있을 수 있는 거예요?"

"응, 같이 있을 수 있다."

트라이언이 태양으로부터 보호하기 위해 몸을 가린 채 대답했다. 그는 샤샤를 동굴 밖으로 이끌고 그녀가 말에 올라타는 것을 도와줬다. 그들 이 마지막 채비를 하고 있는 동안 아투는 그들 옆을 거닐었다. 트라이언은 그녀 뒤에 올라탄 후 또 다른 말을 그들 뒤에 묶었다. 그들은 재빨리 길을 따라 이동했다. 그들은 뱀파이어들로부터 가능한 한 멀리 떨어지기 위해 온종일 빠른 템포로 이동했다. 트라이언의 감싼 손에서 그의 손끝이 보였고 그것은 태양 광선으로 인해 그슬러졌다. 그는 고통을 참고 앞으로 나아갔다. 그들이 길을 따라 질주를 하고 있을 때 샤샤가 그의 손가락을 보고 알아차렸다.

"당신 손!"

그녀가 소리쳤다.

"걱정하지 말거라. 나을 거야."

트라이언은 일시적으로 그녀의 걱정을 덜어주며 말했다. 그날 저녁 트라이언은 샤샤와 그의 말들이 지친 걸 알아챘다. 그들은 우연히 작은 마을을 발견했고 트라이언은 모두가 쉬어야 한다고 생각했다. 그들은 마을 끝자락에 위치한 작은 농장으로 갔다. 트라이언은 집으로 다가갔다. 그리고 문을 두드렸다.

"실례합니다. 저와 제 친구들이 여정으로부터 너무 피곤한데 혹시 실례가 되지 않는다면 오늘 저녁 헛간을 사용할 수 있을지요?"

그는 어둠 속을 들여다보며 샤샤가 말들 옆에 서 있는 걸 보았다. 아투는 보이지 않게 숨어 있었다.

"음…. 잘 모르겠네. 우리는 이 지역의 낯선 사람들을 상당히 경계하고 있네만. 헛간은 몇 년간 사용도 안했는데…."

자그마하고 머리가 벗겨진 할아버지가 대답했다. 그가 말하고 있을 때 트라이언은 할아버지가 볼 수 있도록 동전이 가득 담긴 작은 가방을 꺼내며 동전이 부딪히는 소리를 냈다. 그 할아버지는 친절하다고 말할 순 없었지만 동전이 담긴 파우치를 보더니 그의 말투가 바뀌었다. 트라이언은 그 파우치 속으로 화상 입은 손을 집어넣어 금화 두 닢을 그 할아버지

135

의 손에 쥐어 주었다. 그는 마지막 남은 치아를 드러내며 환히 웃었다.

"명심하게. 헛간 안에만 있고, 빛이 밝아오면 바로 떠나게."

그는 트라이언이 걸어가는데 큰소리로 말했다. 트라이언은 그 할아버지에게 대답했다.

"소녀에게 줄 물 좀 갖다 주세요."

그들이 말을 타고 오면서 샤샤는 만약 상황이 허락된다면 머리를 감을 수 있다면 좋겠다고 말했었다. 트라이언은 샤샤에게 다시 돌아왔다.

"우리는 오늘 밤 심술 난 할아버지의 헛간에서 지낼거야."

그가 그녀에게 말했다. 그들은 말들을 헛간으로 이동시켰고 아투는 눈에 띄지 않게 슬그머니 안으로 들어갔다.

"이런 곳에서 지내게 해서 미안해, 샤샤."

트라이언이 설명했다.

"우리는 가능한 한 눈에 띄지 않는 게 좋을 것 같아. 만약 아파나세이의 군대가 이 마을로 우리를 쫓아오면 우리가 어디 있는지 알아내려고 사람들을 고문할거다. 우리가 만나는 사람이 적을수록 더 좋다. 오래 걸리진 않을 거야. 너와 말들이 쉴 수 있는 시간이면 충분해."

"괜찮아요."

샤샤가 대답했다.

"사실, 나 여기 좋은데요? 매우 아늑해."

그녀는 미소를 지으며 건초 더미에 몸을 던지며 말했다.

"보세요, 너무 아늑해."

할아버지는 헛간 문을 두드리고 들어왔다. 아투는 재빨리 건초 더미 뒤로 몸을 숨겼다. 할아버지는 새 여물통을 물로 채우더니 재빨리 나갔다. 트라이언이 샤샤에게 미소를 지으며 같이 건초를 더 모으기 시작했다. 그는 작은 침대를 만들었다.

"이게 좀 더 편안할거다. 자 이제 잠 좀 자."

샤샤는 침대에서 일어나 앉더니 여물통으로 걸어가 머리를 씻기 시작했다. 그녀는 트라이언을 올려다보았다.

"기억해 줘서 고마워요."

그녀는 미소를 지으며 말했다. 트라이언은 걸어 나가기 시작했다. 샤샤는 젖은 머리 사이로 그를 바라보았다.

"어디가요?"

"그냥 주위를 둘러보고, 내일 여정에서 먹을 것도 좀 구하고 오겠다."

그는 설명했다. 트라이언은 헛간 밖으로 나갔고, 아투는 샤샤의 침대 발치에 누워 하품을 했다. 샤샤는 그녀의 길고 짙은 갈색 머리에서 재빨리 물기를 제거하고 건초로 만든 그녀의 침대로 돌아갔다. 샤샤와 아투는 잠이 들었다. 트라이언은 샤샤에게 거짓을 말한 것을 약간 부끄러워하며 숲속으로 들어갔다. 사실 그들의 가방엔 충분히 많은 보급품이 있었다. 그는 자신이 먹을 식량을 구하러 갈 목적이었다. 그들의 여정은 트라이언에게도 힘들었다. 그는 더위에 지쳐 몸이 약해졌고, 잘 먹어야만 그의 힘을 다시 회복할 수 있었다. 트라이언은 샤샤에게 자신이 먹을 근처 야생동물을 찾으러 간다고 말하고 싶지 않았다. 그가 있는 그대로 말하면 그녀에게 그가 진정한 괴물임을 상기시켜 그녀가 암울한 생각을 떠올리게 만들 뿐이라고 느꼈다.


트라이언이 떠난 몇 시간 후 아투는 잠에서 갑자기 깨어 그의 귀와 머리로 주변을 탐색했다. 그는 그의 예민한 청각으로 의심스러운 소리를 들었기 때문이다. 늑대는 머리를 돌려 오른쪽을 봤다가 그 다음엔 왼쪽을 보았다. 그의 귀는 좌우로 살짝 움직였다. 아투는 으르렁거리며 헛간 입구 쪽으로 걸어갔다. 네 명의 남자와 헛간 주인이 횃불을 들고 다가오고 있었다. 나이든 헛간 주인이 그들에게 속삭이는 말이 들렸다.

"저들에게 돈과 물건이 많아 보여. 조심해, 칼로 무장한 사납게 생긴 남자도 함께 있어. 내 생각엔 그는 지금 없는 것 같아. 쟤네들 물건을 뺏을 수 있는 절호의 기회야."

그 할아버지는 같이 오고 있는 네 명의 젊은 남자들에게 말을 이어갔다. 그 도둑들은 트라이언이 나갔는지 확인하려고 입구 주위를 살폈다. 범죄자 중 한 명이 나무로 만든 헛간 문에 나 있는 구멍 사이로 안을 훑어보다가 숨을 헐떡이며 뒤로 넘어졌다. 그가 손에 작은 칼을 든 채 허겁지겁 일어났을 때 문이 열리며 아투가 목과 등에 있는 털들이 선 채로 이빨을 드러내며 밖으로 나왔다. 늑대는 헛간 문 앞으로 가서 큰 소리로 으르렁거리며 그 일행을 향해 짖었다. 도둑들은 잠시 멈칫했다.

"늑대야!"

누군가 소리쳤다. 아투는 일행 중 한 명에게 다가갔다. 다른 한 명이 헛간 입구에 살며시 들어가 말 두 마리의 고삐를 잡고 데려가서 활짝 웃으며 헛간을 빠져나왔다. 아투는 그의 시야에 있는 사람에게 달려들었다. 그 남자는 들고 있던 횃불을 헛간 쪽을 향해 던지고 쇠스랑을 두 손으로 잡았다. 아투가 그 남자를 끌어당기고 있는데 그 횃불이 건조하고 헛간 옆에 있는 오래된 나무로 떨어졌다. 또 다른 젊은 남자가 아투를 향해 괭이를 휘둘렀다. 아투는 강도로 변한 농부가 시도한 공격을 쉽게 막아냈다. 남아있는 두 남자들은 그들의 동료를 도와주기 위해 몰려들었다. 헛간의 나무는 불길에 휩싸였고 그들은 갑작스러운 열의 분출에 움찔했다.

불길이 커지자 나무들이 쩍쩍 갈라졌다. 순식간에 헛간의 외부 전체가 불길에 휩싸였다. 아투는 재빨리 그 마을 사람들로부터 탈피하여 불길을 뚫고 샤샤를 구할 수 있는 방법을 찾기 위해 헛간을 뛰어다녔다. 그는 샤샤의 관심을 끌기 위해 짖고 울부짖었다. 샤샤는 짙은 연기와 불길에 둘러싸여 일어났다. 연기 때문에 목이 멘 채로 그녀는 기침을 하며 아투를 불렀다. 트라이언이 멀리서 불꽃을 보았을 때 그는 사슴에 몰래 접근하기 위해 나무 뒤에 서 있을 때였다. 뱀파이어는 공포에 사로잡히며 최대한 빨리 달려 즉시 헛간으로 급히 돌아왔다. 그는 금방 헛간 근처에 도착했고 다가가며 소리쳤다.

"샤샤!"

그가 도둑들을 향해 돌진하자 그들은 흩어졌다. 도둑들과 할아버지가 놀라 달아나는 순간 트라이언은 공중 높이 뛰어올라 불길에 휩싸여 있는 헛간 문을 돌파했다. 그는 헛간 중앙에 한 쪽 무릎을 꿇은 상태로 착지했다.

"샤샤! 샤샤!"

그는 계속해서 소리쳤다. 그는 주위를 둘러보았지만 연기와 불길 속에서 그녀가 보이지 않았다. 마침내 그녀는 희미한 소리를 들었다.

"나 여기 있어요."

트라이언은 최근에 물로 채운 여물통 안에서 샤샤를 발견했다. 그녀는 여물통에서 기어 나오기 시작했다. 트라이언은 그녀를 붙잡고 샤샤가 머리를 말릴 때 사용했던 젖은 천으로 그녀의 코와 입을 감싼 채 그의 힘을 빌어 그녀를 땅에 낮게 엎드리게 하며 부서진 문 쪽으로 데리고 갔다.

한편, 헛간 밖에서는 마을 사람들 무리가 모였다. 그들은 다양한 농기구들로 무장한 채 서 있었다.

"마녀, 늑대, 악마가 내 헛간을 점령했어!"

그 노인이 외쳤다. 횃불, 괭이, 쇠스랑, 낫으로 무장한 마을 사람들이 밤중에 소리쳤다. 몇몇은 헛간으로 그들이 들고 있던 횃불을 던져 불을 더 키웠다. 헛간 안에서 트라이언은 헛간 입구에 있는 건초들이 불길에 휩싸인 걸 알아차렸다. 불에 막혀 있지 않은 헛간 밖으로 나갈 수 있는 출구는 없었다. 트라이언은 샤샤를 두 팔로 안고, 불길 속으로 뛰어 들어 불에 타서 잘 부서지는 나무 사이를 뚫고 문 밖으로 탈출했다.

그 무리는 일제히 뒤로 물러섰고, 많은 사람들이 무기를 내려놓았다. 그들은 트라이언이 어린 소녀를 구한 것에 대한 존경심인지 아니면 두려움인지 트라이언을 경외했다. 트라이언의 얼굴은 분노로 가득 찼고 그의 눈은 벌겋게 상기되었다. 그의 얼굴은 화상을 입었고 횃불 불빛에 검게 그을려 있었다. 그의 긴 가죽 외투는 서늘한 밤공기 속에서 연기가 나고 있었다. 트라이언은 분노로 가득 찼다. 마을 사람 몇몇은 겁에 질려 달아났다. 다른 사람들은 공포로 마비되어 움직일 수가 없었고 이 기이한 이방인으로부터의 판단을 기다리고 있었다.

트라이언은 약해져 있었고 여전히 갈증에 시달리고 있었는데, 무리에 있는 한 남성과 눈이 마주쳤다. 그는 곧 희생자가 될 사람에게 송곳니를 든 채 입을 벌리기 시작했다. 샤샤는 트라이언을 올려다보았고 분노에 찬 그의 눈을 보고 충격을 받았다. 도둑들과 마을 사람 두어 명은 그들 앞에 있는 화난 뱀파이어에 대한 공포로 마비된 채 남아 있었다. 트라이언이 샤샤를 땅에 내려놓을 때 그는 그녀가 자신의 손을 꽉 잡는 걸 느꼈다. 그녀의 손길은 그들을 먹으려 하는 트라이언의 강한 충동으로부터 그를 다시 돌려놓았다. 그녀가 그의 손을 꽉 잡을 때 트라이언은 아래를 내려다보았다. 샤샤의 금빛 눈이 불빛에 빛나고 있었다. 트라이언은 차분해지기 시작했다. 그의 눈은 다시 엷은 푸른빛으로 돌아왔지만 그의 심각한 표정은 그대로였다.

아투는 그들의 옆에서 으르렁거리고 있었다. 트라이언은 그의 두 말의 고삐를 잡고 있는 도둑에게 천천히 걸어갔다. 그 도둑은 공포로 눈이 휘둥그레졌다. 트라이언은 그의 얼굴에서 몇 십 센티가 떨어진 곳에서 깊은 숨을 쉬었다. 그러더니 그는 그의 손에서 그가 들고 있던 말의 고삐를 재빨리 낚아채고 여전히 꼼짝 않고 있는 젊은 남성을 등지고 돌아섰다. 트라이언은 샤샤를 그의 말 위로 들어 올린 후 어두운 숲으로 걸어 들어갔다. 아투는 그들 뒤를 바짝 따라갔다. 그들 뒤에 있던 그 젊은 도둑은 숨을 내쉰 후 땅으로 쓰러졌다.


"샤샤, 괜찮은 거니?"

그들이 안전한 곳에 도착한 후 그가 물었다. 샤샤는 여전히 최근의 상황들에 놀라 있었다. 그녀는 트라이언이 그녀를 구하기 위해 불길 속을 뛰어 들었다는 것에 놀랐다. 그녀는 그의 눈을 바라보았고 그의 얼굴에 화상이 심하게 입은 걸 알아차리며 깊은 슬픔을 느꼈다.

"다쳤어요….."

그녀는 슬픈 얼굴로 대답했다.

"괜찮을 거야. 내 걱정은 하지 말아라."

트라이언은 어둠 속으로 몸을 돌리며 말했다. 샤샤를 놀라게 하고 싶지 않을 뿐 아니라 그가 약해져 있는 순간을 그녀에게 보여주고 싶지 않아서이기도 했다. 트라이언은 커다란 나무 밑에 앉았다. 샤샤는 그에게로 다가갔지만 트라이언은 손을 들어 올려 그녀에게 더 가까이 오지 말라고 손짓했다. 샤샤는 앞으로 다가가는 걸 멈췄다. 아투는 트라이언에게 약간 놀란 표정을 지으며 그녀 옆으로 갔다. 샤샤는 아투의 겁먹은 얼굴을 내려다보더니 슬퍼졌다. 그녀의 사랑하는 두 친구들이 그녀를 구하려다 심하게 다쳤기 때문이었다.

"당신이랑 아투는 나에게 너무 잘해줬어요. 둘은 나를 지키려다가 다쳤어요."

그녀가 울면서 중얼거렸다.

"너무 속상해 하지마라, 샤샤. 너라면 아투랑 나를 구하려 똑같이 하지 않겠니?"

트라이언은 어둠 속에서 물었다.

"그리고, 나에 대해 걱정하지 않아도 돼."

그는 말을 이어갔다.

"너를 방문한 자들이 뱀파이어에 대해 설명했을 때 많은 뱀파이어에게 특별한 능력이 있다고 언급했었지?"

"네."

샤샤는 눈물을 흘리며 대답했다.

"음…."

트라이언이 말을 이어갔다.

"나에게는 초인적인 속도로 치유되는 능력이 있다. 많은 뱀파이어들도 빨리 치유가 되지만 나는 심지어 다른 뱀파이어들보다 더 빨리 치유가 돼. 면역이 있지는 않지만 난 다른 동족들보다 햇빛과 은에도 더 잘 견뎌낼 수 있단다. 내 생각엔 내일이 되면 훨씬 나아질 거야. 단지 약간의 휴식이 필요할 뿐이야."

트라이언은 일어나서 그녀에게로 갔다. 그는 그녀 앞에 무릎을 꿇고 그녀의 턱에 손을 갖다 대었다. 그는 부드럽게 그녀의 머리를 들어 올리며 말했다.

"제발 나 때문에 슬퍼하지마."

샤샤는 그녀의 눈물 어린 눈을 닦아내고 그의 얼굴을 바라보며 미소를 지었다. 그녀는 그가 치유되기 시작했는지 알 수 없었고 그녀의 상상일지 모르지만 그의 얼굴에 있던 화상이 희미해진 것 같았다.

"알겠어요, 트라이언. 이해했어요."

그녀는 부드럽지만 밝은 목소리로 말했다. 트라이언은 상황의 모순을 깨달았다. 그는 어린 샤샤 앞에서 연약해진다는 걸 알아차렸다. 이제 그의 안전을 걱정하는 건 그녀였다. 그녀가 그를 바라보는 눈빛에는 강인함이 있지만 그에 비해 그는 약해졌을지도 모르는 체력을 느끼게 했다. 트라이언은 또한 수년간 겪어보지 못한 감정을 느꼈다. 두려움, 상실감에 대한 두려움. 그가 아끼는 사람을 잃을 수도 있다는 두려움과 샤샤를 실망시킬 수도 있다는 두려움. 두려움 외에 트라이언은 샤샤로부터 받은 선물을 이해했다. 새로이 발견한 두려움에 대한 보상으로 그는 살고자 하는 욕망을 다시 찾았다. 다른 이유가 없다면 샤샤를 보호하고 그녀가 어른으로 성장하여 스스로 평화로운 삶을 살 수 있는 기회를 보장하기 위해서였다. 트라이언은 이 분위기를 조금 가볍게 해보려고 했다.

"지금부터, 난 너를 절대 혼자 두지 않을 거다."

트라이언이 미소를 지으며 말했다.

"벌어진 일을 봐."

그는 외투의 불에 탄 자국과 외투 깃의 그슬린 모피를 가리키며 말을 이어갔다.

"맞아요. 저 마을 사람들은 다정하지 않았어요."

샤샤는 킥킥 웃으며 말했다. 트라이언도 미소를 지었다. 하지만 그는 그들이 마주하게 될 대부분의 마을이 비우호적일 것이라는 걸 알고 있었다.


사방의 수 킬로미터에 걸친 땅은 가난했고, 질병으로 황폐했고, 통치가 형편없었다. 트라이언은 그들의 다음 여정지는 가능한 한 밀집된 지역을 피해야 한다는 것을 알고 있었다. 트라이언은 다시 나무 그늘에 주저앉아 샤샤와 아투가 놀고 있는 것을 지켜보았다. 그는 앉아 있으면서 그가 샤샤를 만난 이후로 그의 삶이 얼마나 바뀌었는지 돌아보았다. 거의 2년이 지났다. 지난 2년간 그는 웃는 법을 배웠다. 지난 2년간 그는 다시 사랑을 느꼈다. 지난 2년간 인생에서 자신보다 더 중요한 것을 갖게 되었다. 지난 2년간 그의 목숨을 앗아간 저주에서 구원받았다. 그는 그녀가 자라나서 억압이 없는 곳에서 행복하고 안전하게 사는 모습을 보고 싶었다. 비록 그는 보이안의 민족을 행복으로 이끌려는 꿈을 포기할 수밖에 없었지만 그는 이 꿈을 샤샤를 통해서 실현시킬 수 있었다. 그는 그가 오래 전에 스스로 버린 평화를 그녀에게 제공하여 그녀를 보호할 수 있었다.

트라이언이 나무 밑에 앉아 잠에 빠져들 때 그는 미래에 대해 생각했다. 그가 샤샤를 보호해서 그녀에게 행복한 삶을 제공해 준다면, 그 다음은? 그의 삶의 목적이 완성될 것인가? 샤샤는 나이가 들어 그녀만의 삶을 살 것이다. 그녀와 같은 부류의 구성원, 인간들과의 삶. 그녀를 그가 견뎌내 왔던 것과 같은 어둠의 삶에 살게 할 수는 없었다. 그리고 그녀가 나이가 들고 죽게 된다면? 트라이언은 매일 늙지 않고 그대로 있을 것이다. 그는 그의 인간성이 단절된 상태로 완벽한 괴물로 퇴보할 것인가? 트라이언이 그들의 여정이 다시 시작되기 전 휴식을 취하려고 할 때 이러한 질문들은 그에게 고통을 안겨주었다.

# 20
## 형제끼리의 대결

샤샤, 트라이언, 아투의 북쪽으로의 여정은 계속되었다. 나뭇잎의 색은 변했고 매서운 바람으로 인해 낙엽들이 떨어지기 시작했다. 겨울이 다가오면서 해도 빨리 지기 시작했다. 만약 아파나세이의 무리들이 계속 쫓아왔다면 그들은 금방 알아차렸을 것이다. 어둠은 뱀파이어들이 더 빠르게 그 세 명의 여행자들을 쫓아가기에 좀 더 유리하기 때문이다. 샤샤는 말을 타고 트라이언도 그의 말을 타며 나무가 많지 않은 숲을 지나갔다. 아투는 그들의 옆에서 속도를 맞추며 따라갔다. 그들은 밤낮을 가리지 않고 달렸다. 트라이언이 마을에서 공격당했을 때 입었던 화상은 조금 가라앉았지만 햇볕에 계속 노출되어 온전한 힘을 내지 못했다.

몇 주 전보다 나무의 잎이 많이 떨어지는 바람에 낮에는 그늘도 덜 생겨 햇볕에 노출되기가 쉬워졌다. 대신 밤이 길어진 덕분에 상처가 회복할 수 있는 시간을 더 가질 수 있게 되었다. 트라이언은 그의 회복능력을 최대한 발휘하려 했다. 그의 회복능력의 한계치까지 도달하는 것은 시간문제라는 것을 알고 있었다. 트라이언은 그들이 발견되기 전에 샤샤를 안전한 곳으로 옮길 수 있기를 바랐다. 일단 안전한 곳에 도착하면 충분히 휴식을 취하며 그의 기력이 완전히 회복될 수 있었다.

어느 날 저녁, 트라이언은 사냥을 나가서 토끼 몇 마리를 잡아왔다. 트라이언은 숲에서 불을 지폈다. 그는 불은 괜히 주의를 끌 수도 있어 불을 피우는 것을 조심스러워 하고 있었다. 그들의 여정은 멀고도 험했다. 트라이언은 이번 저녁 식사가 샤샤의 힘을 유지하고 기력을 높이는데 도움이 될 것이고 생각했다. 트라이언은 그가 잡은 토끼를 작은 꼬치에 꽂아 요리를 했다. 그는 샤샤와 아투가 맛있게 고기를 먹는 것을 보는 것이 즐거웠다.

"트라이언! 정말 맛있어요! 토끼를 이렇게 맛있게 먹어본 적이 없어요."

샤샤는 기뻐하며 소리쳤다. 그녀는 고기를 입 안 가득 물고 있었다. 아투도 평소답지 않게 짖으며 샤샤의 말에 동의했다.

"내 요리를 맛있게 먹어주니 기쁘구나. 나 말고 다른 사람을 위해 요리를 해본 적이 없는데 말이야."

트라이언은 나머지 고기를 불로 구우며 말했다. 샤샤는 타오르는 불꽃 너머로 트라이언의 미소를 볼 수 있었다. 샤샤와 아투는 저녁을 실컷 먹었다. 불이 꺼지며 별이 가득 찬 하늘로 연기가 피어올랐다. 아투는 꺼진 불 옆에 누워 잠에 빠져들었다. 샤샤도 아투의 뒷다리에 머리를 기대고 누워 하늘을 바라보았다. 트라이언은 그들의 옆에 있는 바위에 기대어 앉았다.

"샤샤!"

그가 말했다.

"너에게 물어보고 싶은 것이 있어."

샤샤는 일어나 앉아 트라이언을 바라보았다. 그가 어떤 질문을 할지 궁금했다.

"너 가방에 있는 그 황금 펜던트는 뭐야? 그리고 말린 허브들은 왜 갖고 다니는 거야?"

트라이언은 물었다.

"아, 이거는요?"

샤샤는 쑥스러워하며 대답했다.

"펜던트는 내가 기억하기론 우리 엄마가 나한테 준거에요. 내가 태어날 때부터 갖고 있었어요. 내가 목걸이를 하고 다니지 않는 건 엄마가 내가 클 때까지 숨기고 다니라고 했어요. 말린 허브들은 예전에 엄마가 내게 뜨거운 목욕을 해 주기 위해 사용했었던 재료이에요. 이 펜던트와 말린 허브들은 집과 엄마를 생각하게 해줘요. 나는 목욕할 때 이 허브들을 내가 기억할 수 있을 때부터 사용 했었어요."

샤샤는 말했다.

"너희 어머니께서 옳은 말씀을 하셨구나. 너에게는 좀 무거워. 또 금으로 만든 것이니 산적이나 강도들이 빼앗지 않도록 조심해야 돼."

트라이언은 대답했다. 트라이언은 혼자 생각했다. '굉장히 오래된 펜던트다. 샤샤네와 같은 소농가에서 어떻게 저런 귀중한 유물을 갖고 있을 수 있지?' 그는 궁금했지만 샤샤가 그녀의 가족을 상기시키는 소품을 갖고 있다는 사실에 감동받았다. 샤샤가 다시 뒤로 눕자 트라이언은 말 위에 있는 가방으로 걸어갔다. 그는 가방을 열어 몇 초간 무언가를 찾았다. 그는 모자가 달린 보라색 털옷을 꺼냈다. 그는 샤샤에게 걸어가서 그 옷을 건네주었다.

"날이 갈수록 추워지네. 네가 이걸 입어서 따뜻하면 좋겠구나."

트라이언이 말했다. 샤샤는 활짝 웃으며 옷을 이리저리 살펴보았다. 그녀는 그의 행동에 매우 놀랐다.

"나를 위한 거에요? 너무 예쁘다!"

그녀는 옷을 걸치고 가운에 붙어 있는 보라색 벨트를 묶으며 소리쳤다.

"너무 예뻐요. 당신이 나에게 준 멋진 선물이에요."

샤샤는 팔을 펼치고 그녀의 새 옷에 감탄하며 자기 자신을 내려다보았다.

"아니야. 이건 별로 내세울 게 못되지. 이건 그냥 네가 납치된 걸 발견하기 전에 내가 너희 집으로 오는 길에 시내에서 가져온 거란다."

트라이언이 말했다. 샤샤에게 마음을 열고 더욱 애정이 깊어진 그이지만 노력에도 불구하고 트라이언은 여전히 그녀에게 선물을 주는 것이 어색했다.

"고마워요!"

샤샤가 트라이언을 안으며 말했다. 그녀는 그에게서 자신의 몸을 떼기 전에 그의 볼에 살짝 입을 맞췄다. 그녀는 아투의 머리를 가볍게 톡톡 두드리고 주위를 빙글빙글 돌아서 그녀의 새로운 가운을 그에게 보여주었다. 그녀는 매우 행복해했고 트라이언은 그녀가 그 가운을 입고 아투에게 보여주는 모습을 보고 살짝 웃었다. 그녀가 그 순간을 즐긴 후에 트라이언은 그녀에게 쉬라고 말하고 매일 밤 그랬듯이 그녀가 자는 동안 그는 그 주위를 순찰하기 시작했다.

그는 아파나세이가 그들을 찾는 것을 포기했기를 바랐지만 그의 배신은 쉽게 용서되지 않을 것이라는 것을 알고 있었다. 트라이언에 대한 아파나세이의 보복, 아파나세이를 감동시키고자 하는 라루카스의 욕망, 며칠 동안 또는 심지어 몇 달 동안 눈에 띄지 않고 사람과 동물을 따라다닐 수 있는 케르베로스의 능력은 트라이언에게 그들이 안전하지 않다는 것을 분명히 알려주었다.


샤샤가 그녀를 흔드는 트라이언에 의해 깨어났을 때는 자정이 넘은 시각이었다.

"샤샤, 일어나!"

트라이언이 다급하게 말했다. 그녀는 일어나 앉아 눈을 비볐다. 아투는 즉시 일어나 거칠게 으르렁거리기 시작했다.

"무슨 일이에요?"

그녀는 초조한 마음으로 속삭였다.

"뱀파이어들이 가까이 왔어. 이렇게 여기로 빨리 올 거라고는 예상하지 못 했어. 케르베로스가 그들과 같이 있을 것이다. 오직 그만이 우리를 이렇게 가까이 추적할 수 있어."

트라이언은 그의 말에 올라타며 말했다.

"샤샤, 나와 같이 달리자. 어서 타. 아투, 가자!"

트라이언은 보름달 아래에서 말을 타고 출발하며 소리쳤다. 몇 킬로미터를 달린 후 트라이언은 갑자기 말을 멈춰 세웠다. 그는 샤샤한테 고삐를 넘겨주고는 말에서 뛰어내렸다.

"샤샤, 어서 가. 가능한 한 빨리 달려. 내가 그들을 여기서 막고 있을게."

샤샤는 트라이언이 말하는 동안 당황한 표정을 지었다. 샤샤의 목소리는 떨리기 시작했다.

"싫어요. 나는 당신을 떠나지 않을 거에요. 제발…."

트라이언에게 애원하며 그녀의 얼굴 위로 눈물이 흘렀다. 트라이언은 태연히 말에 올라타서 샤샤를 향해 미소를 지었다.

"샤샤, 약속할게. 난 널 떠나지 않을 거야 절대. 내가 만약 너를 잃게 되면 난 내 자신을 용서하지 못 할 것이다. 그러니 어서 가! 무슨 일이 있어도 내가 너를 찾아갈게. 그러니 안전하게 있어!"

"믿을게요."

샤샤가 강해지려고 애쓰며 말했다.

그녀는 고삐를 잡고 트라이언으로부터 말을 돌렸다. 트라이언이 말의 뒷덜미를 세게 때려서 밤까지 달리도록 했다. 아투는 뒤를 따라갔다. 샤샤는 질주하는 말 위에서 거칠게 튀어 오르며 눈에서 흐르는 마지막 눈물을 훔쳤다. 그녀는 뒤를 돌아보았다. 그녀는 길 아래에서 달빛에 비친 트라이언의 실루엣을 볼 수 있었고 그는 그의 등 뒤에 있는 칼집에서 칼을 뽑고 있었다. 트라이언은 그의 커다란 칼을 땅에 찔렀다. 그는 두 손을 꼭 잡아 비비고 심호흡을 했다. '나는 무슨 일이 있어도 약속을 지킨다. 샤샤는 오늘 밤 나를 위해 더 이상 눈물을 흘릴 필요가 없을 것이다. 누가 덤벼도 난 지지 않을 거야.' 트라이언은 그를 향해 재빠르게 다가오는 말굽소리를 들으며 생각했다.

말을 탄 두 뱀파이어는 그를 지나 그의 뒤에 멈춰 서서 그의 탈출을 막아섰지만 트라이언은 오늘 밤 달아나려는 의도가 없었다. 또 다른 두 명의 뱀파이어는 그의 앞에 멈춰선 후 옆으로 움직여서 라루카스와 케르베로스가 그들 사이를 걸어갈 수 있도록 자리를 만들어주었다. 뱀파이어들은 그들의 말에서 내려서 칼을 뽑았다. 트라이언은 6대 1로 승산이 있음을 파악할 수 있었다. 그들의 수는 예상보다 작았지만 케르베로스와 라루카스의 존재는 뱀파이어들에게 유리했다. 그들은 둘 다 아파나세이와 트라이언 다음으로 최고의 전사들이었다. 라루카스는 멈춰서기 전에 두 발자국 앞으로 다가갔다.

"트라이언, 나는 네가 햇빛을 뚫고 달린 것에 감동받았어. 넌 내가 상상했던 것보다 더 미친 놈이더라고."

라루카스는 말했다.

"하지만 나는 너의 행동에 실망했고 화가 났다고 말해야겠어. 어떻게 너의 동족과 너의 가장 오래된 친구를 배신할 수 있지? 그리고 무엇 때문에? 한 천한 계집애 때문에?"

라루카스는 어둠 속에서 소리를 쳤다.

"난 우리가 끝까지 친구인 줄 알았다."

트라이언은 침착하게 라루카스의 눈을 쳐다보았다.

"아주 오래전에 나의 동료들은 전쟁터에서 죽었다. 그리고 너도 그날 그들과 함께 죽었지."

트아이언의 말에 라루카스는 건성으로 웃었다.

"음, 그래."

그는 좀 더 담담한 어조로 시작했다.

"이건 놀랍네. 최근까지도 너는 너의 모든 친족들을, 아니 우리라고 말해야 하나? 죽음으로 이끌었던 죄책감에서 벗어난 것처럼 보였는데. 아파나세이의 군대에서 네가 계급이 점점 올라갈 때에는 그걸 잊고 있는 줄 알았다. 그래서 네가 그 여자애한테 끌리는 거야? 너가 그녀를 구하면 왠지 그게 네가 그들을 모두 죽음으로 이끈 것을 만회할 수 있을 것이라고 생각하는 거야? 이제 네가 왜 그녀를 보호해야 하는지 알겠네."

그는 말을 이어갔다.

"너는 이 작은 여자애를 통해 용서를 구하고 싶은 것이야. 네 앞에서 그녀의 뼈를 부숴버려서 너의 실패를 확인시켜 버릴 것이다. 우리의 명령을 배신한 것에 대한 최후의 처벌이 될 것이다."

라루카스는 미소를 지은 다음 웃으며 말을 이어갔다.

"아니지, 아니지, 아니지. 그건 전혀 적절하지 않지. 나한테 더 좋은 생각이 있어. 나는 그녀를 우리 중 하나와 같은 종족으로 만들 거야. 너가 너와 같은 종족에게 역겨워졌으니 어쩌면 너의 어린 친구의 변화는 너로 하여금 우리에게 다시 돌아올 수 있게 만들 수도 있지. 아니면 어쩌면 너가 그녀도 죽일지도 몰라. 아니면 아마도 너는 미쳐버릴 것이야. 모두 매우 흥미로운 일들이지. 어떤 일이 일어날지 빨리 보고 싶은데?"

라루카스는 다시 웃었다.

"너의 웃음소리가 짜증난다."

트라이언은 눈에 띄게 화가 난 목소리로 반응했다.

"오늘 밤 네 목을 잘라서 영원히 침묵하게 만들겠다."

"좋아, 매우 위협적인걸."

라루카스는 침착하게 말했다. 그러고 나서 그는 트라이언을 가리키며 말했다.

"공격!"


길 더 먼 곳에 샤샤는 어설프게 말 위에서 튀어 오르다가 나뭇가지를 부수며 멈췄다. 그 충돌로 그녀는 말에서 떨어졌고 아투는 그녀의 옆으로 뛰어가 그의 코로 샤샤의 발을 살살 문질렀다. 샤샤는 그녀의 늑대 동반자와 함께 밤 속에서 뛰기 시작했다. 한편 네 명의 뱀파이어 군인들은 일제히 트라이언을 향해 나아갔고 라루카스와 케르베로스는 칼을 칼집에 넣은 채로 서서 지켜보고 있었다.

트라이언은 즉시 그와 가장 가까이 있는 뱀파이어를 향해 돌진했다. 그는 그 젊은 뱀파이어의 눈에서 두려움을 느낄 수 있었다. 그 군인은 떨리는 손으로 트라이언을 찔렀다. 그는 재빨리 약한 공격을 피하고 검을 위로 휘둘러 뱀파이어의 목을 베었다. 또 다른 뱀파이어가 트라이언에게 덤벼들었다. 트라이언이 강타를 막으면서 검을 주고받으며 불꽃이 튀었다. 그들의 검이 맞닿아 있는 동안 트라이언은 상대방을 밀어 그를 땅으로 밀어 넘어뜨렸다. 트라이언은 때맞춰 돌아서서 다른 뱀파이어가 찌르려는 것을 막을 수 있었다. 그가 공격을 막았을 때 마지막 뱀파이어가 트라이언의 허리 아래를 찔렀다. 검의 관통은 깊지 않았고 트라이언은 재빨리 자리를 벗어났다. 그는 회복하기 위해 그들과 약간의 거리를 두었다. 추가적으로 그는 교묘하게 자신의 위치를 조정해서 나머지 세 뱀파이어 군인들이 그의 앞에 서도록 만들었다.

라루카스와 케르베로스는 서로를 쳐다보았고 그들이 데려온 병사들이 트라이언의 경험과 기술을 이길 수 없다는 것을 아무 말 없이 인정했다. 라루카스의 오만한 미소가 사라졌고 그의 얼굴은 점점 더 진지하게 변했다. 두려움 때문이 아니라 오늘 밤 그를 처리하려면 그 자신이 트라이언과 결투를 해야 할 것이라는 깨달음 때문이었다.

세 명의 병사들은 더 넓게 흩어지려고 시도했다. 그들이 그럴 때마다 트라이언은 상대방을 속이는 동작을 취하여 그들의 대형을 허물어트려 트라이언의 옆에 그들이 접근하는 걸 막을 수 있었다. 그들이 계속 움직이자 밤중에 몇 차례 칼부림 소리가 들렸다. 먹구름이 숲 위로 이동했다. 비가 오기 시작했고 번갯불이 어둠을 비췄다. 번개가 허공을 가를 때 트라이언은 가운데 있는 뱀파이어를 향해 돌진하여 칼로 적의 가슴을 찔렀다. 트라이언은 재빨리 칼을 빼내어 그가 땅에 닿기도 전에 뱀파이어의 머리를 몸에서 분리시켰다.

트라이언의 눈은 붉게 상기되었고 그는 훌륭하게 연마된 전술을 내보였다. 이제 오직 두 명의 병사만 남았고 그는 이 미숙한 병사들이 그에게 적수가 될지 모른다는 걱정을 하지 않았다. 그는 좌우로 몸을 움직였다. 매번 움직임과 휘두름은 더 강해졌고 진흙탕 길에서 뱀파이어들을 그에게서 쫓아냈다. 트라이언이 또 다른 상대에게 돌진할 준비를 하고 있을 때 뱀파이어들은 서로를 짧게 바라보고 나서 뒤를 돌아 어둠 속으로 달려갔다. 그들은 그들이 이 전투를 이기지 못할 것이라는 사실을 인정했고 그들은 라루카스와 케르베로스의 존재가 트라이언이 그들을 쫓는 것을 막을 수 있다는 것을 이해했다.

"겁쟁이들."

라루카스는 숨죽인 소리로 중얼거렸다. 그는 트라이언의 분노 앞에서 후퇴하는 병사들에 놀라지는 않았지만 그 행동이 역겨웠다. 잎이 다 떨어진 나무 사이로 약하게 비가 내렸고 트라이언은 이제 라루카스와 케르베로스와 마주 섰다. 그들은 몇 미터 떨어진 채로 서 있었고 케르베로스는 싸울 준비를 한 채 앞으로 나섰다. 그의 얼굴엔 아무런 감정이 없었다. 그는 그의 검정 망토를 그의 오른쪽 어깨너머로 던지며 결투에 대비하여 그의 팔을 드러냈다. 그가 손을 뻗어 칼을 뽑으려 할 때 그는 그의 어깨에 닿은 라루카스의 손을 느꼈다. 라루카스는 케르베로스와 눈을 마주치고 그의 앞에 섰다. 그의 중위가 아닌 그가 트라이언과 싸울 것이다. 케르베로스는 그의 검을 칼집에 넣었다. 트라이언과 라루카스의 눈은 서로를 향해 고정시켰고 라루카스는 검을 빼냈다.

"너랑 나 단둘이야."

라루카스가 말했다.

"얼마나 지났을까? 우리가 마지막으로 결투한 때가 언제였는지 기억이 안 나네. 아무리 그래도 많은 것을 걸고 상대한 적은 없었다고 확신하지만 말이야."

"결과는 다르지 않을 거야."

천둥소리가 울려 퍼질 때 트라이언은 간신히 화를 참으며 대답했다.

"오, 이번엔 달라."

라루카스는 교활하게 대답했다.

"너가 다르거든. 너는 이제 부드럽고 약하지. 저 겁쟁이들이 도망친 것은 너의 명성 때문이야. 너의 과거의 영광들 때문이지. 하지만 난 사실을 알고 있어. 너는 이전과 동일한 사람이 아니라는 것을. 너는 쇠하고 있어. 네가 한창일 땐 그 네 명을 쉽게 보냈을 거야. 이젠 더 이상 그렇지 않아. 넌 훈련을 중단했고, 싸움을 멈췄고, 살해를 1년 넘게 하지 않았어. 내가 강해지는 동안 너는 약해졌어. 넌 너무 약해서 날 이길 수 없어. 너의 어린 여자 친구를 지키기에도 너무 약하지."

"그럼 새로운 나에게 어디 한번 도전해 봐."

트라이언은 요구했다. 밤하늘에 또 한 번 번개가 칠 때 그들은 서로를 향해 돌진했다. 그들의 검이 서로 부딪칠 때 천둥소리가 온 땅에 메아리쳤다. 그들은 서로를 향해 검을 거칠게 휘둘렀다. 그들이 수년간 훈련했던 기교와 펜싱 기술은 야망과 분노에 눈먼 두 옛 친구들에 의해 압도됐다. 그들은 미친 사람들처럼 맞붙었고 불꽃이 어둠을 밝혔다. 그들은 서로 갈라섰다가 서로를 향해 다시 돌진했다. 라루카스가 마지막 순간에 몸을 낮게 숙이고 트라이언의 옆을 베었다. 검은 트라이언의 코트를 찢어버렸고 그의 오른쪽 늑골 아래쪽에 열상을 입혔다. 라루카스는 트라이언이 그 타격에 의해 비틀거리자 그 기회를 이용하려 했다. 그는 트라이언의 아래쪽을 공격했다. 트라이언은 재빨리 공격을 피했고 라루카스의 오른쪽 쇄골 바로 위를 찔러서 라루카스는 비명을 질렀다. 트라이언은 재빨리 그의 검을 빼내어 칼날을 라루카스의 목 쪽으로 즉시 움직였다. 라루카스는 몸을 낮추고 왼쪽으로 휙 움직여 트라이언으로부터 치명타를 입게 될 상황에서 아슬아슬하게 벗어났다. 그 투사들은 어둠을 헤치고 서로를 응시했다. 뱀파이어 눈들은 어둠과 비구름 속을 통해 서로를 바라볼 수 있었다. 그들의 눈은 여전히 붉게 달아올랐다. 그들은 둘 다 부상을 입었지만 라루카스가 트라이언 보다 더 심한 부상을 입은 것 같았다. 케르베로스는 검은 망토를 입은 채 빗속에서 아무런 움직임 없이 서서 계속해서 지켜보고 있었다. 그의 눈은 그의 앞에서 펼쳐지고 있는 결투에 집중되었지만 서로 공격과 반격을 주고받는 동안 그 어느 쪽에도 감정을 드러내지 않았다.

전우는 서로를 향해 다시 한 번 돌진했다. 이번에는 불을 지피기 위해 나무를 쪼개는 사람처럼 트라이언은 라루카스의 머리 위로 뛰어내렸다. 라루카스는 그가 내리치는 동작을 막았지만 그 공격의 힘은 그를 옆으로 쓰러뜨렸다. 그가 일어서자 트라이언이 그를 찔렀다. 라루카스는 재빨리 움직여 치명상을 피했다. 트라이언의 검은 라루카스의 왼쪽 팔을 뚫고 지나갔다. 라루카스는 왼팔이 옆으로 축 늘어진 채로 비틀거리며 뒤로 물러섰다. 그의 입에서 침이 쏟아져 나왔다. 그는 두려움이 없었고 흥분으로 가득 찬 전투는 대부분의 고통을 누그러뜨렸다. 라루카스는 검을 바로잡아 한 손으로 검을 높이 잡았다. 라루카스의 뱀파이어 팔이 다 낫기 전에 트라이언은 치명상을 입히려 시도하며 그에게 돌격했다. 트라이언은 라루카스를 있는 힘껏 내리쳤다. 라루카스는 그 공격을 막아냈지만 그가 한 손으로 막아내기에는 역부족이었다. 그의 검은 길의 진흙과 잡초들 속으로 떨어졌다. 트라이언은 그의 검을 올려 들어 그의 옛 친구의 머리를 자를 준비를 했다.

"형제!"

라루카스는 속삭였다. 트라이언은 잠시 망설였다. 그 순간 라루카스는 트라이언에게 덤벼들어 그와 맞붙었다. 그 두 사람은 진흙탕에서 몸싸움을 벌였다. 라루카스가 그의 길고 날카로운 손톱으로 트라이언의 얼굴을 할퀴었을 때 트라이언은 그의 오른손에 검을 잡고 있었다. 트라이언은 눈과 코를 베였고 일시적으로 당황했다. 라루카스는 검을 찾기 위해 뒹굴어서 잡초들 속으로 뛰어들었다. 트라이언은 일어서서 그의 눈과 얼굴에 묻어 있는 피와 흙을 털어내고 검을 앞으로 잡아 전투를 계속할 준비를 했다. 이제 몇 미터 떨어진 채 있는 라루카스는 부상당한 왼팔로 그의 검을 흔들리지 않게 잡을 수 있었다. 이미 그의 찔린 상처는 치유되기 시작했다.

비구름의 일부가 흩어졌고 하늘은 동쪽에서 밝아지기 시작했다. 해는 곧 떠오를 것이다. 라루카스는 조심스럽게 트라이언한테서 물러났고 케르베로스가 그의 옆으로 걸어갔다.

"우리는 다음에 결판 짓자. 다음번엔 너나 너와 관련된 모든 사람들에게 자비를 베풀지 않을 거다. 난 네 눈앞에서 그 어린 계집애를 죽일 거야!"

라루카스는 그의 칼을 칼집에 집어넣으며 말했다.

"우리는 너를 다시 찾을 것이고 그때 해결 짓자."

라루카스는 하늘을 올려다보며 말했다. 그는 돌아서서 케르베로스와 함께 그들의 말로 뛰어갔다. 그들이 태양을 피하기 위해 달려갔을 때 트라이언은 속삭였다.

"그렇다면 그날은 네가 죽는 날이야."

트라이언은 다리를 절며 길을 올라갔다. 그는 매우 지쳤지만 곧 샤샤를 볼 것이라는 마음에 위안을 받았다. 그는 그가 이번에 운이 좋았다는 것을 알았다. 뱀파이어 병사들이 형편없어서 다행이었다. 어떤 뱀파이어도 샤샤를 찾기 위해 자신을 우회하지 않아서 다행이었다. 그는 오늘밤 그들을 막을 수 있었지만 그는 다음번엔 다를 것이라는 걸 알았다. 아파나세이가 직접 왔었더라면 어땠을까? 그는 처음부터 라루카스가 일대 일로 시합에 참여하는 것을 허락하지 않았을 것이다. 아파나세이는 숫자의 이점을 낭비하지 않았을 거고 그렇게 형편없는 병사들을 데려오지도 않았을 것이다. 아마도 라루카스의 목적은 그가 뱀파이어 지휘관 중 최고라는 것을 증명하고 트라이언에게 결투를 강요하기 위해서였을 것이다. 아파나세이에게 증명해 보이거나 아니면 아마 더 중요한 것은 그 자신에게 증명해 보이기 위해서였을 것이다.

비는 점점 가늘어 지고 있었지만 그의 얼굴, 손, 코트에 묻어 있는 대부분의 피를 씻어낼 만큼 이슬비가 내렸다. 그가 빗속에서 서 있을 때 멀리서 태양광선이 떠오르려고 했고 트라이언은 샤샤를 곧 만날 수 있다는 행복감에 압도되었다. 그에게는 목적이 있었고 집이라고 부를 수 있는 장소가 있었다. 샤샤가 있는 곳이면 어디든 그에게는 집이었다.

# 21
## 재결합

샤샤는 동굴에서 깨어났다. 아투는 이미 일어나 서성거리며 누군가 다가올지도 모르는 동굴 입구를 감시하고 있었다. 샤샤는 머리를 무릎 사이에 두고 웅크리고 앉아 있었다. 그녀는 동굴 밖을 내다보았다. 동굴 입구에서 흘러내리는 부드러운 빗방울을 바라보며 그녀는 트라이언의 신호를 기다리고 있었다. 아투는 샤샤가 깨어난 것을 알아채자 그녀의 옆으로 가서 누웠다.

"그는 돌아올 거야. 내게 약속했어"

샤샤는 아투를 어루만지며 혼자 중얼거렸다. 갑자기 동굴 입구는 다가오는 누군가의 그림자로 가득 찼다. 아투는 꼬리를 흔들며 벌떡 일어섰다. 샤샤의 기분이 좋아지며 그녀는 빗속에 서 있는 게 트라이언이라는 것을 알아챌 수 있었다. 샤샤는 동굴에서 나와 빗속으로 달려 나가 트라이언의 품으로 뛰어들었다.

"트라이언!"

그녀는 소리쳤다.

"너를 봐. 너 흠뻑 젖었어."

트라이언은 한동안 아무 말 없이 그녀를 꽉 껴안고 있다가 말했다.

"잠시 동안이지만, 나는…. 나는 당신을 잃었을지도 모른다는 생각을 했어요."

샤샤가 자신의 감정을 털어놓았다. 트라이언은 샤샤가 걱정하는 것을 원치 않았지만 그녀가 자신을 지키기 위해 그를 필요로 했다는 그녀의 생각에 어느 정도 힘을 얻었다.

"아니야, 샤샤. 내가 살아있는 한, 나는 너와 함께 있을 것이다. 약속해."

그는 말했다. 그는 계속 말을 이어갔다.

"너의 웃는 얼굴을 다시 보게 되어 너무 기쁘다. 자, 이제 감기 걸리기 전에 말리러 가자."


그들은 동굴 속으로 들어갔고 트라이언은 아투가 꼬리를 흔들고 있는 것을 보았다. 그가 샤샤의 집에 방문했을 때마다 느꼈던 쌀쌀한 태도와는 전혀 달랐다. 아마도 그것은 샤샤에 대한 그의 헌신이 늑대의 눈에도 보였기 때문일 것이다.

"아투!"

트라이언은 말했다.

"이게 웬일이야? 이렇게 다정한 반응은 처음이야! 네가 나를 그렇게 많이 그리워하는지 몰랐네."

트라이언은 몸을 앞으로 숙이며 아투의 머리에 손을 올렸다. 아투는 뒷걸음질 치며 낮게 으르렁거렸다.

"알겠어."

트라이언은 대응했다.

"널 놀리지 말아야겠네. 네가 나한테 덥석 달려들지 않은 것만으로 만족하겠다."

"솔직히 말하면…."

트라이언은 아투의 무서운 얼굴을 바라보며 말을 이어갔다.

"샤샤를 돌봐 줘서 진심으로 고맙구나."

아투는 으르렁거리는 걸 멈추고 자리를 떠났다.


트라이언은 다시 샤샤에게 주의를 기울이며 말했다.

"자 이제 우리 좀 쉬자. 우리에겐 긴 여정이 기다리고 있다."

"미안해요. 우리 말들 중 한 마리를 잃어버렸어요."

샤샤는 잠시 멈추더니 말을 했다.

"걱정 말아라 샤샤. 멀리 안 갔을 것이다. 우리는 찾을 수 있어."

트라이언은 대답했다. 아투는 아무 소리를 내지 않고 동굴 밖으로 뛰어나갔다. 샤샤는 어리둥절했다.

"아투가 우리 말을 찾아줄 거 같아."

트라이언은 대답했다. 트라이언은 동굴 벽 쪽으로 다가가더니 자리에 앉았다. 그는 돌에 그의 등을 대고 앉으며 눈을 감았다. 샤샤는 그의 뻗은 다리를 베고 눕더니 금세 잠이 들었다. 트라이언은 눈을 떠 샤샤의 평온한 얼굴을 바라보았다. 트라이언은 그녀를 다시 만났다는 행복감에 젖어 있었다. 트라이언은 다시 눈을 감고 몇 년 만에 처음으로 하나님께 말했다. 그는 하나님께 그가 샤샤를 위해 안전한 장소를 찾을 때까지 그녀를 보호할 수 있는 힘을 달라고 기도했다. 그는 혼자 중얼거리며 말했다.

"샤샤와 나의 인생을 함께 할 수 있다면 정말 축복일 거야."

트라이언은 갑자기 멈추더니 그의 생각이 얼마나 말도 안 되는지를 깨달았다. 악의 군대의 전직 장교인 괴물이 하느님께 무언가를 부탁할 권리가 있겠는가? 하나님이 그에게 왜 그런 축복을 내리시겠나, 가엾은 짐승이여.

트라이언은 얼마나 짧을지는 모르지만 샤샤와 보냈던 시간들을 즐기는 것에 집중하기로 마음을 먹었다. 그는 오래간만에 평화롭게 잠이 들었다. 트라이언은 몇 시간 후에 눈을 떴다. 아투가 동굴로 들어와 샤샤 옆에 앉는 것을 보았다. 트라이언은 그의 외투에서 머리를 들어 동굴 입구를 내다보았다. 그는 그의 말 옆에 다른 말이 서 있는 것을 알아챘다. 트라이언은 아투의 추적 능력과 목축 능력에 감탄하며 살며시 웃었다. 그는 다시 잠이 들었다.

다음날 저녁 그들은 그들의 여정을 다시 시작했다. 그들은 계속 북쪽으로 나아갔다. 며칠이 몇 주가 되며 남아있던 나뭇잎들이 떨어지고 나무들은 앙상했다. 그들의 여정은 차가운 비와 초겨울 바람 속에서도 계속되었다. 트라이언은 뱀파이어들이 그를 찾기 위해 또 다른 무리들을 보낼지도 모른다는 생각에 두려웠다. 겨울의 긴 밤들은 뱀파이어들을 더욱 강하게 만들었다. 긴 어둠의 시간은 그들이 더 먼 거리를 돌아다닐 수 있게 도와주었다. 트라이언은 뱀파이어들이 그를 찾는 것은 시간문제라고 조용히 생각했다.

어느 날 이른 아침 동이 트기 전에, 트라이언은 숲 속에서 버려진 판잣집을 찾았다. 트라이언은 샤샤, 아투 그리고 말들에게 돌아가기 전에 판잣집으로 다가가서 살펴보았다.

"샤샤!"

그는 불렀다.

"여기서 쉬자. 곧 날이 밝을 거야."

트라이언은 샤샤를 위해 불을 지피고 요리를 해주었다. 샤샤가 먹는 동안 트라이언은 판잣집의 모서리로 가서 쉬기 시작했다. 그는 잠시 휴식을 취했다. 그는 피곤할 때 돌, 나무나 벽에 그의 등을 기대어 앉아 쉬었다. 그는 항상 돌발적인 비상사태에 대응할 준비가 되어 있는 채로 선잠을 잤다. 그는 온기가 아니라 어둠을 위하여 담요나 망토로 그의 몸 전체를 감쌌다.

샤샤는 먹으며 건너편에서 트라이언을 바라보았다. 트라이언과 함께한 그녀의 여정은 뱀파이어에 대해 훨씬 더 많이 이해하도록 도와주었다. 예를 들면, 그들의 힘, 제한 그리고 관습을 이해하게 되었다. 그녀는 뱀파이어와 사람 간의 차이점에 대해 알아차리기 시작했다. 그녀는 성숙해지면서 그녀의 앞에서 사람같이 행동하려고 헌신적으로 노력하는 트라이언의 모습에 감사하게 되었다. 트라이언은 그녀의 앞에서는 이빨을 감추려고 노력했고 그의 변화에 대한 언급을 일절 하지 않으며 그가 뱀파이어가 되기 전의 삶으로만 대화를 국한시켰다.

트라이언은 쉬는 동안 샤샤가 본인을 응시하고 있다는 것을 느꼈다. 그는 모퉁이에 있는 그를 응시하고 있는 샤샤를 보기 위해 망토를 살짝 들어올렸다.

"샤샤, 무슨 할 얘기 있어?"

여전히 망토를 덮고 있는 그는 샤샤에게 물었다. 샤샤는 트라이언이 자신을 보고 있는 줄 모르고 아래를 내려다보고 있었다. 그녀는 재빨리 위를 올려다보며 멀리서 망토가 열려 있는 부분을 유심히 보았다. 그러고는 담담하게 물었다.

"당신은 어떻게 뱀파이어가 됐어요? 고통스러웠어요?"

트라이언은 그의 머리를 감싸고 있던 담요를 천천히 내리며 불빛 속에서 샤샤에게 얼굴을 드러냈다. 마치 그들이 처음 만났을 때처럼 불꽃은 그의 얼굴을 환하게 비추었다. 하지만 이번에는 트라이언의 이목구비는 부드러워 보였다. 트라이언은 곰곰이 생각한 후 말을 꺼냈다.

"샤샤, 그건 마지막 전투에서 내가 인간 전사였을 때 일어난 일이었다."

# 22
# 뱀파이어 트라이언

　두 젊은 전사들은 언덕 꼭대기에 멈춰 섰다. 그들은 밑에 있는 계곡을 쳐다봤다. 상대방의 부족으로부터 대략 천여 명의 전사들이 서 있었다. 적들은 계곡을 메웠다. 너덜너덜해진 현수막은 강한 바람에 흔들리고 현수막의 파닥거리는 소리가 초보적인 드럼의 고동을 증가시켰다. 적들의 무리 앞에는 대략 백여 명 정도의 말을 탄 전사들이 작은 활로 무장하고 그들의 옆구리에는 휘어진 칼을 차고 있었다. 그들의 몸은 다양한 털들로 뒤덮여 있었고 털로 덮인 작은 헬멧은 그들 머리 위의 왕관을 감싸고 있었다. 그들의 뒤에는 도보로 이동하는 나머지 군부대가 있었다. 대부분 큰 창과 작은 방패로 무장하고 있었다. 보병대는 긴 치마와 가죽조끼를 입고 있었다. 이 보병들은 헬멧이 없었다. 산 위에 있는 두 전사들은 그들의 이국적인 얼굴과 어두운 색의 얼굴의 털을 볼 수 없었다.

　이 두 전사들은 지역 부족의 리더이다. 한 명은 최근에 임명된 리더인 트라이언이었다. 그는 그의 긴 머리카락과 찬바람에 휘날리는 털로 덮여 있었다.

　"트라이언, 저쪽 전사들은 천 명 좀 안 되는 것 같아. 만약 우리가 나이와 상관없이 모든 신체 건강한 사람들을 소집한다면 저들의 숫자와 거의 맞설 수 있을 거야."

그가 밑에 있는 군무리들을 살피고 있을 때 그의 동료는 그의 어깨에 손을 올려놓으며 말했다.

"라루카스, 나의 친구. 자세히 봐봐. 저들에겐 보조 마차가 없어. 여분의 말이나 음식도 없지. 지역을 떠돌아다니는 유목민 무리가 아니야. 저들은 숲속 어딘가에서 기다리고 있는 더 큰 군부대들의 선발대야. 우리가 저들을 물리친다고 해도 저들을 뒤따라올 무리로부터 우리 여성들과 아이들을 보호할 수 있을까?"

젊은 지휘관 트라이언은 그의 중위에 어중간한 미소를 띤 채 돌아보며 솔직히 물었다.

"저들은 우호적일까?"

라루카스가 물었다.

"그럴 가능성은 낮아. 저기 검정 현수막에 빨간 줄이 보이지? 저건 알케메이드 씨족의 생존자들이 묘사해 준 무늬와 유사해."

트라이언은 현수막을 가리키며 대답했다.

"알케메이드 씨족? 그 전멸한 곳 말하는 거야?"

라루카스는 되물었다.

"그래. 우리는 그 생존자들을 우리의 땅에 와서 우리 민족들과 같이 생활하도록 허락 했었지. 그들이 말하길 저 전사들은 아무런 경고 없이 밤에 쳐들어와서 대부분의 부족, 남자, 여자, 아이들을 학살했대."

트라이언이 진지하게 대답했다.

"그렇군. 그럼 우리는 이제 어떻게 할 거야? 힘을 합쳐 공격해? 아니면 도망쳐?"

라루카스는 끄덕이며 말했다.

"저들이 도착하기 전까지 여자들과 아이들을 데리고는 언덕으로 도망칠 수 없을 것이야. 공격하는 것은 자살행위나 다름없다. 우리는 백여 명의 군부대 일부를 데리고 가서 해가 진후에 공격하자. 밤이 되면 우리는 기습할 수 있고 어둠 속에선 우리의 움직임이 잘 보이지 않을 거다."

트라이언은 라루카스와 동일한 질문을 이미 생각하고 있었다.

"아무리 기습공격을 밤에 하더라도 우리가 십대 일의 비율로 수적으로 밀리는데 이길 수 있을까?"

라루카스는 트라이언이 답을 이미 알고 있을 것이라는 극도의 믿음을 갖고 물었다.

"이긴다는 것이 어떤 의미지? 누가 더 많은 사람들을 죽이는 가 인거야?"

트라이언은 대답하며 말을 이어갔다.

"우리는 이 침략으로부터 우리 사람들을 지켜냄으로써 이길 거야. 저들은 여기에 오랫동안 머무를 의도 없이 그냥 스쳐 지나갈 뿐이야. 저들의 목적은 우리 사람들을 죽이고 강탈하고 노예로 삼는 것이야. 우리 병력은 저들을 지체하게 해서 우리 사람들이 산으로 대피할 수 있도록 시간을 벌 것이야. 그러면 우리의 나머지 전사들은 그곳에서 우리보다 백배 정도 많은 적군을 쉽게 방어할 수 있을 것이야. 이런 야만인들은 산을 들어갈 위험을 감수하지 않고 보다 쉬운 목표물을 찾아 이동할 가능성이 커."

"그럼 누가 저들을 지체하게 할 부대를 이끌 거야?"

라루카스는 트라이언의 말을 듣더니 마치 자신이 자원할 것처럼 물었다.

"내가 할 거야."

라루카스의 놀라움에 대답하듯 트라이언이 대답했다.

"자네는 모두를 산으로 이끌고 길과 절단면을 따라 방어선을 세워줘. 나는 공격을 할 소규모 부대를 이끌게."

트라이언은 라루카스의 놀란 얼굴을 알아차리며 말했다.

"아니, 나도 함께 갈게. 빈텐스가 산으로 사람들을 탈출시키는 데에 더 적합할거야."

라루카스는 요청했다. 트라이언은 라루카스를 바라보더니 곰곰이 생각했다.

"그렇다면 좋아. 더 이상 시간 끌지 말자. 다시 마을로 돌아가자."

트라이언은 아래에 있는 적군을 보고 다시 라루카스를 보며 대답하고 그의 말 쪽으로 걸어가 안장에 올라탔다.


그들은 말을 타고 마을로 돌아가며 트라이언은 그의 계획을 라루카스와 상의하기 시작했다. 트라이언은 그들이 해질녘에 시작해서 밤새도록 적들에게 가할 일련의 습격에 대해 늘어놓았다. 그들의 목적은 그들을 본진으로 돌아가도록 강요하며 최대한 많은 적군을 제거하는 것이었다. 이 전략은 부족민들이 안전한 산에 도달할 수 있을 충분한 시간을 줄 것이다. 그들은 마을에 도착한 후 트라이언은 사람들을 산으로의 탈출을 책임질 그의 장교들을 불러 모았고 습격에 투입될 라루카스와 그의 중위들은 전쟁을 준비했다.

트라이언은 장교들에게 그의 전략을 설명하기 시작했다.

"각하, 저는 이의를 제기하겠습니다. 저를 침입자들과 맞서 싸우는 전투에 참여하도록 허락해 주십시오."

짧은 머리와 건장한 몸의 젊은 남자인 빈텐스가 반대를 했다. 그러자 무리 속 다른 장교들이 빈텐스를 옹호하며 웅성웅성 거렸다. 트라이언은 두 손을 올리며 장교들을 진정시켰다.

"조용! 이곳에서 누가 지휘관인지 잊지 말기를 바란다."

엄격히 말했다. 장교들은 조용해졌고 트라이언은 부드러워진 말투로 말을 이어갔다.

"너의 심정을 이해한다. 하지만 나에겐 우리 민족들을 안전한 산으로 데리고 가줄 훌륭한 남자 리더가 필요하다. 전투에서의 영예로운 죽음 같은 어리석은 이상은 참아주기를 바란다. 자네는 민족들을 안전한 곳으로 대피시킬 것이다. 그게 나의 결정이며 너는 내 명령을 실행할 의무가 있다."

그는 빈텐스를 바라보며 말했고 빈텐스와 대부분의 장교들은 머리를 숙였다.

"각하의 명령을 따르도록 하겠습니다."

빈텐스는 겸손하게 대답했다. 그는 트라이언을 올려다보며 말을 이어 갔다.

"하지만 가망 없어 보이는 임무에 본인을 희생하시는 이유가 있으십니까?"

"가망이 없는 것이 아니다. 우리는 탈출하여 너를 다시 만날 수도 있고 만약 우리가 오늘밤 죽는다고 해도 상관없다. 이번 임무는 침략자들의 침입을 지연시켜 우리 민족들을 탈출시키는 것이다. 한 사람의 죽음은 부족 전체보다 중요하지 않다. 나는 보이안의 죽음 이후 너희 모두를 이끌기 위해 최선을 다했다. 나는 다음 세대들과 부족을 생존시키기 위해 할 수 있는 일을 할 것이다. 우리는 이 침략자들의 노예가 되거나 죽임을 당하지 않을 것이다. 우리는 싸울 것이고 끝까지 싸워서 살아남을 것이다. 만약 우리가 죽임을 당하게 된다면 여성들, 아이들 그리고 노인들이 상상할 수 없는 고통에 노출될 거다. 자네는 그들을 안전한 곳으로 대피시킬 것이다. 이게 나의 명령이다. 만약 이게 나의 마지막 명령이 된다 해도 할 수 없다. 내 인생에 있어서 수많은 어려운 결정들을 해야만 했다. 하지만 무슨 일이 있더라도 비록 그게 나의 죽음일지라도 우리 사람들을 구해야 한다는 결정은 전혀 어렵지 않다. 나의 희생으로 인해 너희들의 가족들이 이 야만적인 폭군들로부터 하루라도 자유롭게 더 살 수 있다면 그걸로 좋다. 만약 너희 누구라도 나의 명령을 불복종한다면 나에게 대답해야 할 것이다. 만약 그 누구도 우리의 사람들을 안전한 곳으로 대피시키는 임무에 실패한다면 내게 대답해야 할 것이다. 다음 생에까지 다시 만나지 못하게 되더라도"

트라이언의 각오는 비장했다.


트라이언이 일어서니 모든 장교들은 그의 앞에 똑바로 우뚝 섰다.

"미래는 너희들 손에 달려있다. 나의 젊은 지휘관들이여, 이제 우리 민족을 앞날로 이끌 차례가 바로 너희다. 나는 너희들이 나를 실망시키지 않을 것이라 믿는다."

이렇게 말하며 젊은 지휘관 무리가 그들의 준비를 시작하도록 남겨둔 채 트라이언은 떠났다.

"보이안의 아들 트라이언 각하! 당신의 정신과 힘은 침략 군단으로부터 우리 민족들을 구할 것입니다! 신과 함께 하세요 위대한 지도자여!"

그는 떠나는 도중 빈텐스가 그를 향해 부르짖는 것을 들었다. 빈텐스가 외치자 트라이언의 용맹함과 자신감에 감명 받은 다른 대위들도 "트라이언! 트라이언!"이라고 외치며 환호했다. 트라이언은 환호성이 사라질 때까지 계속 걸었다. 그는 라루카스를 발견했다.

"준비는 어떻게 되가나, 친구?"

트라이언이 물었다.

"거의 다 되어가."

라루카스는 대답했다.

"좋아, 나에게 항상 도움을 줘서 고맙네. 내가 부족을 이끈 이후로도 줄곧 너는 옆에 있었고 너의 지원은 내게 매우 소중했다."

트라이언은 이렇게 말하며 라루카스에게 손을 내밀었다.

"그곳이 지옥의 불 속일지라도 난 항상 네 곁에 있을 거야."

라루카스는 트라이언과 악수하고 그를 끌어안으며 대답했다.

"지옥의 불 속일지라도?"

그러자 트라이언은 비꼬듯 물었다.

"음, 만약 지옥의 불구덩이로 뛰어 들어간다면 아마도 너 혼자 있게 되겠지?"

라루카스는 능청스러운 미소로 트라이언의 등을 세게 쓰다듬으며 대답했다.


대략 해가 지기 두 시간 전에 백 명의 습격대는 마을을 떠났다. 라루카스는 열 명의 전사들과 함께 트라이언 보다 먼저 갔다. 그의 임무는 적들에게 들키지 않고 적진의 위치를 파악한 후 트라이언에게 보고하는 것이었다. 트라이언은 적을 향하여 나머지 군사들을 이끌었다. 그들은 라루카스가 돌아오기를 기다리며 숲 속에서 집합하기로 하기 전 한 시간동안 말을 타고 길을 내려갔다.

해가 지기 시작하자 군사들은 그들의 말을 쉬게 하는 동안 그들의 장비를 확인했다. 트라이언은 손으로 그린 지도를 보았다. 그는 지형과 그렇게 큰 군사 무리를 수용할 수 있을 만한 면적에 근거하여 적들이 멈춰서서 야영을 할 만한 위치들을 대략 짐작하고 있었다. 그는 지도를 살피며 적들이 있을 법한 위치를 세 곳으로 좁혔다. 그는 각 위치별로 공격하기 위한 가장 좋은 방법과 접근을 막기 위해 보초들이 있을 만한 곳들을 생각하기 시작했다.

"트라이언, 저들은 엘크 산기슭에 캠프를 만들고 있어."

그가 최종 계획을 세우고 있을 때 라루카스가 다가오며 트라이언에게 보고했다. 트라이언은 지도를 내려다보았다. 그가 생각하기에 그 곳은 너무 뻔한 장소였다.

"정찰병들은 제 위치에 있는 거지?"

트라이언이 물었다.

"맞아. 3인 2개 조와 4인 1조가 있어."

라루카스가 대답했다.

"좋아, 우리는 십분 후에 남쪽 길을 통해 이동한다."

트라이언은 지도를 가리키며 말했다.

"우리는 여기에 자리를 잡을 것이다. 정찰병들 위치로 가서 적들이 어떻게 배치되어 있는지 파악한 정보를 가지고 두 시간 후에 나를 이곳에서 만난다."

라루카스는 끄덕이더니 말을 타고 재빨리 떠났다. 얼마 지나지 않아 트라이언과 나머지 전사들은 군마를 탑승하고 작은 횃불을 갖고 떠났다. 트라이언은 군부대를 이끌고 어두운 숲을 통과했다. 트라이언과 전사들은 트라이언이 말을 멈추기 전까지 몇 킬로미터를 갔다. 그는 손을 들어 뒤에 있는 전사들이 멈추도록 지시했다. 여전히 팔을 올린 채로 그는 침묵 속에서 주먹을 쥐었다.

전사들은 하나 둘 횃불을 껐다. 라인 전체가 어두워 질 때까지 연속적으로 불길은 희미해졌다. 날은 잎이 진 나무들 사이로 전사들이 앞사람을 따라가기에 충분한 달빛을 남겼다. 트라이언이 어둠을 뚫고 앞으로 나아감으로써 전사들의 모든 움직임은 이제 그의 발걸음을 따라갔다. 라루카스를 기다리기로 한 약속 장소에 도착하자마자 그들은 멈췄다. 트라이언의 장교들은 그가 있는 장소로 말을 타고 올라갔고 각각 부하들은 현황을 속삭이며 말했다. 한 사람씩 보고할 때마다 트라이언은 그들의 보고에 답하여 고개를 끄덕였고 그들의 어깨를 토닥여줬다.

머지않아 라루카스와 몇몇 정찰병들은 그들을 향해 말을 타고 왔다.

"예상대로 그들의 대다수 경비병들은 서쪽으로 향하는 주요 통로를 따라 내려가고 있다. 나머지 라인들은 상당히 약해 보여."

라루카스는 트라이언과 다른 장교들에게 말했다.

"우리는 남쪽에서 빠르게 움직일 것이다. 동쪽으로 돌아서 캠프의 자유를 깨뜨리기 이전에 진영의 한가운데에 들어갈 것이다. 그리고 나선 우리는 동쪽에서 빠르게 다시 공격하여 진영의 서쪽 가장자리를 지키고 있는 보초들을 통과한다. 우리는 이 두 번째 공격까지 빨리 진행해서 적들이 적절한 방어 태세로 들어갈 시간을 주어서는 안 된다. 산에 밀려 붙지 않도록 서로서로 충분한 공간을 띄워라. 만약 헤어지거나 부상을 당했으면 진영의 서쪽을 돌파한 후 이 장소에서 다시 만나자고 모두에게 알려라."

트라이언은 한 사람씩 눈을 마주치며 부드럽게 말을 했다.

"질문 있나?"

그는 그들의 장교들을 쳐다보며 물었다.

"좋아, 라루카스와 나는 남쪽에서 공격을 주도할 것이다. 동쪽에서 서쪽으로 향하는 공격에서는 우리가 뒤따라가겠다. 핵심은 여기서 다시 만나는 사람들은 해가 뜨기 전에 이곳을 떠나야 한다. 안 그러면 남아 있는 적들에게 쉽게 쫓길 것이다. 자, 가자."

트라이언은 전사들의 첫 번째 무리를 이끌고 적의 진영을 향하여 출발했다. 야영지의 불빛이 시야에 들어왔다. 라루카스는 트라이언의 옆에서 말을 타며 그에게 가장 좋은 길을 알려주었다.

적들의 보초 중 한 명이 다가오는 말들의 소리를 들었다. 그는 마치 그것은 단지 동물의 소리이며 아무것도 걱정할 것 없다는 생각으로 그의 창을 아래쪽으로 낮춘 채 소리가 나는 쪽으로 조심스럽게 앞으로 다가갔다. 그는 숲속을 들여다보기 위해 횃불을 비췄다. 그가 위를 바라보았을 땐 라루카스가 그를 향해 돌격하고 있었다. 그는 횃불을 떨어뜨렸다. 그가 두 번째 손으로 그의 창을 꽉 쥐기도 전에 라루카스가 말에서 내려 칼을 휘둘렀다. 칼로 그 보초의 목 밑 부분을 절단하여 그를 죽였다.

"와아!"

트라이언은 그의 말을 힘차게 차고 소리치며 돌격했다. 심한 피로로 몸을 가누지 못하는 몇몇 약탈자들은 무슨 소리인지 파악하기 위해 일어났다. 대부분 갑옷을 입고 있지 않았다. 그들이 그들 앞의 그림자에 집중할 때 트라이언과 다른 전사들은 그들과 충돌했다. 트라이언의 몇몇 전사들은 자고 있는 침략자들을 그들이 일어서기도 전에 짓밟았다. 그들은 굉장히 빠르게 말을 타고 나아갔고 트라이언은 그의 말을 동쪽으로 돌려 진영을 계속 뚫고 나아갔다. 나머지 전사들은 베이기도 하고 고함을 지르기도 하며 그의 뒤를 따라갔다. 적의 진영은 그들이 동쪽에 있는 보초들을 통과하며 본진을 향해 다시 돌진함으로써 완전한 혼란 속에 빠졌다.

두 번째 공격이 시작되자 몇 백 명의 적들은 일어나서 무장하기 시작했다. 선두에 있는 무리들이 서쪽 라인을 충분히 빠른 속도로 돌파하지 못함에 따라 공격은 다소 정지되었다. 트라이언의 군부대의 속도가 느려지며 더 많은 적들이 방어에 가담하기 시작했다. 트라이언은 이러한 상황이 가능하다는 것을 알고 있었지만 그들의 목적은 민족들을 향한 적들의 움직임을 방지하기 위해 최대한 적을 교란시키는 것이었다.

그는 싸우다가 전쟁터를 돌아보았다. 적은 큰 손실을 입었다. 그는 적들이 마을로 오지 못할 것이라는 것을 알았다. 그는 라루카스 옆에서 달리면서 몇 명의 침략자들을 더 죽였다.

"우리는 우리의 임무를 완수했다. 군사들이 흩어지도록 철수 명령을 알려라. 우리 병사들이 철수해서 숲으로 돌아갈 때 그들을 맡아 줄 거다."

트라이언은 죽어가는 전사들의 비명과 칼들이 부딪히며 나는 소리 속에서 소리쳤다. 라루카스는 말 옆에 있는 작은 트럼펫을 잡아당겨 빠른 음을 불었다. 전사들의 대부분은 교전을 멈추고 철수하기 시작했고 어둠 속으로 황급히 떠났다. 트라이언, 라루카스 그리고 이십여 명의 전사들은 그들의 동료들이 탈출할 수 있는 시간을 벌기 위해 계속해서 적진으로 돌격했다. 그 이십여 명의 전사들은 재빠르게 포위되었다.

말을 타고 있던 트라이언은 그의 나머지 전사들이 침략군 기사단으로부터 역습을 당하고 있는 것을 보았다. 그들은 트라이언의 부하들이 도망치기도 전에 그들에게 돌격했다. 그의 부하들은 용감하게 싸웠지만 트라이언은 그들이 빠르게 제압당하고 있다는 것을 알 수 있었다. 그러한 혼돈 속에서 그는 편안함을 느꼈다. 그는 그들의 희생이 헛되지 않았고 그의 민족들은 안전할 것이라는 것을 알았다. 그러더니 그의 말은 한 침략자의 창에 찔렸고 말은 쓰러지기 시작했다. 그 후 트라이언은 몇 명의 야만인에게 붙잡혀 땅으로 끌려갔다. 그는 땅바닥에서 굴러 재빨리 일어나 두 명을 죽였다. 다른 적이 그의 어깨를 찔렀다. 그가 입은 두꺼운 털이 칼날에 뚫렸다. 트라이언이 재빨리 돌아 그 야만인 상대는 창을 놓쳤다. 트라이언은 그의 목을 베어버리고 라루카스를 보았다.

"라루카스!"

그는 불렀다. 라루카스는 그의 지휘관을 보았고 그 둘은 그들의 앞에 있는 적들에 맞서 끝까지 싸웠다.

"엄호하고 있는 부대가 대피할 수 있도록 최후의 퇴각을 알려라!"

트라이언은 소리쳤다.

"이제 남은 건 저희 둘 뿐인 것 같습니다. 각하!"

라루카스는 소리쳤다. 그들은 정신 나간 사람들처럼 등을 맞대고 서서 싸우고 찌르고 칼을 휘둘렀다. 용맹한 두 전사들 주위에는 적의 시체들이 높이 쌓여갔다.

"여기를 떠나는 멋진 방법이네요. 안 그렇습니까 지휘관님?"

라루카스는 여전히 얼굴을 마주보지 않고 말했다.

"희생할 가치가 있었네. 나의 친구."

전투가 약간 소강상태를 보이자 트라이언은 대답했다.

"그리고, 아직 안 끝났어."

또 다른 야만인 무리들이 사방으로부터 접근해 왔다.

"적들에게 돌격하자. 어쩌면 우리는 돌파할 수 있어."

트라이언은 라루카스를 부르며 말했다. 아무 말 없이 그 둘은 어깨를 나란히 하고 서서 야수처럼 울부짖으며 그들 앞에 있는 수십 명의 적을 공격했다. 그들은 적의 전선과 맞서 싸우며 좌우로 사살해 나갔다. 용감한 전사들은 심각한 상처를 입기 시작했다. 트라이언의 다리에 창이 꽂혔고 라루카스의 어깨는 칼로 베였다. 다른 칼날은 트라이언의 옆구리를 찔렀다. 창이 라루카스의 가슴을 향해 던져졌다. 두 고귀한 전사들은 죽기를 거부했고 다른 군사들이 견딜 수 있는 것보다 더 많은 피해를 입고 있음에도 불구하고 그들의 앞에 있는 적들을 계속해서 죽여 나갔다.

마침내 그들은 적의 전선을 돌파했고 숲의 끝자락에 도달했다. 그들이 도망치려 할 때 트라이언은 돌아봤다. 라루카스는 그들이 탈출할 수 있다는 희망을 느끼며 미소를 짓고 있었다. 트라이언이 그를 보았을 때 그의 미소는 사라졌고 고통스러운 얼굴로 바뀌었다. 라루카스의 입에서 피가 뿜어져 나왔고 트라이언은 그의 가슴에서 창 하나가 뚫고 나오는 걸 알 아차렸다. 트라이언은 재빨리 라루카스에게 뛰어갔고 그를 공격한 적을 죽였다. 그는 모닥불의 희미한 불빛 사이로 더 많은 야만인들이 다가오는 것을 보았다.

그는 라루카스를 붙잡은 다음 그의 어깨 위로 들어 올려 심하게 다친 몸으로 할 수 있는 한 최대한 빠르게 달렸다. 그는 숲속으로 뛰어 들어갔 다. 수백 미터를 걸어간 후 그는 바위에 걸려 비틀거리며 라루카스와 함 께 땅으로 넘어졌다. 넘어지며 트라이언은 그의 칼을 떨어뜨렸다. 그는 재빨리 그의 친구 옆으로 다가갔다. 그 둘은 여러 상처들에 피를 심하게 흘리고 있었다.

"라루카스, 우리가 해냈어, 우리가 탈출했어."

트라이언은 라루카스에게 용기를 주기 위해 차분한 목소리로 말했다. 라루카스는 트라이언이 일어서려고 하자 작은 미소를 띠었다. 트라이언 의 부상당한 다리에 힘이 풀리며 라루카스 옆에 쓰러졌다. 그들은 덤불 속에서 바스락거리는 소리를 들었고 휘어진 칼을 들고 있는 두 야만인들 의 실루엣이 나타났다. 트라이언은 그의 칼을 찾았지만 그에게 없었다. 어둠 속에서 적의 칼은 그의 복부 중앙을 찔렀다.

"아!"

그는 아파서 소리쳤다. 그는 생명에 간신히 매달린 채로 그를 찌른 자 의 그림자에 집중했다. 다른 야만인이 다가오고 있었지만 뜻 밖에 넘어 졌다. 트라이언을 찌른 야만인은 고개를 돌리더니 숨을 헐떡였다. 그리고 나서는 죽은 채로 쓰러졌다.

적의 실루엣은 다른 누군가로 대체되었다. 큰 망토를 두른 남자였다. 그 남자는 달빛 속으로 한 걸음 더 나아갔다. 그의 얼굴은 주름지고 늙어

보였지만 따뜻하고 편안해 보였다. 그의 어두운 머리는 그의 머리 뒤에 묶여 있었다. 트라이언은 그 당시에는 누구인지 몰랐지만 그는 강력한 아파나세이였다. 아파나세이는 넘어져 있는 두 전사를 바라보았다. 트라이언은 쓰러진 나무 옆에 몸을 질질 끌고 와서 그의 등과 머리를 기대고 쉬었다. 아파나세이는 라루카스에게로 몸을 숙였다.

"용감한 전사여, 살고 싶은가?"

아파나세이는 그의 손을 내밀며 부드럽게 물었다. 라루카스는 대답할 힘이 없었다. 그는 더 많은 피를 토하며 눈이 크게 떠졌다. 그는 힘없이 손을 뻗어 아파나세이의 손을 잡았다. 아파나세이는 그의 송곳니를 드러내며 미소를 지었다. 라루카스의 눈은 그의 인생에서 그 어느 때보다도 휘둥그레졌다. 아파나세이는 서서 그의 축 처진 몸을 손으로 잡아당겨 올렸다. 그리고 나선 라루카스의 목을 악물었다.

"안돼!"

트라이언이 중얼거렸다. 아파나세이는 움켜쥐고 있던 손을 놓았다. 라루카스가 다시 땅으로 떨어지자 왼손으로 그의 등 부분을 조그맣게 모아쥐며 그를 잡았다. 그의 놀라운 힘은 라루카스의 거의 생명이 없는 몸을 높이 들어올렸다. 아파나세이는 오른쪽 손목을 그의 입까지 들어 올려 세게 물었다. 그리고 나선 그의 손목을 라루카스 입에 갖다 댔다. 트라이언은 무서워서 꼼짝도 못하고 공포에 질려 지켜보았다. 달빛을 통해 그는 아파나세이의 손목에서 라루카스의 입안으로 피가 쏟아져 들어가는 것을 보았다. 그러고 나서 그는 라루카스를 쾅 하고 바닥에 떨어뜨렸다.

아파나세이는 트라이언 쪽으로 천천히 다가왔다. 트라이언은 통나무에 지지하여 몸을 일으키려 했지만 소용없었다. 아파나세이의 갈색 눈은 죽어가는 트라이언을 내려다보며 물었다.

"살고 싶으냐?"

트라이언은 힘이 없었지만 아파나세이를 바라보았다.

"아니!"

그는 그가 모을 수 있는 힘을 모두 모아 단호히 대답했다. 아파나세이는 어리둥절한 표정을 지었고 놀란 나머지 몸을 뒤로 젖혔다.

"나는 이 전투를 보고 너의 능력을 보았다."

그는 트라이언 옆에 쪼그리고 앉아 그의 눈을 가까이 쳐다보며 일관된 어조로 말했다.

"나는 너같이 유능한 전사가 필요해. 미안하지만 아니라는 대답은 없어."

아파나세이는 트라이언 쪽으로 몸을 숙였다. 트라이언은 왼쪽 팔을 힘없이 들었고 아파나세이의 얼굴에 손바닥을 갖다 댄 후 그를 밀어내려고 힘을 썼다. 아파나세이는 재빨리 그의 손을 내리치며 그의 목을 물었다. 트라이언의 시야는 점점 흐려지기 시작했고 그의 시야는 좁혀지며 점점 어두워지기 시작했다. 그가 의식을 잃기 전에 마지막으로 본 것은 아파나세이가 미소를 지으며 피를 빨아먹는 얼굴이었다.

# 23
# 트라이언 이야기의 결말

샤샤는 놀라움에 귀를 기울여서 들었다.

"어머!"

그녀는 더 이상 참을 수 없다는 듯 마침내 트라이언의 이야기를 중간에 끼어들었다.

"매우 고통스러웠겠어요."

그녀는 말을 이어갔다.

"사실, 내가 인간 남자에서 너의 앞에 서 있는 생명체로 바뀔 때에는 큰 고통은 없었다."

트라이언은 대답했다.

"그 과정은 시간이 별로 걸리지 않았거든. 마치 엄청난 번개 빛에 맞은 것 같았어. 내 몸이 불타오르는 것을 느꼈지만 고통스럽진 않았어. 사실 기분은 매우 좋았다. 나는 엄청난 힘에 압도된 기분이었고 전투에서 생긴 상처들은 빠르게 회복되기 시작했거든."

"그럼 당신 친구한테도 똑같은 일이 일어났어요?"

샤샤는 트라이언의 말을 듣더니 물었다.

"응 맞아. 라루카스도 치료됐지. 하지만 나처럼 빠른 속도로는 아니었어. 지금의 그의 모습과 같은 더러운 동물로 다시 태어나게 된 것이지. 그 전쟁터에서 내 친구는 죽었고 무자비한 악당으로 변했다. 그는 이제 혐오스러운 존재가 된 것이고 인간 라루카스였을 때의 그 선량했던 사람을 흉내 내고 있을 뿐이야."

"근데 지금 그는 여전히 똑같은 사람 아니에요?"

샤샤가 물었다.

"뱀파이어가 되면 그들은 차가워지고 도덕관념이 없는 짐승으로 변해. 그들의 예전 모습과는 거의 닮지 않은 거지. 내 생각엔 새로 발견된 힘이 그들의 가슴과 마음을 파괴하는 것 같아. 그들은 너무나 강력해져서 그들의 예전 삶을 우습게 보기 시작하게 되는 것이란다. 불행하게도 그들의 힘에 대한 자랑은 맞는 말이야. 뱀파이어들은 매우 강하고 회복력이 빨라. 아무리 세계각지에서 모인 군부대의 무리일지라도 그들을 이기는 건 불가능하다고 봐."

트라이언은 뱀파이어가 모든 영토를 지배할 수 있는 가능성에 대해 곰곰이 생각하더니 그의 얼굴엔 깊은 우려가 나타났다. 그는 샤샤를 너무 걱정시키고 싶지 않아 재빨리 정신을 가다듬었다.

"내가 뱀파이어가 된 이후 마지막 전투에서 살아남아서 행복하다고 처음으로 느꼈던 이유는 너를 만났을 때였다. 나는 그 저주를 받아 이렇게 되었지만 내가 그 날 저녁 숲속에서 죽었다면 나는 너를 만나지 못했을 거야."

그는 샤샤를 바라보며 미소를 지으며 말했다.

그는 말을 이어갔다.

"자, 이제 내가 지금의 내가 어떻게 해서 되었는지에 대한 너의 질문

181

에 답이 되었어?"

"나는 우리가 함께 있어서 기뻐요, 트라이언. 언젠가 내가 강한 여자가 되어서 그런 나쁜 뱀파이어로부터 당신이랑 아투를 지켜주고 싶어요."

샤샤는 고개를 조심스럽게 끄덕이더니 말했다. 그녀는 가상의 뱀파이어와 싸우는 것처럼 허공을 두 손으로 베는 시늉을 하며 말했다.

"나는 너가 그럴 거라고 확신해."

트라이언이 대답했다.

"게다가 너는 이미 나를 구해줬어."

샤샤는 갑자기 그녀의 칼을 휘두르는 동작을 멈추더니 아무것도 모르는 듯 물었다.

"내가요?"

"응 네가 날 구해줬다."

트라이언은 그녀의 두 눈을 바라보며 대답했다.

"아무도 나한테 네가 나에게 준 것을 준 적이 없단다. 너는 나에게 희망을 주었단다. 내가 살아가야 할 가치가 남아있다는 희망 말이야. 네가 나에게 준 사랑은 나를 깊은 구렁으로부터 구해줬고 내가 어떤 사람이었는지에 대한 일부를 찾을 수 있게 해주었어. 너는 내가 괴물로 되어가는 것을 멈춰줬지. 그것 때문이라도 나는 필요한 어떤 수를 써서라도 너를 항상 지지할거란다."

샤샤는 활짝 미소 지었고 그녀의 금빛 눈은 더 밝아 보였다. 트라이언은 히죽히죽 웃으며 그의 눈앞에 그의 손을 갖다 대었다.

"그만해! 너의 미소가 너무 밝아서 볼 수가 없어."

그는 유머스러운 어조로 샤샤에게 외쳤다.

"내가 당신의 햇살인가 봐요?"

샤샤는 낄낄 웃으며 말했다.

"네가 맞아! 나는 해를 바라볼 수가 없으니 너의 아름답고 밝은 얼굴을 더 자주 봐야겠다. 내가 기억하고 있는 태양처럼 밝게 빛나는 얼굴 같아."

트라이언이 샤샤를 향해 말했다. 그 둘은 몇 분간 같이 웃다가 트라이언이 일어났다. 샤샤를 먹이기 위해 동물들을 사냥하러 가기 좋은 시간이라고 생각했기 때문이다. 그는 샤샤를 따뜻하게 해 주기 위해 동물의 가죽도 가져다주고 싶었다. 샤샤는 불 옆에서 아투와 낮잠을 잤다. 샤샤가 자고 있을 때 트라이언은 돌아와서 회색의 토끼 가죽들을 꿰매기 시작했다. 그는 그것을 그녀의 쉬고 있는 몸 위에 덮어진 보라색 망토 위에 덮어주었다.

"이걸 덮고 있으면 네가 따뜻 할거야."

그녀의 망토 위에 걸치면서 속삭였다. 망토 아래에 있던 샤샤는 바스락거리며 옆으로 돌아누웠다.

"고마워요."

그녀는 깨어나기보단 잠든 채로 중얼거렸다.

"부드럽고 따뜻해."

그녀의 작은 손으로 새로운 털 숄을 문지르며 말했다.

"샤샤, 너는 내게 고마워하지 않아도 돼."

트라이언이 말했다.

"하지만…. 알겠어요. 트라이언."

샤샤는 이렇게 말하더니 다시 잠에 빠졌다.

"너는 어린데도 불구하고 가끔 너무 친절해. 그게 너의 매력적인 부분이겠지. 네가 매혹적인 이유이기도 하고 말이야."

트라이언은 그녀의 잠든 모습을 쳐다보며 소리내 말했다.

# 24
## 소린의 등장

샤샤, 트라이언과 아투의 여행은 계속되었다. 매서운 겨울이었다. 혹한은 시골을 가로질러 가고 있는 그들을 강타했다. 바람은 샤샤의 얼굴을 갈라지게 하고 붉게 만들었다. 그녀는 트라이언이 만들어 준 토끼 가죽을 목도리로 사용하여 그녀의 얼굴과 입을 가리기 시작했다. 트라이언은 원래 입고 있던 옷을 그대로 입은 채 계속 앞으로 나아갔다. 그의 길고 검은 머리는 바람과 눈에 휘날렸다. 그들은 눈 사이를 뚫고 북쪽으로 계속 이동했다. 그들은 지나가면서 넓은 소나무 숲을 통과했다. 트라이언은 아파나세이와 그의 부하들의 손에 닿지 않길 바라며 샤샤와 아투와 함께 게르마니아를 거쳐서 서쪽으로 방향을 돌렸다. 또한 그는 바다에 도착해서 그들이 안전할 수 있는 새로운 세계로 여행하길 바랐다.

비록 겨울은 혹독했지만 샤샤와 아투는 눈 속에서 장난을 쳤다. 눈 때문에 며칠 동안은 무거운 구름으로 뒤덮여 있었다. 트라이언은 이러한 날씨를 이용해서 더 먼 거리를 이동하였다. 어느 날 이른 저녁 그들은 눈으로 덮인 길을 걸어 내려갔다. 눈은 계속 살며시 내리고 있었다. 샤샤는 걸어 내려가면서 작은 눈덩이들을 만들었다. 그녀는 공중 위로 그 눈덩이들을 던졌다. 아투는 공중으로 점프하며 그 눈덩이들을 입으로 잡아서 우적우적 씹어 먹었다. 샤샤는 계속해서 눈덩이를 던질 때마다 웃었다. 트라이언은 그들이 노는 모습을 바라보더니 미소를 지었다. 그는 샤샤가 즐거워하고 있어서 행복했다. 몇 분간 그 모습을 보고 있다가 트라이언은 밧줄로 말을 이끌며 계속해서 길을 따라 내려갔다. 샤샤는 날쌔게 움직이는 아투를 향해 계속해서 눈덩이를 차고 던지며 놀며 그의 뒤를 따라갔다.

트라이언은 그들보다 몇 미터 앞에서 걸어갔다. 수목이 우거진 눈으로 덮인 길은 매우 평화로웠다. 트라이언은 남은 여정 동안 그들이 택해야 할 가장 좋은 길이 어디일지 깊이 생각하며 길을 걸어갔다. 트라이언이 깊은 생각에 잠기며 길을 계속해서 걸어가고 있는데 무엇인가 그를 힘껏 후려쳤다. 커다란 눈덩이가 그의 뒤통수를 때렸고 눈송이들은 그의 머리와 코트의 깃을 덮어버렸다.

"하! 맞췄다!"

샤샤는 킥킥거리며 기뻐서 소리쳤다.

"기습공격을 한 거야? 훌륭한 전략이지만, 이젠 내 차례야."

트라이언은 작은 미소를 지으며 말했다. 트라이언은 말들의 고삐를 풀고 무릎 한 쪽을 구부려 눈덩이를 만들기 시작했다. 그는 채 끝내기도 전에 잠시 멈추더니 아투를 바라보았다.

하얀 늑대는 놀다가 멈추더니 차가운 저녁 공기 속으로 코를 킁킁거렸다. 트라이언은 골똘히 지켜보며 아투의 다음 반응을 기다렸다. 그리고 나서 아투는 낮게 웅크렸다. 그의 목과 등에 있는 털들은 곤두섰다. 그는 길을 바라보며 몹시 으르렁거리기 시작했다. 트라이언은 이것이 무엇을 의미하고 있는지 알고 있었다.

"샤샤, 아투랑 같이 가능한 한 빨리 달려야 돼. 아투가 근처에 있는 뱀파이어 냄새를 맡은 것 같아."

그는 다급히 소리치며 말했다.

"뭐라고요? 안돼요 트라이언….."

샤샤는 놀라며 이렇게 말했다.

"가! 지금 당장!"

트라이언이 소리쳤다. 샤샤는 움직이지 않고 가만히 있었다.

"나는 같이 있을 거에요. 당신을 다신 떠나지 않을 거야."

샤샤는 심각했지만 차분한 태도로 말했다. 트라이언은 그녀에게 떠나라고 강요하고 싶었지만 그녀의 목소리에 담긴 결심이 소용없을 거라는걸 말해주고 있었다.

"샤샤, 이번엔 내가….."

그는 멈추기 전에 시작했다. 그는 반드시 닥칠 일로부터 그녀를 구해줄 만큼 강하지 않다는 것을 그녀에게 말하고 싶지 않았다. 구름에 가려 있었지만 해가 완전히 지지는 않아서 그는 평소보다 약해져 있었다. '만약 해가 완전히 지기 전에 뱀파이어들이 공격하려고 한다면 그들의 수는 분명 엄청 날거야'라고 트라이언은 생각했다.

아투는 이를 악물고 으르렁거리며 사방을 돌아보며 눈에 띄게 불안해했다.

"샤샤, 가까이 있어."

트라이언이 칼을 뽑으며 말했다. 어울리지 않는 삼인조는 길에 서서 공격의 기미를 기다리며 각 방향을 둘러보았다. 큰 소나무 가지 사이 높은 곳에 숨어있던 한 형체가 아래에 있는 무리를 봤다. 잘 보이지 않는 형체는 혼자 생각했다. '저 어린 소녀와 하얀 늑대는 뱀파이어랑 뭐하고 있는 거지? 저 뱀파이어가 저 소녀를 납치했음에 틀림없어. 어쩌면 공물

186

로 바치려고 인질로 잡고 있는 걸 수도 있지. 어떤 이유에서든지 저 뱀파이어로부터 소녀를 구해야겠어.' 자칭 구세주는 나무에서 뛰어내리며 소나무 가지 속 짙은 녹색 잎에 가려져 있다가 갑자기 튀어나왔다. 그 남자가 돌진하자 나뭇가지가 뚝 부러졌다. 눈과 솔잎들이 사방으로 퍼졌다. 트라이언이 위를 올려다보니 칼을 든 한 남자가 자신을 향해 뛰어들고 있는 것을 보았다.

트라이언은 간신히 제때에 그의 칼을 들었다. 적의 칼부림은 막아 냈지만 칼을 막아낸 타격의 힘은 그의 한 쪽 다리를 꿇렸다. 트라이언은 그의 인생에서 그렇게 강력한 힘은 처음 느꼈다. 그 충격으로 그의 무릎과 발이 그의 아래에 얼어붙어 있던 대지를 갈라지게 만들었고 트라이언은 몇 센티미터 땅속으로 떨어졌다. 트라이언의 몸은 떨렸고 그는 공격의 힘에 깜짝 놀랐다. 그는 재빨리 생각했다. '이런 강력한 힘은 처음인데. 사람이나 뱀파이어로부터는 이런 힘을 본적이 없어.'

그 낯선 사람은 뒤로 물러서서 또 한 번의 공격을 준비하고 있었다. 그의 금발 머리는 가운데에서 나뉘어 있었고 그의 얼굴 앞을 가리고 있었다. 그의 검은 망토는 그의 등과 어깨를 덮고 있었고 그의 가슴은 검은 가죽조끼로 덮여 있었다. 그는 팔에 황금 팔찌를 하고 있었다. 트라이언을 그의 날카로운 칼로 찌를 준비가 된 상태로 그의 팔을 눈이 내리는 하늘로 뻗었다. 그 은빛 검이 반짝였다.

"넌 누구냐?"

트라이언이 물었다.

"난 너 같은 놈들을 죽이러 온 사람이다. 네가 납치한 소중한 어린 소녀를 구하러 온 구세주이기도 하지."

그가 자신 있게 대답했다. 그의 두 눈은 금빛 불꽃으로 빛나며 한 손으로 든 칼을 내리쳤다. 트라이언은 그 공격을 다시 막아냈고 두 손으로 그

187

의 칼을 꽉 잡았다. 그 둘의 칼이 맞닿아 있는 동안 그 낯선 자는 계속하여 트라이언을 밀어냈다. 트라이언은 있는 힘껏 버텼지만 한 손을 이용한 적의 힘보다 두 손을 이용한 그의 방어는 점점 힘이 약해져 갔다. 트라이언은 이 남자로부터 자신을 방어할 수단이 없었다. 그는 샤샤의 운명을 걱정하여 온 힘을 다하여 붙들었다.

이 낯선 자의 힘에 무너지기 직전에 아투가 그의 등에 올라탔다. 아투는 그의 등에 올라타 망토를 할퀴고 이빨로 그의 목을 물었다. 그 남자는 그의 왼발로 트라이언에게서 반쯤 물러났다. 그는 한 손으로는 칼로 트라이언을 막아내고 그의 다른 손으로는 아투의 목덜미를 움켜쥐었다. 그리고 나서 그는 그의 오른발로 트라이언에게서 큰 걸음으로 뒤로 물러났다. 그의 오른손에 있던 칼이 트라이언의 칼에서 떨어지자 그는 재빠르게 왼손으로 무릎을 꿇고 있던 트라이언에게 아투를 던져버렸다.

트라이언은 손으로 자신을 방어할 만큼 빨리 움직일 수 없었고 날아오는 아투에 대항하여 칼을 이용해서 방어하는 것은 있을 수 없는 일이었다. 근육질의 커다란 늑대 몸은 트라이언의 머리와 목에 부딪혔고 트라이언은 바닥으로 넘어지며 그의 무기를 떨어뜨렸다. 낯선 자는 그의 오른발을 태연히 앞으로 내디뎠고 트라이언의 가슴을 찌르려고 했다. 그러자 샤샤가 그녀가 할 수 있는 한 가장 큰 목소리로 소리쳤다.

"그만해!"

그 공격자는 잠시 동작을 멈췄지만 그의 검은 여전히 지칠 대로 지친 트라이언을 향해 있었다. 샤샤는 그 둘 사이에 뛰어들며 두 팔을 벌려 막았다. 그녀는 그 낯선자를 향해 소리쳤다.

"우리를 가만히 좀 내버려 둬!"

그러자 그 낯선 자는 어린 소녀를 다치게 하고 싶지 않아 재빨리 그의 검을 거둬드렸다. 불타는 그의 두 눈은 멎었지만 여전히 금빛이었다.

"나는 널 해칠 생각이 없었어, 어린 소녀야."

그는 그의 칼을 칼집에 집어넣으며 샤샤를 바라보며 부드럽게 말했다. 그들은 잠시 동안 서로를 바라보았다. 샤샤는 그의 부드러운 목소리와 어린 용모에 놀랐다. 샤샤의 계산으로는 아마 그는 열다섯이나 열여섯 살이었을 것이다. 그는 거의 여자같이 부드러운 얼굴을 갖고 있었다. 그의 용모는 트라이언의 거친 모습과 대조적으로 날카로웠다. 그녀는 그가 트라이언과 싸울 때 사나워 보인다고 생각했지만 고요한 눈 속에서의 그는 천진난만하고 평온해 보였다. 그녀는 그가 그녀와 아투처럼 금빛 눈을 갖고 있다는 걸 알아차렸다. 그녀의 본능은 그는 착한 사람이라는 걸 말하고 있었다. 스카프와 모자로 덮인 얼굴 속에서 밖을 내다보고 있는 그녀의 금빛 눈으로 인해 그 낯선 자 또한 그녀에게 호기심이 가득 차 보였다. 그는 그녀를 보면 차분하고 평화로워졌다.

아투는 비틀거리며 일어섰다. 트라이언은 그의 칼을 집으러 기어갔고 칼로 자신을 지탱하며 힘없이 일어섰다. 그는 그녀 뒤로 이동했다.

"샤샤, 떨어져!"

그는 그녀를 자신의 뒤로 잡아끌며 소리쳤다. 트라이언은 똑바로 서려고 노력했다. 그의 칼은 그의 옆에 있었지만 태양에 노출 되어 아직 무기를 들어 올릴 수 없을 정도로 약했다.

"너는 누구냐? 네가 사람이 아니란 것을 난 알고 있다."

트라이언은 그의 앞에 있는 젊은 남성에게 물었다.

"난 너 같은 건 처음 본다."

그는 말을 계속 이어갔다. 아투는 살금살금 그의 곁으로 다가갔다. 아투는 그 낯선 자로부터 트라이언에게로 던져진 후 으르렁거리는 소리가 많이 약해졌다. 그 젊은 남성은 침착하게 그의 입장을 고수하며 대답을 하지 않았다. 그는 칼을 칼집에서 꺼내지 않았다. 그는 트라이언과의 결투에서 이미 그의 능력을 가늠했고 그가 공격을 시도하는 것에 대해 두려워하지 않았다. 트라이언은 이 젊은 남성의 힘에 압도되었다. 그는 이런 무사라면 한 번쯤 들어봤을 거라고 확신했다. 만일 그가 보여준 강력한 힘을 가졌다면 이 남자는 아파나세이보다 더 강한 것처럼 보였다. 트라이언은 화려하게 꾸며진 그의 은 검을 봤다. 트라이언은 그 남자를 향한 적대심은 계속 갖고 있었지만 이 남자처럼 강력한 힘을 가진 자와 싸움을 계속하기엔 그가 너무 약하다는 것을 알고 있었다.

그 낯선 자가 샤샤를 내려다보고 미소를 짓기 전까지 그 둘은 서로 계속 응시하고 있었다.

"너는 매우 용감한 어린 소녀구나!"

그가 부드럽게 말했다. 그는 트라이언을 힐끗 돌아보며 빈정 섞인 말투로 말을 이어갔다.

"친구를 구해주다니 정말 배려심이 깊네."

그는 트라이언을 바라보며 말했다.

"괜찮다면 우리의 사소한 다툼을 연기했으면 좋겠는데. 이 어린 소녀가 보는 앞에서 이 난장판을 끝을 내고 싶진 않잖아."

트라이언은 그들의 결투에 대한 그의 차분한 태도에 충격을 받았다. 그들의 결투가 그를 전혀 당황시키지 않았다는 듯 그는 매우 느긋했다. 그는 트라이언과는 달리 유난히 침착했다. 샤샤는 앞으로 다가가더니 트라이언의 주먹에 그녀의 손을 올려놓으며 말했다.

"괜찮아요. 내가 보기엔 좋은 사람인 것 같아요."

그녀가 목도리와 모자를 내리며 그녀의 얼굴 전체를 드러내자 트라이언은 그녀의 얼굴을 내려다보았다. 트라이언이 다시 칼을 등 뒤의 칼집에 넣으려고 할 때 멀리서 낯선 목소리가 들렸다. 그는 상당히 멀리 떨어진 거리로부터 울려 퍼지는 어떤 한 남성의 목소리를 들었다.

"전투를 멈춰! 우리 어린 친구 샤샤, 우리야!"

형상은 아직 멀리 떨어져 있었지만 아투는 익숙한 목소리에 꼬리를 흔들기 시작했다.

"이아시바! 레하사! 사피라!"

그 일행이 점점 가까워오자 샤샤 또한 그들을 알아보며 기쁨에 소리를 질렀다.

# 25
## 새로운 가족

그들이 가까워오자 그들은 말에서 내려 샤샤에게 뛰어왔다. 트라이언은 본능적으로 샤샤를 붙잡으려 손을 뻗었다.

"괜찮아요, 트라이언. 내 친구들이에요."

샤샤가 이렇게 말하고 난 후 그들에게 뛰어갔다. 아투는 샤샤의 뒤를 따라갔다. 그들은 서로 만났다. 이아시바, 레하사, 사피라와 샤샤는 웃으며 서로 서로를 안아주고 아투를 어루만졌다.

"샤샤, 네가 살아있는 걸 보니 기쁘다."

이아시바가 말했다.

"우리는 너의 예쁜 얼굴을 다시 보게 되어 기뻐, 꼬마숙녀. 우리가 다시 뭉치게 돼서 너무 좋아."

레하사가 덧붙였다. 사피라는 무릎을 꿇고 샤샤를 안아주었다.

"우리의 신비스러운 꼬마 숙녀. 네가 안전하게 살아있어서 너무 기뻐."

샤샤는 미소를 지으며 부드럽게 껴안아주었다. 샤샤가 기억했던 대로 사피라는 아름다웠다. 샤샤는 언젠가는 그녀처럼 강해지고 아름다워지기를 원했다.

한편, 트라이언과 그 낯선 자는 무슨 일이 일어나고 있는지 확신하지 못한 채로 조심스럽게 서로를 쳐다보았다. 그들은 어색하게 서 있었다. 마치 나머지 일행들은 그들을 잊어버린 것처럼 보였다. 샤샤의 옛 친구들이 그들에게 다가갔을 때 그들은 길 잃은 강아지처럼 어색하게 주위를 둘러보았다.

"잘 지내고 있었지 샤샤? 아투도? 이 소녀를 지금까지 안전하게 지켜주는 것을 보니 당신은 매우 훌륭한 보호자네요."

이아시바는 그의 한 손은 샤샤에게 나머지 한 손은 아투에게 올린 채 말했다. 갑자기 샤샤는 트라이언이 옆에 있다는 사실을 깨닫고 말했다.

"잘 들어봐요. 당신들에게 소개시켜주고 싶은 친구가 있어요."

샤샤는 그 3인조에게 말했다. 뱀파이어 사냥꾼 세 명은 동시에 트라이언이 서 있는 곳을 위아래로 훑어보았다. 그들의 모든 시선이 그에게 쏠렸을 때 트라이언은 다소 긴장한 채로 그들을 바라보았다.

"와우. 왜 이렇게 진지해."

레하사는 그의 동료들에게 부드럽게 말했다.

"뭐가 문제인지 모르겠지만 그는 매우 불안해하는 것 같아."

이아시바가 대답했다.

"샤샤, 우리랑 함께 가는 게 좋을 것 같아."

사피라가 덧붙였다. 그의 말에 트라이언은 더욱 신경이 날카로워졌다.

"네가 저 못생긴 녀석이랑 같이 있는 것이 안전할지 모르겠어."

레하사는 다소 농담이 섞인 말투로 말했다.

"게다가, 저 잘생긴 젊은 남자가 목숨을 걸고 너를 지켜줄 거야."

그는 검은 망토를 두르고 있는 낯선 자를 가리키며 말했다. 레하사가 그런 말을 하자 트라이언은 이를 악물고 눈을 부들부들 떨었다.

"레하사, 걱정은 고맙지만 트라이언은 당신이 생각하는 그런 사람이 아니에요. 그는 따뜻하고 나를 지켜주는 사람인걸요."

샤샤는 킥킥 웃으며 말했다. 트라이언에 대해 얘기할 때 샤샤의 두 눈은 빛이 났다. 그녀가 트라이언을 봤을 때 이제까지 그녀가 봤던 것보다 그가 더 불안해한다는 걸 알아차렸다.

"샤샤, 너는 뱀파이어에 대한 완전한 진실을 이해하기엔 너무 어려. 특히 저 남자 같은 사람들은 더더욱 그래. 그들은 괴물이야."

사피라는 샤샤가 걱정되는 표정으로 말했다.

"그렇지 않아요. 그는 나를 여러 번 구해줬어요. 나는 그를 믿어요. 나는 그가 좋은 사람인 걸 확신하고 사피라가 무슨 말을 하던 그건 바뀌지 않아요."

샤샤는 사피라의 눈을 똑바로 바라보며 고개를 좌우로 저었다. 샤샤는 자신의 말에 대담하고 확신에 차 있었다. 일이 걷잡을 수 없게 되기 전에 항상 고조되어 있는 시점을 알아차리고 모두를 진정시키는 이아시바가 끼어들었다.

"그게 네가 그에 대해 느끼는 감정이라면 나는 너의 판단을 믿을게."

이아시바는 확신을 갖고 말했다.

"그리고 너희 둘…."

이아시바는 그의 동생과 사피라를 보며 말을 이어갔다.

"어떤 사람을 판단할 때 그렇게 성급히 판단하는 거 아니야. 우리는 이 뱀파이어 이 남자를 몰라. 사피라, 소린은 우리의 의형제라는 걸 명심해야 돼. 그는 괴물이 아니야. 너는 이 사실을 누구 못지않게 잘 알고 있지. 그리고 소린도 부분적으로는 뱀파이어라는 걸 알잖아."

그는 사피라를 바라보며 말했다.

"미안해, 소린. 내가 너무 성급했어. 나는 너에게 악의가 없었다는 것 알지? 나는 단지 저 소녀의 운명을 걱정했던 것뿐이야."

사피라는 트라이언을 공격한 낯선 자를 바라보며 고개를 숙였다.

"형. 사피라를 그냥 내버려두자."

레하사는 이아시바의 소매를 붙잡아 그를 가까이 끌어당기며 조용한 목소리로 말했다. 레하사는 그의 형으로부터 또 한 번의 잔소리를 듣게 하지 않으려고 사피라의 행동에 끼어들었다.

"진정해, 레하사!"

이아시바가 말하며 말을 이어갔다.

"넌 항상 사피라와 관련된 문제라면 제정신을 잃더라?"

"난 형이 무슨 말하는지 모르겠는데."

레하사는 그 말에 방어적으로 대답했다.

"자 그러면 샤샤, 너의 친구에 대해 나에게 말해줄 수 있어? 그리고 나서 내가 너에게 소개시켜 줄 사람이 있어."

이아시바는 동생의 말을 무시하고 샤샤를 향하여 물었다.

"좋아요, 그럴게요."

샤샤는 대답했다. 그녀는 트라이언에게 다가가서 그의 손을 잡았다. 그녀가 그를 올려다보았을 때 그는 여전히 불안해하고 있다는 사실을 알 수 있었다.

"트라이언, 화난 것 같아요. 무슨 문제라도 있어요?"

트라이언에게 물었다.

"너에게 잠시 할 말이 있어."

그러자 트라이언은 심각한 목소리로 대답했다.

"뭔데요?"

샤샤가 말했다.

"아까 이 공격자로부터 나를 구해주려고 했잖아."

그는 말을 꺼내기 시작했다.

"아, 그거요….'

그러자 샤샤는 그가 어떤 문책을 할지 알고 있어서 소심하게 그녀의 손을 내려다보며 말했다.

"응, 그거."

트라이언은 그녀의 턱을 가볍게 감싸 그녀의 얼굴이 그를 보도록 돌리며 말을 이어갔다.

"다신 그러지 마. 내 스스로는 내가 지켜. 날 구하기 위해 위험을 무릅쓰지 않겠다고 약속해줘. 그렇게 해줄 수 있지, 샤샤?"

그는 그녀의 눈을 바라보며 말했다. 트라이언의 목소리는 부드럽고 차분했다.

"알겠어요 트라이언. 약속할게요."

샤샤는 부드럽게 대답했다. 샤샤는 트라이언이 오직 그녀의 안전을 걱정했다는 걸 알고 있었다.

"아까 나를 구해주려 해서 고마워 친구. 네가 다친 게 아니었으면 좋겠어."

트라이언은 아투를 내려다보았다. 아투는 이에 대한 회신으로 한 번 자신 있게 짖었다. 이아시바는 샤샤와 그녀의 뱀파이어 보호자 사이에 무슨 일이 일어나고 있는지 알기 위해 그들 쪽으로 갔다.

"안녕?"

그는 따뜻한 미소를 지으며 말했다.

"내 이름은 이아시바야."

그는 다가가서 손을 뻗으며 말했다. 그는 트라이언을 계속 바라보며 뒤에 있는 전우들에게 손짓했다. 그들은 조심스럽게 앞으로 다가왔다.

"나는 레하사야. 그리고 이쪽은….'

레하사는 사피라가 트라이언에게 다정하게 다가갈 수 있는 기회를 주기 위해 잠시 멈췄다.

"난 사피라야."

그녀는 차분히 말했다.

"이쪽은 내가 지난번에 얘기 했었던 내 친구들이에요."

샤샤가 말했다.

"응, 기억해."

트라이언은 세 사람을 돌아보기 전에 샤샤에게 말했다.

"너희들의 얘기를 몇 번 들었다. 너희들은 뱀파이어 사냥꾼들이라며. 내가 예상했던 것 같진 않네."

그는 대단하다고 생각하지 않는 듯한 말투로 말을 이어갔다.

"그래? 우리에 대해 안다면 너와 같은 종족도 알고 있겠네."

이아시바는 무리를 대신해서 대답했다. 이아시바는 대답을 하기보단 질문에 더 가까운 말투로 말을 이어갔다.

"모두 알진 못해."

트라이언이 대답했다.

"저 사람은 누구에요?"

샤샤는 소린을 바라보고 미소를 지으며 물었다. 그 낯선 자도 마주보며 미소를 지었다.

"자, 우리 어디 앉을 곳을 찾은 다음 얘기를 하는 게 어때? 날이 춥고 어두워지고 있어."

이아시바가 제안했다.

"사피라, 레하사, 불을 피울 나무를 좀 구해와 줄 수 있어? 소린, 우리가 먹을 것 좀 찾아봐 줄래?"

그는 그들의 동료들을 돌아보며 말했다.

"그러죠."

소린이 대답했다.

"트라이언, 할 일이 있으면 하고 와. 내가 샤샤를 보고 있을게."

이아시바는 뱀파이어들을 잘 이해하고 있었다. 그는 트라이언이 샤샤를 계속 보호하고 있느라 힘을 얻기 위해 필요한 동물 사냥을 할 수 없었을 거라는 걸 알고 있었다.

"알겠다."

트라이언은 이아시바의 말을 이해하고 대답했다.

"곧 돌아올게."

그는 샤샤를 바라보며 말했다. 모두들 자신들에게 주어진 임무를 완수하기 위해 떠났다. 이아시바와 샤샤는 숲 속 안 공터를 만들었다.

이아시바는 모든 사람들이 앉을 수 있도록 공터 주변으로 큰 통나무 몇 개를 옮겼다.

"너희 집에서 좀 거리가 있지, 샤샤?"

이아시바가 물었다.

"네."

샤샤는 그들이 앉을 곳들에 있는 작은 나뭇가지들을 옮기며 대답했다.

"엄청난 모험이었어요."

샤샤는 말을 이어갔다.

"트라이언이 없었다면 내가 어디 있을지 모르겠어요."

"나는 우리가 처음 만났을 때 뱀파이어들과 접촉한 것이 아닌지 의심했어."

이아시바는 말했다.

"우리에게 그에 대해 말하는 것에 대한 너의 두려움은 이해해. 믿기 힘들지만 친절한 뱀파이어들이 있고 나는 너의 판단을 존중해. 게다가 우리가 마지막으로 만난 이후로 1년 넘게 지났을 텐데 트라이언이 그 동안 너에게 잘해 주었을 것 같구나."

"오 맞아요!"

그녀는 힘차게 대답했다.

"트라이언은 항상 나를 위해 위험을 무릅썼어요. 내가 만난 사람들 중 가장 좋은 사람 중 한명이에요. 그리고 트라이언은 나를 항상 지켜줘요."

그녀가 말했다.

"맞아. 그는 사심이 없는 것처럼 들렸어."

이아시바는 부드럽게 말했다. 그는 샤샤의 판단을 믿었지만 트라이언이 양부모 가정을 버리고 이 어린 소녀와 그녀의 늑대와 함께 대륙을 건너는 이유가 궁금했다.

# 26
# 모닥불 앞에서의 저녁

이아시바와 샤샤가 이야기를 하는 동안 트라이언이 가장 먼저 돌아왔다. 그는 커다란 통나무를 들고 왔다.

"이건 뭐에 쓸거에요?"

샤샤는 물었다.

"이 통나무들로 아침에 해를 가려줄 수 있는 나를 위한 피난처를 만들 거야. 우리에게 동료들이 추가적으로 생겼으니 오늘은 드디어 좀 더 쉴 수 있겠네."

트라이언이 대답했다.

"아, 그래요."

샤샤가 대답했다. 얼마 지나지 않아 다른 동료들이 돌아왔다. 이아시바는 레하사와 사피라가 가져온 나무로 불을 지피기 시작했다. 주위는 막 자른 소나무들의 향으로 가득 찼다. 소린은 그들이 먹을 작은 멧돼지를 갖고 돌아왔다. 레하사가 저녁준비로 재빨리 돼지를 불로 구울 준비를 했다. 그는 자신이 먹을 피투성이의 날고기 한 조각을 들고 자리를 잡으러 불 옆으로 갔다. 그들이 모닥불 앞에 동그랗게 둘러앉자 레하사는 저녁을

200

나누어 주었다. 트라이언은 그가 갖고 온 통나무를 소나무에 기대어 세워 재빠르게 분위기 있는 오두막을 만들었다. 그리고 나서 그는 나무에 기대어 있는 한 통나무 위에 앉았다.

그의 왼쪽 옆에는 샤샤가 앉았고 샤샤 옆에는 레하사가 앉았다. 소린은 바위 위에 앉았고 그의 옆 통나무에는 사피라와 이아시바가 앉았고 그들의 바로 맞은편에는 레하사와 샤샤가 있었다. 아투는 이아시바와 트라이언 사이에 누워 원을 완성했다. 트라이언은 모닥불의 불빛을 통해 소린을 바라보았다. 그는 그의 손에 금은 검을 갖고 있었는데 손에 화상을 입히는 것 같지 않았다. 트라이언은, '진짜 뱀파이어인거야 아님 완전히 다른 것인가?'라고 소린을 관찰하며 생각했다. 소린은 아직 익지 않은 피가 흥건한 돼지고기를 한 줌 쥐어 나무들 속으로 들어가서 먹었다.

이아시바는 샤샤에게 더 먹으라고 요구하며 돼지고기를 더 가지러 갔다. 그리고 나서 그는 멧돼지 다리 큰 조각 하나를 아투에게 던졌다. 아투는 그가 받은 푸짐한 식사에 신이 나서 숨을 헐떡이며 꼬리를 흔들었다. 레하사와 사피라는 준비해 놓은 고기와 야채를 더 갖고 와서 모닥불 앞에 다시 앉았다.


레하사는 저녁 내내 사피라에게 시선을 고정시켰다.

"레하사, 당신 사피라를 많이 좋아하는군요?"

그가 그녀의 저녁 먹는 모습을 지켜보고 있을 때 샤샤가 그에게 기대며 속삭였다.

"어떻게 알았어?"

그가 속삭이며 물었다.

"다들 알지 않아요? 사피라한테 사랑한다고 말해본 적 있어요?"

그녀는 작은 웃음과 미소를 지으며 물었다.

"아니, 아직."

레하사는 불꽃이 그녀의 아름다운 얼굴과 웨이브가 있는 긴 붉은 빛의 금발머리를 비추자 계속 그녀를 건너보며 대답했다.

"어떻게 그럴 수가 있어요? 당신은 용감하잖아요. 난 당신이 뭐든 할 수 있다고 생각했는데…. 이해가 안돼요."

샤샤는 살짝 놀라며 물었다.

"나도 이해가 안 되는데 그녀를 볼 때마다 뭐라고 말해야 될지 모르겠어."

그가 설명하려고 노력했다.

"간단해요, 그냥 말해요 '난 널 사랑해'라고."

샤샤는 그녀의 가슴에 작은 손을 얹고 레하사를 또렷이 바라보며 말했다.

"나는 트라이언이랑 아투에게 항상 그들을 사랑한다고 말해요."

그러자 레하사는 자신이 왜 어린 소녀에게 이런 사랑 조언을 구했는지 약간 혼란스러워하며 샤샤를 내려다보았다.

"노력해볼게."

샤샤와 약속했다.


사람들이 자기들끼리 계속 이야기를 나누자 이아시바는 모두가 들을 수 있도록 말했다.

"샤샤, 아투랑 트라이언을 소린에게 소개할게."

그는 통나무 위에 서서 말했다. 사피라는 걱정이 되어 이아시바의 다리에 손을 대었다.

"나는 소린과 우리의 임무에 대해서 그에게 말을 해야 할지 잘 모르겠어."

이아시바가 그녀 쪽으로 몸을 기울이며 말했다.

"우리는 뱀파이어들을 조심할 필요가 있어. 트라이언도 그 중 한 명이고."

사피라는 회의적인 어조로 말을 이어갔다.

"음, 나는 그 위험을 감수하고 싶어. 그는 우리가 그 농장에 샤샤를 혼자 남겨둔 후부터 이제까지 그녀와 아투에게 충실해 왔어. 우리가 추측하는 것 이상의 무언가가 그에게 있을 거야."

이아시바는 정중하지만 권위 있는 어조로 그녀에게 말했다. 이아시바는 모두에게 그의 말을 이어갔다.

"샤샤, 트라이언, 우리의 동료인 소린은 뱀파이어야."

그는 공식적으로 말했다.

"오, 정말요?"

샤샤는 기뻐서 소리쳤다.

"트라이언, 들었어요? 그도 당신과 같은 뱀파이어래요. 둘은 친구가 될 수 있어요."

그 일행은 모두 서로를 불편한 눈으로 쳐다보았다. 이아시바는 말을 이어갔고 레하사로부터의 가벼운 웃음소리 말고는 아무도 샤샤의 말에 반응하지 않았다.

"소린은 우리 일행의 새 멤버야. 우리는 그가 우리와 함께 있어서 너무 감사해. 우리가 프랑스에 가서 소린을 찾은 후에 다시 너의 마을로 돌아갔어, 샤샤. 우리가 도착했을 때, 뱀파이어의 무리들이 그 지역에서 돌아다니고 있었어. 소린의 도움으로 우리는 그들 중 다수를 죽일 수 있었지만 왜 그들이 너를 쫓고 있었는지 알아야 해."

이아시바는 샤샤에게 말하고 있었지만 일행 모두는 트라이언에게 시선을 돌리며 대답을 기다렸다. 트라이언은 일어서서 그가 어떻게 다른 뱀파이어들과 함께 사냥하는 무리에 껴 있었는지에 대한 이야기를 말하기 시작했다.

"그들은 샤샤의 마을에 도착해서 그 지역에 있는 사람들을 죽이기 시작했다. 우리는 그 지역에 우리 사람들을 위해 새로운 먹이를 찾으러 갔었어. 우리가 마을 외곽을 황폐화시키고 나의 최측근 중위가 샤샤의 집을 우연히 발견했어. 샤샤의 부모님은 우리 소리를 듣고 밤에 밖으로 나오셨어. 나의 중위, 라루카스는 그들을 공격해서 죽였다. 나는 그 집을 들어갔고 샤샤와의 만남은 내 안의 인간성에 불을 붙였지. 그로 인해 내 의지에 반하여 뱀파이어로 변신한 이후 난 살아남기 위해 맞서 싸웠다. 샤샤와의 만남은 내 안에서 뱀파이어인 형태와 인간의 영혼과의 싸움을 계속할 수 있는 힘을 되찾아 주었다. 그 후 일 년에 걸쳐서 나는 뱀파이어 무리로부터 멀어져갔고 샤샤와 더 가까워졌어. 결국 라루카스는 나를 배신했어. 그는 샤샤와 아투를 포획하기 위해 내 뒤를 쫓아와서 전사들을 보냈어. 나는 이 사실을 알고 다키아에 있는 뱀파이어 성으로 다시 돌아가서 샤샤를 구출했다. 한때는 나를 그들의 가장 위대한 지휘관 중 한 명으로 여겼지만, 그 일 이후로 나는 뱀파이어들의 영원한 적이 되었지."

트라이언은 일행들에게 솔직하게 말했다.


일행 모두는 트라이언의 이야기에 몰두했다. 소린은 트라이언이 뱀파이어의 성에 있었다고 언급했을 때 일어섰다. 그와 이아시바는 트라이언이 그 장소를 언급했을 때 서로를 바라보았다. 트라이언은 말을 이어갔다.

"우리는 몇 달 전 탈출한 이후로 너그럽지 못한 지역 주민들, 도둑들 그리고 우리를 추적해서 다키아로 데려오라고 보낸 뱀파이어 무리들로부터 괴롭힘을 당해왔어."

그가 갑자기 말을 멈추자 모두들 본능적으로 자신들의 무기를 잡으려고 손을 뻗었다. 트라이언의 칼은 그의 등 뒤에 있는 칼집에 계속 꽂혀 있었다.

"샤샤, 눈을 좀 부치자."

그는 샤샤를 부드러운 목소리로 부르며 말했다. 샤샤는 끄덕이며 그녀의 눈을 비볐다. 그녀는 불 옆에서 따뜻하게 몸을 녹이고 있는 아투 옆으로 갔다.

"모두들 잘 자요."

그녀는 그 옆에 누우며 팔로 아투 몸을 감싸며 말했다. 트라이언은 보온성을 더해주기 위해 그녀에게 그의 코트를 덮어주고 그도 좀 쉬려고 그가 직접 만든 오두막으로 들어갔다. 나머지 일행은 모닥불 옆에 남아서 트라이언이 그들에게 남긴 지난 1년 반 동안의 이야기에 몰입하고 있었다.

"뭔가 보여? 나는 뱀파이어가 된 저주받은 불쌍한 영혼들에게서 희망이 보여."

이아시바는 웃으며 사피라에게 말했다.

"어쩌면. 하지만 나는 방심하지 않을 거야. 그는 우리와 같은 사람이 아니야. 언젠가 갈증이 나면 그는 그의 진면모를 보여줄 수도 있어. 그땐 저 소녀의 목숨이 위험해지고 우리는 죽은 소녀에 대한 책임을 져야 할 것이야. 그러면 우리의 임무도 위태로워지는 거지."

사피라가 대답했다.

"그를 좀 더 믿어보는 게 어때?"

이아시바는 이에 반응하며 말했다.

"어쩌면 네가 너무 그를 믿는 것일지도 모르지."

사피라는 날카롭게 반응했다. 트라이언은 그의 숙소에서 걸어 나와 샤샤가 잠들었는지 확인했다. 그는 샤샤 옆에 앉으며 이아시바랑 사피라를 힐끗 보았다.

"그래서, 샤샤를 위해 너의 동족을 배신한 건가?"

이아시바가 물었다.

"누가 그를 비난할 수 있겠어?"

레하사는 끼어들었다.

"남자가 아름다운 소녀를 위해 온갖 큰 희생들을 할 수 있어. 나도 그렇게 할 것이야. 샤샤 혹은 사피라를 위해서라면. 누가 안 그러겠어? 그녀를 봐."

사피라는 부드럽게 웃었고 레하사는 사피라를 조금이나마 안정시켰다는 생각에 기분이 좋아졌다. 그는 사피라가 화가 나거나 너무 격렬해하는 모습을 보면 항상 당황했다.


이아시바는 트라이언의 어깨를 따뜻하게 토닥여줬다.

"악마 같은 뱀파이어 부족들에 대한 너의 지식은 우리에게 큰 자산이 될 것 같아. 전직 지휘관으로써 너는 그 무리들이 어떻게 작전을 펼치는지에 대한 너만의 특별한 통찰력을 갖고 있어. 너는 그들의 모든 캠프와 성의 위치 또한 알고 있지. 뿐만 아니라 너는 그들이 움직이는 패턴에 대해서도 알고 있을 거야. 우리를 도와주겠어?"

"미안하지만, 이건 내 싸움이 아니야. 나에게는 다른 우선순위 일들이 있어. 샤샤랑 나는 우리의 여행을 계속할 것이다. 나는 그녀를 안전하게 지키고 그런 공포로부터 벗어나서 그녀가 평화롭게 지낼 수 있는 장소를 찾기 위해 내 마지막 숨을 거둘 때까지 계속 갈 거야."

트라이언은 이아시바에게 예의 바르려고 노력했다.

"거짓말하지 마!"

사피라가 끼어들었다.

"우리가 그 뱀파이어들을 멈추게 하지 못하면 샤샤는 결코 안전하지 않을 거야. 그들은 전 세계로 확장할 텐데 샤샤가 안전하게 지낼 장소가 어디 있겠어?"

"사피라, 그렇게 적대적인 태도 좀 그만 둬!"

이아시바가 엄하게 질책했다.

"사피라 말이 맞아, 형!"

레하사는 끼어들며 트라이언을 돌아보았다.

"우리는 네가 너의 야만적인 뱀파이어 종족이랑 싸우다가 죽던지 말던지 사실 관심 없어. 하지만 우리는 샤샤를 보호해야 돼!"

"정신차려, 레하사!"

이아시바는 그의 동생과 트라이언 사이에 끼어 상황을 진정시키려 했다.

"우리는 네가 최선이라고 생각하는 것을 하고 있다고 이해해. 하지만 우리는 그녀를 안전한 은신처로 데려갈 수 있다는 가능성에 그녀의 안전을 기대할 순 없어. 만약 그런 곳이 존재한다고 할지라도 말이야."

이아시바는 그의 목소리를 낮추며 트라이언에게 차분히 말했다.

"있어, 그런 곳."

그에게 트라이언이 대답했다.

"너의 희망사항을 이해하지만 친구, 네가 이끌고 있는 이 여행이 어쩌면 샤샤에게는 너무 가혹하다는 생각은 안 드나? 그녀는 이런 긴 위험천만한 원정을 하기엔 아직 너무 어려. 그리고 솔직히 말하면 너 혼자서는 뱀파이어들로부터 탈출할 가능성은 거의 없어. 우리 혼자서는 세상을 구할 수 없듯이 너 혼자서는 샤샤를 지켜낼 수 없어. 누구나 어느 시점에서는 다른 사람의 도움을 필요로 해. 샤샤가 너를 필요로 하는 만큼 나머지 사람들도 지켜줘야 해. 우리랑 함께 하는 게 어때? 우리의 왕이 계시는 성은 너와 샤샤에게 피난처가 될 수 있을 거야. 그곳에서 그녀는 교육을 받고 안전하고 행복한 삶을 살 수 있어. 우리가 뱀파이어 문제를 처리하는 동안 그녀는 평화롭게 지낼 거야. 우리가 함께 뱀파이어들을 물리치고 나면 샤샤는 젊은 성인이 되어 있을 것이고 그 땐 자신의 길을 어디로 갈지 스스로 결정할 수 있게 될 거야."

이아시바는 깊게 숨을 들이마시며 말했다.

트라이언은 곰곰이 생각했다. 그는 그의 계획을 고수해서 샤샤와 탈출하고 싶었지만 그는 이아시바가 말한 요점들에 반박하기가 어렵다고 생각했다. 트라이언은 아이사비가 맞는 말을 하고 있다는 걸 알았다.

"그녀에게 안전한 곳이 있다면 좋아. 뱀파이어들로부터 멀리 떨어진 곳이라면 그녀는 거기로 가는 것이 최선이지. 그곳에서 그녀는 좀 휴식을 취하고 다소 평범한 어린 시절을 보낼 수 있을거야."

트라이언은 이아시바의 눈을 바라보며 말했다. 트라이언은 말을 잠시 멈추고 이아시바에게 손을 내밀었다.

"샤샤를 위해서라면 널 도울게."

그들은 악수하며 말했다.

"좋아!"

이아시바는 들뜬 마음으로 대답했다.

"자, 곧 있을 전투에 대비하자."

# 27
## 기회의 발견

    트라이언, 소린과 이아시바는 모닥불 옆에 앉아 그 지역을 손으로 그린 지도를 검토했다. 레하사는 그 세 명 뒤에서 서성거리다가 그들의 어깨너머를 보기 위해 주기적으로 멈춰 섰다. 사피라는 샤샤와 아투 옆에서 휴식을 취했다.

    "뱀파이어들은 아마 이 길을 따라 우리를 향해 오고 있을 거야. 그들은 며칠 안에 여기에 도착할거다."

    이아시바는 지도를 가리켰다.

    "그들이 아직도 샤샤랑 나를 쫓고 있다는 걸 어떻게 알아?"

    트라이언이 물었다.

    "최근에 여기를 뱀파이어 무리들이 습격한 것 같아. 생존자들이 없었어. 내 예상으론 적어도 50명 정도는 있는 것 같아."

    소린은 지도 쪽으로 몸을 기울여 작은 집들이 모여 있는 곳을 손으로 가리켰다.

    "50명…."

    트라이언은 메아리처럼 부드럽게 따라했다.

"샤샤를 가능한 한 빨리 너의 왕이 있는 성으로 데려 가야겠다."

"우리에겐 또 다른 방법이 있을 수도 있어."

이아시바는 소린을 쳐다보며 말했다.

"마을에 사는 한 사람이 운 좋게 살아남아 있는 것 같아."

소린은 트라이언에게 조그마한 부적 하나를 던지며 대답했다. 그 물건은 불빛 속에서 빛이 났다. 트라이언은 면밀히 쳐다보았다. 그 부적에 새겨져 있는 휘장을 보았을 때 그의 눈이 커졌다. 그것은 두 개의 커다란 송곳니나 도끼머리처럼 윗부분 가장자리가 아래를 향해 있는 T자 모양의 십자가였다.

"이것은 아파나세이의 휘장이야. 그의 개인 경호원들만이 이 표식을 입고 있어."

트라이언이 말했다.

"이게 바로 우리가 바라던 거야."

소린과 이아시바는 서로를 쳐다보며 미소를 지었다.

"아파나세이가 너를 찾는 걸 직접 감독할 정도로 그의 노여움을 샀나 봐."

소린은 덧붙였다.

"너는 이러한 전개를 만족하는 거 같다."

트라이언이 말했다.

"여기서 기회를 놓치지 말자고 트라이언."

소린이 그에게 말했다.

"그래, 친구."

이아시바가 덧붙였다.

"그가 너와 소녀, 그리고 늑대를 쫓고 있다고 생각하고 있다는 걸 기억해. 그는 우리가 있다는 건 모르고 있을 거야. 이건 뱀파이어들에게 중

대한 차질을 줄 수 있는 좋은 기회야. 우리는 그들의 군주를 물리침으로써 그들의 목을 자를 수 있을 거야. 그럼 뱀파이어들의 번식을 억제하는 데 도움이 될 거고 이 싸움의 주도권은 우리에게 있는 것이지. 우리가 지금 갖고 있는 세력과 예상하지 못한 상황에서 오는 놀라움이라는 요소는 우리에겐 그들의 군주인 아파나세이를 죽일 수 있는 기회가 될 수 있어."

이아시바는 말을 이어갔다.

"하하! 우리 쪽에 어떠한 역경도 도울 두 명의 뱀파이어가 있으니 이거 매우 흥미롭겠는걸."

레하사는 그들 가까이로 움직였다.

"맞아, 두 뱀파이어."

그는 쾌활하게 말했다.

"그리고 서로 다른 두 부류의 뱀파이어지."

"그 악몽!"

그는 미소와 함께 트라이언을 가리키며 말했다.

"그리고 꽃 소년"

그의 손을 소린의 머리위에 놓으며 말했다. 레하사는 큰 소리로 웃었다. 이아시바는 작은 미소를 지었고 두 뱀파이어들은 어떠한 반응도 하지 않고 서로를 잠시 동안 바라보기만 했다. 사피라는 쉬고 있다가 레하사가 웃자 일어나 앉았다. 그녀는 계속 듣고 있었다.

"새 친구와 너무 친밀해 지지는 말자."

그녀는 말을 이어갔다.

"난 이게 맞는지 잘 모르겠어. 자기 종족을 배신한 것처럼 우리를 배신하지 않는다고 누가 말할 수 있겠어?"

레하사는 사피라에게로 달려가서 그녀의 옆에 앉아 무릎을 꿇었다.

"사피라, 난 이 결정에 대해 형의 말에 동의해. 넌 우리를 지지해 줄 거지, 그치?"

사피라는 작은 미소를 지었다. 그녀는 이 두 형제와 많은 일들을 겪었다. 그녀는 트라이언을 완전히 믿을 순 없었지만 그녀의 팀에 대한 헌신과 그녀의 대의는 흔들리지 않았다.

"물론이지. 난 널 지지할거야, 레하사."

그녀는 말했다.

"너의 논점은 타당해. 트라이언은 아파나세이와 그의 군에 관한 훌륭한 정보원이 될 거야. 그의 통찰력 하나만으로도 우리 팀에 가치를 제공해 줄 거야."

그녀는 마지못해 인정했다.

"어떻게 생각해, 소린?"

이아시바가 물었다.

"나는 또 다른 버림받은 뱀파이어가 우리 밴드에 합류하는 건 상관없어."

소린은 대답했다.

"게다가 그는 그의 비열한 얼굴로 몇몇을 겁줘 쫓아낼 수 있을지도 몰라."

그는 가볍게 덧붙였다.

"나도 그렇게 생각해!"

레하사가 기분 좋게 덧붙였다.

"게다가 또 나는 샤샤와 함께 한다면 행복할 거야. 그녀는 내 꼬마 숙녀가 될 수 있어."

레하사가 기분 좋게 끼어들며 말했다.

"너무 빨라, 소린. 샤샤는 너보단 나를 훨씬 더 좋아해. 그녀는 내 작은 동료야."

레하사는 기분 좋게 말했다.

"너희 둘, 너희 둘 다 어린 아이 같다는 거 알아. 하지만 적어도 어른인 척이라도 해."

사피라는 좌우로 머리를 저으며 말했다.

"뿐만 아니라 샤샤는 나랑 같이 있어야해. 어쨌거나 나는 그녀가 공감하고 털어놓을 수 있는 유일한 여자야."

이아시바는 일행들이 서로를 형제자매처럼 지내는 거에 대해 고마워했다. 하지만 이제 다시 일을 시작할 시간이었다.

"소린, 새벽이 가까워졌어. 난 네가 이 주위에 다가오는 뱀파이어들의 흔적이 있는지 찾아봐 줬으면 좋겠어. 얼마나 많이 있는지 그리고 어느 방향에서 그들이 왔는지 확인해줘. 이 정보를 알아낸 후엔 주변 지역을 다시 한 번 재빨리 정찰해서 우리가 매복하고 수비할 만한 좋은 장소가 있는지 알아봐 줘."

소린은 이해한다며 고개를 끄덕인 후 잽싸게 뛰어서 숲속으로 달려갔다.

"레하사랑 사피라는 좀 쉬고 있어. 너희들은 내일 저녁을 위해 휴식을 취하는 게 좋을 거야." 이아시바는 말을 이어갔다. 사피라는 샤샤 옆에 다시 누웠다. 레하사는 그의 물건들을 챙겨 모닥불 반대편에 자리를 잡았다. 이아시바는 멀리 내다보며 곧 있을 전투에 대해 생각했다.

"이아시바, 미안한데 소린에 대해 뭐 좀 물어볼게 있는데. 지금 시간에 그의 임무 수행을 위해 보내는 건 조금 위험하지 않을까? 조만간 그는 태양에 노출될 거야."

트라이언이 다가와 말했다.

"그에 대해 걱정할 필요 없어, 나의 친구. 소린은 너의 종족의 원조고 그 중에서 가장 강한 사람이야. 태양은 그의 몸에 아무런 영향도 주지 않아."

이아시바는 트라이언의 등을 토닥이며 말했다.

"난 태양과 다른 약점으로부터 면역된 그런 뱀파이어가 있는지 몰랐어."

트라이언의 창백한 파란 눈이 커졌다.

"맞아."

그는 믿을 수 없다는 듯이 말했다.

"그는 상당히 예외적이지. 우리는 그가 없인 이 전쟁을 할 수 없어."

이아시바는 확신에 차서 대답했다.

"자 트라이언, 너도 얼른 쉬어."

이아시바는 말을 이어갔다.

"새벽이 가까워져가."

"그늘을 만드는데 이 것들을 이용해."

그는 그의 말 위에 있던 짐에서 몇 개의 털과 담요를 트라이언에게 던졌다. 트라이언은 감사의 뜻으로 고개를 끄덕인 후 그날 저녁에 들어가서 쉴 피난처를 마련하기 위해 담요들을 모아 숲 안으로 들어갔다. 그는 커다란 소나무 아래에 통나무를 피라미드 모양으로 쌓았다. 그 틀 주변은 빛을 막기 위해 담요를 둘렀다. 그런 다음 해를 최대한 차단하기 위해 그 담요들 위에 털을 덮어 또 다른 층을 만들었다. 트라이언은 피난처를 만드는 동안 그 날의 사건들을 뒤돌아보았다. 트라이언은 새로 만난 사람들에게 유대감을 느끼기 시작했고 전투에서 함께할 동맹자들을 발견한 것에 감사했다. 그는 또한 이들도 그와 같이 샤샤를 지키는 것에 대해 열정적이라는 사실을 알고 위안을 얻었다. 그는 피난처를 다 만든 후 마지막으로 샤샤를 보러 갔다. 그녀는 여전히 모닥불 옆에서 아투를 껴안고 있었다. 사피라는 한 팔 정도 떨어진 곳에서 자고 있었다. 트라이언은 마음이 편안해졌고 다음날에 있을 전투 전에 휴식을 취하고 건강을 회복시키기 위해 그의 피난처로 들어갔다.

# 28
## 전투 준비

    늦은 아침 샤샤가 일어났다. 그녀는 담요 밑에서 천천히 기어 나와 앉았다. 그녀는 눈을 비비며 가볍게 하품을 하고 있는데 옆에 있던 아투도 일어났다. 아투도 아침 햇살을 맞으며 스트레칭을 하고 하품을 했다. 둘 다 그렇게 잠을 잘 잔 것은 오랜만이었다. 그녀는 정신을 차리고 주위를 둘러보았다. 그녀는 커다란 소나무 옆에 있는 트라이언의 천막을 발견했다. 그녀는 트라이언이 쉬고 있는데 방해하지 않으려고 조심스럽게 그 피난처로 다가갔다. 그녀는 담요로 가려진 출입구를 천천히 들어 올려 그녀의 머리를 안으로 집어넣었다. 그녀는 트라이언이 평화롭게 잠든 모습을 보았다. 그녀는 출입구에서 머리를 빼서 조심스럽게 닫은 후 다시 캠프장으로 돌아왔다.

    샤샤는 다른 일행들이 캠프에 모여 서로 얘기하고 있는 것을 발견했다. 소린이 그의 정찰 임무 결과를 알려주며 그들은 진지한 논의를 하고 있었다.

    "모두들 좋은 아침이에요".

샤샤는 다가가서 말했다.

"좋은 아침, 샤샤, 아투!"

레하사가 그녀의 인사에 반응했다. 그룹에 있던 일행 모두 미소를 지으며 그녀에게 좋은 아침이라고 답례했다.

"샤샤, 우리가 모두를 위해 아침식사를 준비했어."

사피라가 말했다. 그녀는 샤샤에게 따뜻한 수프를 건네 줬고 레하사는 아투를 위해 바닥에 작은 그릇 하나를 놓았다. 사피라는 샤샤를 통나무로 데려가서 같이 앉았다. 샤샤는 수프를 먹기 시작했다.

"음….""

샤샤가 수프를 마시며 말했다. 사피라는 사랑스럽게 그녀를 바라보았다. 그녀는 샤샤가 먹는 동안 샤샤의 얼굴에 있던 머리카락을 뒤로 넘겨주며 미소를 지었다.

"있잖아, 샤샤."

사피라가 말했다.

"트라이언이 우리랑 같이 뱀파이어들에 맞서 싸우기로 했어. 우리는 한동안 함께 있을 거고 너를 안전하게 지켜줄 거야."

"정말요! 트라이언과 아투가 우리와 함께 있는 한 난 모두와 함께 있는 게 너무 설레요."

그러자 샤샤는 행복해하며 대답했다.

"그럼, 우리는 조만간 더 많은 뱀파이어들과 싸울 예정인거예요?"

샤샤는 잠시 멈칫했다가 물었다.

"응, 아파나세이의 전사들이 다가오는 밤사이에 이곳에 올 거야. 너는 두려워할 필요 없어. 트라이언, 소린 그리고 우리 모두가 널 지켜줄 거야."

사피라가 대답했다. 사피라의 목소리는 부드러웠고 편안했다.

"고마워요 사피라. 난 두렵지 않아요."

샤샤가 대답했다.

"사피라, 난 언제가 사피라처럼 되고 싶어요."

그들은 서로 쳐다보며 샤샤가 말을 이어갔다. 사피라는 당황했다. 그녀는 샤샤의 얼굴을 놀란 표정으로 바라보았다.

"설마!"

사피라는 겸손히 물었다.

"정말이에요. 당신은 예쁘고 강하잖아요."

샤샤는 대답했다.

"나는 사피라처럼 싸우는 법을 배우고 싶어요."

사피라는 자신이 받고 있는 애정에 쑥스러워하며 활짝 미소를 지었다.

"음, 그건 꽤 칭찬인걸. 난 남자들로부터 그런 칭찬을 많이 받지 못해."

사피라는 조금 떨어진 곳에서 이야기하고 있는 이아시바, 레하사, 소린을 엄지손가락으로 어깨 너머로 가리키면서 말을 이어갔다. 샤샤는 낄낄 웃었다.

"고마워, 샤샤. 하지만 네가 잘못 알고 있는 게 있어."

사피라는 샤샤의 눈에 붙어 있던 머리카락을 뒤로 넘겨주며 말했다.

"너는 너의 나이와 몸집에도 불구하고 우리 중에서 그 누구보다도 더 강하고 용감해. 언젠가 나처럼 어른이 되면 너는 계속해서 아름답고 특별한 사람이 될 거야. 난 장담해. 그 동안은 혹시라도 우리랑 헤어지게 될 경우에 너 자신을 지키기 위한 몇 가지 기초적인 기술을 알려줄게."

"좋아요! 나 밥 다 먹고 나서 시작해도 될까요?"

그러자 샤샤는 들떠서 말했다.

"물론이지."

사피라는 미소를 지으며 대답했다.

해가 계속 뜨자 다른 일행들은 전투 계획에 대해 논의를 계속했다. 그들은 트라이언의 피난처로 이동해서 그들의 대화를 이어갔다. 트라이언은 깨어나서 천막을 사이에 두고 말을 했다. 나무 막대기들이 뒤에서 부딪치는 소리가 나는 동안 그들은 전략에 대해 의논했다. 이아시바와 레하사는 사피라와 샤샤가 막대기를 들고 결투하고 있는 모습을 돌아봤다. 사피라는 샤샤에게 무기 잡는 옳은 방법, 공격을 쳐내는 법 그리고 일격을 가하는 법을 알려주고 있었다.

"우리 가운데 또 다른 여전사가 탄생하겠는걸."

레하사는 유쾌한 어조로 말했다. 이아시바는 그의 동생을 봤다.

"그녀는 사피라에게 몇 번의 레슨을 받으면 자신을 방어하는 법에 대해 많이 배울 수 있을 거야. 그녀의 불같은 성질이나 고집스러운 성품은 배우지 않기를 바라는 수밖에."

이아시바는 부드럽게 그의 동생의 가슴을 쳤다.

"나는 그녀의 성격이 좋은 거 같은데."

레하사는 부드럽게 말했다.

"부디 샤샤는 사피라처럼 질이 낮은 구혼자의 마음을 끌지 않았으면 좋겠네."

소린은 숨을 죽여 웃으며 레하사를 바라보며 씨익 웃었다.

"이 소년은 여자들에게 끌릴 만큼 나이가 들었나?"

레하사는 이맛살을 찌푸리며 그의 형에게 소린에게까지 들릴만한 큰 목소리로 말했다.

"트라이언, 소린이 매복할만한 좋은 장소를 발견했어. 길에서 구부러져 있는 곳이고 나무들이 밀집되어 있는 길이야. 나는 소나무들 속에 숨어 있다가 아파나세이가 옆을 지나갈 때 그의 가슴에 화살을 날릴 거야. 그들이 어떻게 이동할 거라고 예상해?"

이아시바는 가볍게 웃으며 천막 안에 있던 트라이언에게 말했다.

"너가 조사한대로 50명쯤 있다면 아파나세이는 이동하는 무리의 가운데에 있을 거야."

트라이언이 대답했다.

"사피라와 레하사는 그들의 앞부분을 맡을 거고 소린은 뒤를 맡을 거야. 그러면 아파나세이는 구부러진 곳에 갇히게 되겠지. 하늘은 맑아 보이고 오늘 밤 보름달이 뜰 거야. 그러면 나는 그를 명중할 수 있을 거야."

이아시바가 설명했다.

"몇 가지 질문이 있어."

트라이언이 물었다.

"샤샤는 어디에 있을 거야? 그리고 이렇게 매복한 상태에서 우리 넷이서 오십여 마리의 뱀파이어들을 모두 죽일 거라고 어떻게 예상해?"

"샤샤는 우리가 길의 서쪽으로 더 멀리 떨어진 곳에 구축해 놓은 방위 지대에 있을 거야. 우리가 매복하는 목적은 아파나세이를 죽이기 위함이고 그리고 나면 우리는 계속 나아가는 모든 병사들을 상대하기 위해 방위 지대에 다시 모일 거야. 그들은 그들 지휘자의 지침 없이는 흩어지기도 쉽고 죽이기도 쉬울 거야."

이아시바가 설명했다.

"또 다른 게 있어. 내가 뱀파이어로 변하기 전부터 나의 옛 동료였던 사람과 그의 대위 그의 최고 장교 중 그 두 명은 아파나세이의 부대보다 몇 마일 먼저 앞설 가능성이 커. 그들은 그들의 지난 실수를 만회하기 위해 아파나세이보다 먼저 샤샤랑 나를 찾으려고 할 거야."

트라이언이 말했다.

"그렇다면 좀 계획을 바꿔야겠네."

이아시바가 말했다.

"사피라와 레하사는 길을 따라 장애물을 세워 덫에 빠뜨리기 전에 반드시 이들 첫 두 무리가 지나가게 해야 할 거야. 우리가 다시 만날 때까지 그들을 방어선에 잡아둘 수 있겠어?"

이아시바가 물었다.

"지형이 어떻게 생겼어?"

트라이언이 물었다.

"이 곳 또한 많은 울타리들과 소나무가 매우 빽빽하게 밀집되어 있는 부분이야. 나무 사이에는 트랩이 설치되어 있어."

이아시바가 대답했다.

"좋아!"

트라이언이 대답했다.

"아투랑 내가 그들을 잡아놓고 가능하다면 네가 도착하기 전까지 죽여 놓을게. 샤샤에겐 지정된 은신처가 있는 거야?"

트라이언이 또 다시 질문했다.

"응, 너랑 아투가 그 두 무리들로부터 그녀를 방어할 수 있어야 해."

이아시바가 대답했다.

"알겠어. 곧 해가 질 거야. 얼른 준비하자. 사피라는 이미 샤샤랑 아투와 함께 그 위치로 같이 가고 있어. 트라이언, 얼른 가서 그들을 따라 잡아."

이아시바가 말했다. 트라이언은 천막 안에서 나와 몇 십 미터 떨어져 있는 그의 말로 향했다.

"만약 네가 아파나세이를 놓치면 어떻게 돼?"

트라이언이 그의 말에 타기 전에 돌아보며 물었다.

"그럼 우리는 네가 있는 위치로 모여서 내가 그의 목을 자른 후 그의 해골을 엘드릭 왕에게 기념품으로 가져다 드릴거야."

소린이 이아시바가 반응하기 전에 대답했다.

"걱정하지 마, 친구!"

이아시바가 덧붙였다.

"우리의 방어선은 튼튼하고 필요하다면 우리 다섯이서 오십여 명의 뱀파이어를 물리칠 수 있어."

"아파나세이는 너가 아는 그런 일반 뱀파이어들과는 달라."

트라이언이 말했다.

"우리가 네가 아는 그보다 그를 더 잘 알걸, 트라이언."

이아시바는 그의 일행들을 바라보며 말했다.

"그는 기만적인 겁쟁이에 불과해. 그리고 오늘밤 그는 희생자가 될 거야."

소린은 화가 난 말투로 덧붙였다.


트라이언은 아무런 반응을 하지 않았다. 그는 돌아서서 그의 말을 타고 떠났다. 그는 이들이 아파나세이에 대해 이렇게 개인적인 원한이 있는 줄은 몰랐다. '과거에 무슨 일이 있었던 거지? 그들은 서로 잘 알고 있었나? 아파나세이가 뱀파이어가 되기 전인가 후인가? 만약 소린이 원래 뱀파이어였고 아파나세이가 가장 오래된 뱀파이어 중 한명이라면 그들은 어떻게 연결되어 있는 거지?' 트라이언이 샤샤, 아투 그리고 사피라를 따라잡기 위해 서쪽으로 말을 타고 달리는 동안 이 모든 의문들이 그의 머리를 스치고 지나갔다.

# 29
## 덫이 준비됐다

　밤하늘은 보름달에 환해졌다. 사피라가 길을 내려가는 동안 찬바람이 불었다. 그녀는 창을 두 손으로 움켜잡았다. 전투는 다가오고 있었고 그녀는 최선을 다해야 했다. 그들의 일행은 다음과 같이 이뤄져 있었다. 샤샤를 지켜야할 트라이언과 아투는 뱀파이어들을 대항할 마지막 장소인 덫으로 가득한 빽빽한 덤불에 자리를 잡고 있었다. 소린은 매복 습격이 시작된 후 뱀파이어들의 탈출을 막으려고 길의 맨 끝에서 기다리고 있었다. 이아시바는 뱀파이어의 지도자인 아파나세이에게 치명적인 은 화살을 발사할 준비를 한 채로 소나무 속에서 길의 굽은 곳을 내려다보며 기다리고 있었다.

　사피라는 레하사를 만나러 가는 길이었다. 그들은 덫을 개시할 것이다. 일행 모두는 그들에게 다가오는 뱀파이어 무리를 물리치기 위해서는 각자의 임무를 완벽하게 수행해야만 한다. 그녀의 말은 수비 진영에 남겨 둔 채 그녀가 길을 내려가고 있을 동안 그녀는 좁은 길을 둘러싸고 있는 소나무들이 눈으로 뒤덮여 있는 달빛 풍경을 둘러보았다. 예기치 않게 그녀는 나뭇가지가 나무 줄에서 갈라지는 소리를 들었다. 그녀는 소리가 나는 쪽으로 몸을 돌렸고 무기를 전투 자세로 들었다. 덤불 속에서 휘파람 소리가 들렸다. 사피라는 어떤 공격자에게라도 덤벼들 준비를 한 채로 창을 꺼내 들었다.

"어서 나와!"

그녀는 요구했다.

"후아! 진정해, 나야."

어디선가 친숙한 목소리가 들려왔다. 레하사는 숲속으로부터 모습을 드러내어 길로 나왔다.

"미안해. 난 단지 싸울 준비가 되어 있을 뿐이야."

사피라는 대답했다.

"매복 습격은 다 준비된 거야?"

그녀는 전투 전 긴장감을 피하려고 노력하며 물었다.

"응, 이쪽이야."

레하사는 그녀를 길에서 약간 벗어나 있는 숲속 안에 있는 장소로 손짓했다.

"봐봐, 우리가 여기 밧줄들을 자르면⋯."

나무들 사이에 있는 몇몇 밧줄을 가리키며 레하사는 사피라에게 방법을 설명했다.

"저쪽에 묶여 있는 통나무들이 풀릴 거야. 그렇게 되면 저쪽에 있는 나무들이 서로 쓰러지기 시작할 것이야."

레하사는 손가락으로 밧줄을 따라가기 전에 나무 밑바닥에 묶인 밧줄들을 가리키며 말했다.

"그럼 길이 막히고 뱀파이어들의 이동이 제한되겠지. 그들이 우리가 설치해 놓은 장애물을 피하려고 노력하는 동안 우리는 많은 뱀파이어들을 죽일 수 있게 되겠지."

그는 그의 팔로 엑스자 모양을 그리며 말을 이어갔다.

"그렇구나, 저 둘은⋯."

사피라는 주위를 둘러봤다.

그녀가 말을 끝내기도 전에 레하사는 그녀를 잡아 재빨리 숨을 장소로 데려간 후 길을 내려다보았다. 그들이 밖을 보는 동안 레하사는 손가락을 입에 대고 사피라에게 조용히 하라고 상기시켜 주었다. 말을 탄 단신 하나가 천천히 시야에 들어왔다. 말이 길을 내려가는 동안 금속 차임벨 소리가 은은하게 울렸다. 말을 탄자는 가까이 오더니 잠시 멈춰 섰다. 보름달은 검은 말 위에 왕정처럼 보이는 뱀파이어를 비췄다. 그의 웨이브 있는 머리카락은 그의 날카로운 각진 얼굴을 감싸고 있었다. 그의 빨간 망토가 서릿발 같은 돌풍에 휘날려 그의 검은 갑옷과 예복을 드러내고 있었다. 그는 말안장에 올라탄 채로 주위를 재빨리 둘러본 후 계속 앞으로 나아갔다.

"저 사람이 트라이언이 아까 말한 라루카스임이 틀림없어."

숨어 있던 그 둘은 몇 분이 지난 후 말을 꺼냈다.

"그는 꽤 자신만만해 보이는데."

레하사가 속삭였다.

"좋아, 그는 아마 자신이 트라이언을 쫓고 있다고 생각하고 있을 거고 그의 옛 친구의 새로운 동료들에 대해선 알지 못하고 있을 거야."

사피라가 말했다.

"원래 두 명이 있어야 하지 않나?"

레하사가 물었다.

"일몰 직후부터 내가 쭉 여기에 있었는데 다른 사람은 못 봤어."

사피라가 대답했다.

"아마 이번엔 그 혼자 왔나보지."

레하사가 말했다.

"샤샤를 위해서라도 그러길 바라야지."

사피라가 대답했다.

# 30
## 트라이언의 방어

트라이언이 덤불이 우거진 땅 위를 움직이자 작은 터널이 드러났다.

"샤샤, 여기로 올라와 있으면 우리가 전투가 끝나고 너를 데리러 올 게."

그는 말했다.

"나도 싸우는 법을 배웠어요. 나도 도울게요."

샤샤는 은 검을 들고 말했다.

"그 무기 어디서 났어?"

트라이언이 물었다.

"사피라가 내 자신을 보호하라고 줬어요."

샤샤는 행복하게 대답했다.

트라이언은 사피라가 샤샤가 그녀 자신을 보호해야 할 상대가 누구라고 생각했는지 궁금했다.

"난 싸울 준비가 됐어요."

샤샤가 말했다.

"음, 미안하지만, 이번엔 아니야."

트라이언은 대답했다.

"자, 이쪽으로 와."

트라이언은 입구를 향해 손짓했다. 샤샤가 올라가려고 하는 동안 트라이언이 그녀를 터널 속으로 들어가도록 도와줬다. 그녀가 안쪽으로 들어가자 그는 다시 덮개를 덮었다.

"아투, 이 근처에서 샤샤를 지켜줘. 나는 우리 쪽으로 오는 뱀파이어들을 상대할 준비를 하러 앞으로 가 있을게."

트라이언은 아투를 내려다보며 말했다. 아투는 입구에 앉아 그의 지시를 이해했다는 걸 보여주었다. 트라이언은 길을 내려다보고 감시할 수 있는 그의 위치로 걸어갔다. 트라이언은 오늘 밤 아파나세이나 라루카스 혹은 둘 모두를 마주해야 할 가능성이 높다는 걸 알고 있었다. 그는 아파나세이에게 치명상을 입히려는 이아시바의 시도가 성공하지 못 할까봐 그의 계획에 의문을 가졌다. 하지만 그는 그 방법이 짧은 시간에 그들이 할 수 있는 최선이라는 걸 이해했다.

추운 밤 그는 참을성 있게 기다리며 전투를 준비했다. 그는 깊게 숨을 들이쉬며 그가 숨을 내쉴 때 찬 공기 속에서 그의 입김을 볼 수 없다는 걸 알아차렸다. 또한 그는 더 이상 인간이 아닌 뱀파이어라는 또 다른 작은 기억이 상기되었다. 그의 뒤에서 난 갑작스러운 무시무시한 비명소리에 침묵은 깨졌다. 그는 그것은 샤샤라는 걸 알았고 가능한 한 빨리 되돌아갔다. 트라이언이 도착했을 때 그는 끔찍한 장면을 보았다. 케르베로스가 두 손으로 샤샤를 그녀가 숨어있던 구멍에서 끌어내고 있었다. 그 악당은 아투가 그의 망토를 잡아당겨 샤샤를 단단히 붙잡지 못하게 방해하고 있을 동안 계속 샤샤를 끌어내고 있었다. 트라이언은 그 모습을 보고 달려가며 그가 제 때에 도착하지 못 할까봐 걱정했다.

228

케르베로스는 거칠게 샤샤를 구멍에서 뜯어내어 그녀를 달빛에 높이 들어올렸다. 그는 송곳니를 들고 물 준비를 한 채 그녀의 목과 머리 쪽으로 그의 손을 움직였다. 트라이언이 그녀에게 닿기 전 샤샤는 그녀의 은 검을 꺼내 마구 베었다. 칼날이 케르베로스의 오른쪽 뺨을 베었다. 그의 얼굴에 묻은 은의 연소로 인해 그는 한 손을 놓게 되었고 그의 얼굴을 잡았다. 그의 샤샤를 잡은 손이 약해진 상태에서 아투는 온 힘을 다해 끌어당겼고 케르베로스는 뒤로 비틀거리며 샤샤를 떨어뜨렸다. 샤샤는 땅에 쿵하고 떨어졌지만 재빠르게 일어나 케르베로스로부터 뒷걸음질 쳤다.

케르베로스는 뒤로 비틀거리며 그의 넓은 칼을 꺼내 오른손으로 잡았다. 그는 케르베로스의 망토가 얼굴을 뒤덮어 반쯤 안 보이는 아투를 향하도록 칼날을 바로잡았다. 그가 아투를 찌르기 전에 트라이언이 그에게 달려들었다. 트라이언의 왼쪽 어깨가 케르베로스의 흉골을 쳐서 땅바닥으로 쓰러뜨렸다. 그 둘은 길에서 뒹굴었다. 트라이언의 몸으로 케르베로스의 가슴을 짓눌렀다.

두 뱀파이어들은 격렬히 싸웠다. 트라이언은 왼손으로 케르베로스의 칼을 쥐고 있는 오른 손을 꽉 움켜줬다. 트라이언은 오른손을 그의 머리 뒤로 넘겨 그의 검을 꺼냈다. 그는 검을 케르베로스의 목으로 가져갔지만 케르베로스가 트라이언의 칼날을 왼손으로 잡았다. 트라이언은 온 힘을 다해 칼날을 적의 목 가까이로 가져가려 했다. 케르베로스는 분명한 죽음으로부터 자신을 방어하고 있는 동안 그의 손에서는 피가 흘렀다. 트라이언이 온 힘을 다해 밀어붙이고 있을 때 그는 멀리서 희미하게 차임벨 소리를 들을 수 있었다. 그리고 나서 그는 금속 차임벨의 덜커덕거리는 소리와 함께 말을 타고 질주해 오는 소리를 들을 수 있었다.

트라이언은 어깨너머로 길을 가로막고 있는 통나무 장애물을 바라보았다. 말이 질주하는 소리는 점점 가까워졌고 금속 차임벨이 덜커덩거리는 소리는 점점 커졌다. 그 소리가 최고조에 달했을 때 트라이언은 라루카스의 커다란 검은 말이 통나무들을 뛰어 넘어 길을 통해 다가오는 모습을 보고 놀라서 쳐다보았다. 한 걸음도 통나무들에 걸리지 않은 채 그 말은 싸우고 있는 뱀파이어들을 향해 질주해 오는 동안 라루카스는 검을 뽑았다. 순식간에 그 말과 라루카스는 그들에게 다가왔다. 라루카스는 말을 탄 채로 트라이언을 향해 검을 휘둘렀다. 트라이언은 케르베로스를 놓을 수밖에 없었고 뒤로 물러났다. 라루카스가 휘두른 칼은 가까스로 트라이언의 머리를 빗나갔고 그는 재빨리 말을 멈춰 세웠다.

길에서부터 퍼져 나온 먼지는 달빛 속에 작은 구름을 만들었고 라루카스는 그의 말을 돌려 다시 한 번 트라이언을 향해 돌격했다. 그의 옛 친구이자 지금은 라이벌인 트라이언을 죽이려고 그의 칼을 들어 올리며 어둠 속에서 울부짖었다. 그가 트라이언에게 돌격할 때 완벽한 타격을 위해 속도와 거리를 판단하려 노력하며 그의 빨간 눈으로 트라이언을 집중했다. 그가 트라이언을 노려보고 있는데 아투가 땅에서 뛰어올라 자신을 향해 오는 것을 알아차리자 그는 놀라서 눈이 휘둥그레졌다. 아투는 말머리 오른쪽 옆에서 순식간에 날아와 그의 몸이 라루카스 가슴을 정면으로 들이받아 그를 말에서 넘어뜨렸다.

아투와 라루카스는 길옆에 있는 수풀로 떨어졌다. 케르베로스는 아투를 뒤에서 잡아 내던지고 주인님의 검을 잡아 그에게 다시 돌려주었다. 아투는 트라이언 옆에 자리를 잡았다. 달빛 아래 전투원들은 한 판 더 싸울 준비를 했다. 샤샤는 나무 그루터기 뒤에 몸을 숨긴 채 초조하게 바라보았다. 바람은 그 전사들 주위로 눈을 휘날렸다. 그들이 서로 상대방을 바라보고 있을 때 라루카스의 빨간 망토와 케르베로스의 검은 옷이 바람에 펄럭였다.

"이번엔 피할 수 없을거다, 트라이언!"

라루카스는 그의 전 지휘관에게 성난 목소리로 내뱉었다. 검을 손에 들고 공격을 대비하여 서 있는 트라이언의 긴 외투 아랫부분이 그의 뒤에서 펄럭였다. 아투는 그의 등과 목의 털을 곤두세운 채로 그의 옆에 서 있었다. 큰 돌풍이 세차게 불었고 두 쌍의 전투원들은 고함을 치고 울부짖으며 서로를 향해 돌격했다. 샤샤는 이 상황을 속수무책으로 지켜보았다.

# 31
## 덫에 걸리다

뱀파이어 무리들은 서리가 내린 시골길을 이동했다. 트라이언이 예측한대로 좁은 길은 그들의 운집 능력을 제한해서 그들은 작은 그룹으로 나눠서 이동했다. 열 명의 보병이 그들의 이동을 주도했다. 그들은 양모 옷을 입고 가죽조끼를 걸친 채로 가볍게 무장하고 있었다. 대부분은 창과 짧은 검을 들고 있었다. 몇몇은 그들의 다양한 출신국에 따라 무기를 선택하여 칼 대신 몽둥이, 망치, 도끼를 들고 있었다. 열 명으로 구성된 두 번째 병사 그룹은 몇 킬로미터 뒤에서 따라왔다. 이 이십 명 뒤에는 아파나세이와 열 명의 경비대가 오고 있었다. 그들은 모두 말을 타고 있었고 아파나세이의 T자형 심볼이 새겨진 검은 흉갑과 어깨보호대를 입어 무장하고 있었다. 그들은 성에서 긴 보라색과 금색의 망토를 입고 있었지만 지금은 상부는 빨간색으로 덮인 짧은 망토를 입고 있었다. 그들의 말 이마에는 스파이크가 달린 철제 머리 덮개를 쓰고 있었다. 그들은 철판으로 덮인 나무로 된 매우 커다란 눈물방울 모양의 방패를 들고 있었다.

아파나세이

그들의 중앙에는 아파나세이가 있었다. 그는 그가 일반적으로 입는 정교한 붉은색, 금색, 검은색의 가운을 입고 있었다. 그가 말을 달리는 동안 그의 커다란 빨간 망토는 그의 상의 대부분을 덮었다. 그 망토의 커다란 빨간 칼라는 그의 얼굴의 코 밑까지 덮었다. 그의 늙은 얼굴은 어떤 종류의 헬멧에도 무방비로 노출되어 있었고 그가 말을 탈 때 그의 포니테일 머리는 뒤에서 출렁였다. 그는 그의 최고의 전사들에 둘러싸여서 자신감을 갖고 길을 따라 말을 타고 내려갔다. 그들의 몇 십 킬로미터 뒤에는 열 명의 전사들로 이뤄진 두 그룹이 도보로 행진해 오고 있었다. 그 뱀파이어 부대는 달빛 아래 소나무 사이로 난 구불구불한 길을 따라 갔다.

아파나세이가 말을 타고 가며 한 나무를 지나갔다. 그 나무 안에는 소린이 인내심 있게 기다리고 있었다. 소린은 경비대들에게 머리부터 곤두박질치며 달려들고 싶었지만 그런 행동을 막기 위해 그에겐 모든 자제력이 필요했다. 소린이 아파나세이에 대한 그런 강력한 증오감이 생겼을 때 그의 눈은 밝게 빛나기 시작했다. 그는 덫이 오르기 전에 그가 있는 위치를 노출시키고 싶지 않아 그의 눈을 감고 자신을 진정시켰다. 대략 삼십 분이 흐른 후 마지막 보병대들이 소린이 있는 곳을 지나갔다. 그는 가장 앞에 있는 그룹이 틀림없이 사피라와 레하사에게 다가가고 있을 거라는 걸 알고 있었다.

같은 시각 서쪽으로 몇 킬로미터 떨어진 곳에서 레하사와 사피라는 길 아래를 내려다보고 있었다. 길 끝 쪽에서 그림자가 나타났다. 뱀파이어의 첫 번째 무리가 다가왔다. 그들의 걸음걸이는 밤의 정적을 깨뜨렸다. 그들은 살금살금 다가갔고 레하사는 사피라의 눈을 빤히 들여다보았다. 그녀는 왜 그가 그녀를 빤히 쳐다보는지를 묻는 듯 의아한 표정으로 그를 바라보았다. 레하사는 미소를 지으며 그녀의 손을 잡았다. 그는 그녀의 손을 그의 입으로 들어 올려서 가볍게 키스했다. 사피라는 다소 당황했다.

"자 이제 시작이야."

레하사가 속삭였다. 그는 그의 벨트에서 두 개의 칼을 꺼내어 일어나서 각 방향으로 하나씩 던졌다. 칼날은 차가운 공기를 가르며 날아갔다. 그 두 개의 칼은 나무 사이에 묶인 밧줄 양쪽을 각각 잘랐다. 밧줄은 팽팽함이 풀리며 팅하고 튕겼다. 선두에 있던 뱀파이어는 주위에 있던 나무들이 큰소리로 갈라지기 시작하자 가던 길을 멈췄다. 뱀파이어들이 주위를 둘러보고 있는데 나무 하나가 선두에 있던 뱀파이어 위로 쓰러지며 그를 땅바닥에 때려눕혔다. 나무 몇 그루가 서로 쓰러지며 길에 나무 그물을 만들었다. 뱀파이어들은 무슨 일이 일어난 건지 알아보러 앞으로 나아갔다. 그 때 사피라가 뛰어들며 바로 두 통나무 사이에 낀 뱀파이어를 베었다.

그녀는 그의 머리와 목을 완전히 베었다. 레하사는 쓰러진 나무들 중 하나로 뛰어올라 나무 몸통 위로 달려가며 칼들을 던졌다. 한 은 검은 뱀파이어의 목구멍을 타격했고 다른 검은 또 다른 뱀파이어의 가슴을 관통했다. 그는 비스듬하게 놓인 나무 꼭대기에 도달해서 길 너머에 있는 또 다른 쓰러져 있는 나무 위로 뛰어올랐다. 그는 거기에 쪼그리고 앉아 또 다른 검을 던져 다른 뱀파이어의 얼굴을 강타했다.

사피라는 뒤를 돌아 그녀를 향해 돌진하고 있는 뱀파이어를 그녀의 창으로 휘둘렀다. 그녀가 그 뱀파이어의 허리를 반으로 잘랐을 때 다른 뱀파이어가 그녀를 향해 창을 찌르려고 했다. 그녀는 창의 손잡이로 그 공격을 막아내며 상대방과 싸웠다.

"다음 무리가 오고 있어!"

레하사는 나무 위에서 소리쳤다. 또 다른 열 명의 뱀파이어들이 그들의 동료 전사들을 도와주기 위해 길을 따라 돌격해 오고 있었다. 레하사는 나무에서 뛰어내려 사피라를 공격하고 있는 뱀파이어 등 위에 올라탔다. 그는 그의 두 검으로 뱀파이어의 목을 찔렀다.

"엎드려!"

사피라가 소리쳤을 때 그의 무기들을 뽑아냈다. 레하사는 즉시 바닥으로 드러누웠고 사피라는 앞으로 나서서 레하사 뒤에서 다가오고 있던 뱀파이어를 찔렀다. 나머지 두 명의 뱀파이어들은 그들의 동료들이 도착할 때까지 시간을 벌며 레하사와 사피라에게 검을 휘두르고 찔렀다. 사피라와 레하사는 통나무를 헤치고 나아가면서 나무 사이로 몸을 피해가며 창을 찔렀다.

한편, 길 더 아래쪽에서는 말을 탄 뱀파이어들이 멈춰 섰다. 그들 위에는 이아시바가 유심히 지켜보고 있었다. 아파나세이의 엘리트 경호원들은 그 지역을 조사하기 시작했다. 그들은 그들의 이동대형을 깨고 그들의 리더를 에워쌌다. 그들은 아파나세이에 완전히 충성한 최고의 전사들이었다. 그 열 명의 경비대들은 모두 똑같아 보였다. 그들은 각각 중무장한 검은 말을 타고 있었다. 그 말들의 머리에는 날카로운 쇠뿔이 위에 고정되어 있는 금속 덮개를 하고 있었다. 경비대들은 짙은 회색 갑옷을 입고 있었다. 그들의 동그란 헬멧은 그들의 입과 턱을 제외한 얼굴 전체를 덮고 있었다. 이는 접전에서 그들의 송곳니를 최대한 자유롭게 사용할 수 있도록 해주었다. 그들의 헬멧 양 옆으로는 뿔이 나 있었다. 그 뿔은 헬멧 옆으로 나온 얼굴을 휘감은 귀였고 뾰족한 끝은 그들의 눈 밑에 있었다. 그들은 중무장을 한 채, 긴 창, 넓은 검, 전쟁용 망치 그리고 몽둥이를 갖추고 있었다. 그들의 갑옷용 장갑은 필요하다면 그들의 손을 사용하여 최대한 피해를 입히기 위해 손가락 마디마디가 금속 단추로 되어 있었다.

아파나세이는 그의 안장에 꼿꼿이 서서 무엇 때문에 지연이 되었는지 알기 위해 바짝 귀를 기울였다. 앞서가던 그룹의 이동 속도에 의해 뒤따라가는 그룹이 느려졌고 마침내 멈춰서 게 되었다. 이 곳은 사피라와 레하사가 풀어버린 덫과 비슷한 방식으로 소린이 밧줄을 잘라 자신의 덫을 풀어버린 곳이었다. 모든 통나무들이 땅에 떨어지기도 전에 소린은 나무에서 튀어나와 뱀파이어의 목을 찔렀다. 그의 가느다란 은 검은 곧바로 다음 뱀파이어를 강타하며 그의 어깨로부터 그의 목을 쪼개 버렸다.

그 소동으로 인해 전투 소리가 길에 울려 퍼졌고 아파나세이는 그의 뒤를 돌아봤다. 이아시바는 지금이 그에게 기회라는 것을 알았다. 커다란 나무 꼭대기에서 그의 선명한 눈으로 아래를 바라보고 있었다. 그는 숨을 들이쉬며 은 화살을 활에 장전하고 은색 끈을 잡아당겼다. 그는 착실하게 발사체를 뱀파이어 지휘관의 목을 겨냥했다. 그는 화살을 쐈다. 그 화살이 나무 위에서 발사돼 소나무 가지가 갈라지자 아파나세이는 위를 올려다보았다. 아파나세이 쪽으로 질주하던 은 화살은 달빛 속에서 빛이 났다. 그 우두머리 뱀파이어는 재빨리 손을 들어 올려 화살이 손을 관통했다. 은은 그의 손에 강렬하게 타오르는 고통을 주고 있었지만 불행히도 아파나세이는 화살을 잡을 수 있었고 화살은 그의 목에 닿지 않게 되었다. 그는 고통으로 몸을 구부리면서 그의 왼손으로 화살을 빼냈다.

"그들은 나무 안에 있다!"

그는 말에서 굴러 떨어져 쪼그리고 앉으며 그의 경비대들에게 소리쳤다. 경비대들은 그들의 등 뒤에서 작은 석궁을 뽑아 나무들을 훑어보기 시작했다.

"저쪽이다!"

아파나세이는 화살이 나타난 쪽을 가리키며 소리쳤다. 작은 횃불을 들고 있던 두 세 명의 아파나세이 근위병들이 화살에 불을 붙여 이아시바가 숨어있는 나무에 쏘기 시작했다. 이아시바는 갇혔고 화살의 강도는 점점 세지기 시작해 나뭇가지에 불이 붙기 시작했다. 그는 더 이상 숨어 있을 수 없다는 걸 알고 그는 또 다른 화살을 꺼내 아래를 향해 격추했다. 그 화살은 아파나세이의 기사 중 한 명의 입을 관통했고 그는 고통으로 아무 말도 하지 못하고 땅으로 떨어졌다. 이로 인해 이아시바의 위치는 모든 뱀파이어 전사들에게 노출되었다. 석궁불의 강도는 점차 세지고 불타는 화살들은 가지들을 부러뜨리며 이아시바는 맞지 않기 위해 나무를 돌아다닐 수밖에 없었다. 곧 그 나무는 불길에 휩싸이게 되었다.

이아시바는 그가 나무에서 뛰어내려야 하는 건 시간문제라는 것을 알았다. 그는 귀중한 짧은 시간에 뱀파이어들을 향해 두 발의 화살을 더 쐈다. 하나는 뱀파이어의 목을 맞췄고 다른 하나는 그의 적들을 해치지 못하고 지나쳤다.


길 동쪽 너머에서 소린은 모든 방향에서 뱀파이어들과 계속 싸우고 있었다. 그는 적들과 싸우며 저 멀리서 불타는 나무를 보았고 그의 친구가 곤경에 처해 있다는 사실을 알았다. 소린은 뱀파이어 병사들을 지나가려고 노력했지만 지나가기엔 너무 많은 뱀파이어들이 있었다. 그는 이아시바에게 가기 위해서는 이들을 물리쳐야만 했다. 그가 자기 앞에 있는 뱀파이어들을 향해 휘두르고 있을 때 뒤에서 두 명이 그를 공격했다. 한 명은 창으로 그의 다리를 찔렀고 다른 하나는 그의 등에 올라탔다. 그 뱀파이어는 소린의 목덜미를 물었다. 뱀파이어가 그를 꽉 물고 그의 사나운 표정은 이내 충격의 표정으로 바뀌었다.

소린은 오른손으로 뱀파이어들을 향해 칼을 계속 휘둘렀다. 왼손으로는 그의 머리 뒤로 손을 뻗어서 그의 목을 물고 있던 뱀파이어를 잡았다. 그는 뱀파이어가 물고 있는 것을 풀어줄 때까지 점점 더 꽉 쥐어짰다. 그리고 나서 소린이 그 뱀파이어를 어깨너머에서 앞쪽으로 끌어당겼을 때 다른 뱀파이어가 소린에게 창을 들이밀었다. 그 창은 동료 뱀파이어를 찔렀고 소린은 재빨리 그 창의 나무 손잡이를 그의 검으로 부러뜨려 그 뱀파이어의 가슴을 찔렀다. 그리고 나서 그의 등에 있던 뱀파이어도 확실히 죽이기 위해 그의 검으로 찔러 죽였다. 앞을 보며 그는 불타는 나무를 다시 한 번 보게 되었다. 그는 그가 이아시바에게 제때에 도착할 수 있길 바랐다.

소린과 뱀파이어의 전투

길의 다른 쪽에서는 레하사와 사피라가 통나무를 지나서 오고 있었다. 사피라는 멀리서 불꽃을 보았다.

"저기 봐!"

그녀가 외쳤다.

"우리는 이아시바 주위로 모여야 돼!"

"안돼!"

레하사가 대응했다. 뱀파이어들이 천천히 장애물을 헤쳐가며 그들을 쫓아오고 있어서 그 두 뱀파이어 사냥꾼들은 뒤로 가기 시작했다.

"그는 네 형이잖아!"

사피라가 외쳤다.

"우리의 지휘관이기도 해. 우리는 계획대로 이행해야 해. 형은 자기 자신을 지킬 수 있을 거야."

레하사는 대답했다. 두 명의 용감한 뱀파이어 사냥꾼들은 뒤를 돌아 길을 따라 달리기 시작했다. 레하사는 그가 사피라보다 너무 앞서가지 않도록 확인하며 사피라 옆에서 뛰어 내려갔다. 그는 뛰어가며 이아시바의 안전에 대해 그가 옳은 판단을 했기를 바랐다.

"이 길을 지금 당장 뚫어라."

아파나세이의 경비대 중 한 명이 앞으로 말을 타고 가서 장애물에 갇힌 보병대에게 소리쳤다. 그는 크고 깊은 목소리로 으르렁거리듯 말했다. 뱀파이어들은 즉시 대응하여 통나무들을 잘라서 길 밖으로 밀어냈다. 아파나세이는 또 다른 공격에 노출되고 싶지 않아 말 뒤에 웅크리고 앉아 있었다. 그는 그의 부상당한 오른손을 그의 빨간 망토로 감쌌다. 그의 경비대 하나가 다가왔다.

"각하, 이제 길이 트였습니다."

그가 전달했다.

"좋아, 세 명을 더 모아서 우리는 앞서간다. 나머지는 여기에서 암살자를 처리하라고 전달해라."

아파나세이는 명령했다.

"네, 주인님."

그 경비대는 우렁차게 대답한 뒤 말을 타고 출발했다. 불길은 나무를 완전히 집어삼키고 있었고 이아시바는 자신에게 어떠한 선택권이 있는지 생각했다. 불길이 그를 덮치자 그는 활을 등 뒤로 매고 불타는 나무에서 다른 나무로 뛰어내렸다. 그는 가지를 잡았지만 그의 무게를 견디지 못해 부러졌다. 그는 땅에 세게 부딪쳤다. 이아시바가 그의 자세를 바로잡았을 때 적군 기사는 검은 말을 타고 그에게 달려왔다. 말을 탄자는 몽둥이를 마구 휘둘렀고 징이 박힌 공은 부착된 체인에서 불규칙하게 움직였다. 이아시바는 재빨리 그의 활을 잡아 화살을 쐈다. 화살은 뱀파이어의 가슴을 명중했고 갑옷을 뚫어 그가 말에서 떨어지게 만들었다.

또 다른 경비대는 이아시바를 향해 석궁을 쐈다. 그 화살은 이아시바의 어깨를 스쳤고 그가 뒤를 돌아보게 만들었다. 그가 길 반대쪽 끝을 보았더니 소린이 그에게 달려오고 있었고 그 뒤로는 가까스로 창으로 찌를 수 있는 거리만을 남겨둔 채 뱀파이어 보병대 무리가 쫓아오고 있었다. 전장의 반대편 끝에서는 레하사와 사피라가 트라이언이 있는 쪽으로 달려가고 있었다.

"트라이언은 어디있지?"

그들이 도착하자 레하사가 물었다. 사피라가 그녀의 생각을 말하기도 전에 그들은 길 아래쪽에서 샤샤의 고함소리를 들었다.

# 32
## 계속되는 전쟁

샤샤는 숲속을 비틀거리며 지나갔다. 그녀가 뛰어가는 동안 트라이언과 아투는 그녀의 앞뒤로 교차해 가며 달렸다. 생사가 걸린 문제에서 그들은 라루카스와 케르베로스로부터 파트너를 주고받았다. 그들은 캠프의 중앙에 있었다. 샤샤는 솥을 발로 차고 나서 나무 그루터기에 걸려 넘어졌다. 케르베로스는 하얀 늑대 아투의 난동을 피했다. 그는 공격을 받자 재빨리 붉은 허리띠에서 작은 도끼를 꺼내 들었다. 그는 아투가 다시 물려는 시도를 피해 공중으로 뛰어들었다. 눈이 빨갛게 달아오른 채로 그는 넘어져 있는 샤샤를 향해 도끼를 던졌다. 도끼가 허공을 가로지르며 떨어지고 있었지만 샤샤는 일어설 수가 없었다. 그녀가 일어나려고 손으로 등 뒤의 땅을 짚었을 때 그 도끼는 빙글빙글 회전하며 계속 떨어지고 있었다. 매 순간마다 점점 그녀 가까이 다가왔다. 샤샤는 눈을 꽉 감고 무의식적으로 숨을 참았다. 그녀가 충격에 대비하고 있는데 순식간에 땅에서부터 들어 올려져서 다른 곳으로 옮겨졌다. 도끼가 근처 나무 밑바닥에 박히자 마치 커다란 돌풍이 그녀를 밀어낸 것 같은 느낌이었다.

샤샤가 눈을 떴을 때 레하사가 있었다. 그가 그녀를 구했음에 틀림없었다. 그의 등은 그녀 쪽을 향하고 있었고 샤샤가 무슨 일이 일어났는지 봤을 땐 이미 그는 케르베로스 쪽으로 가고 있었다. 레하사가 뱀파이어를 향해 질주하는 동안 그의 스카프가 그의 뒤에서 펄럭였다. 케르베로스가 땅에 떨어지며 한 손을 그의 앞에 놓고 무릎을 구부렸을 때 레하사는 그를 향해 두 개의 검을 던졌다. 첫 칼은 몸을 숙여서 피하고 두 번째 칼은 몸을 굴려 뒹굴어서 피했다. 그가 구르기를 마치고 일어서기 시작했을 때 레하사는 그를 향해 돌진하며 그의 왼쪽 어깨로 케르베로스의 가슴을 쳤다. 레하사가 그를 땅으로 밀쳐 넘어뜨리는 동안 그는 오른손을 들어 상대를 향해 또 다른 칼을 겨누었다. 그들은 땅으로 추락했다. 케르베로스는 은 검이 목표물을 찾기 전에 넘어지는 것을 이용해 그의 다리를 사용하여 레하사를 머리 위로 밀었다. 두 전사들은 가까스로 일어났다. 케르베로스는 벨트에 있는 칼집에서 칼을 다시 뽑아들었다.

아투는 동지들이 뱀파이어들과 싸우는 동안 샤샤의 옆에서 그녀를 지켰다.

"여기를 어서 피해! 숨어!"

레하사는 샤샤에게 외쳤다. 샤샤는 숲으로 뛰어 들어갔다. 아투는 그녀를 따라갔다. 그 시간 사피라는 방어선의 입구에 도착했다. 그녀는 샤샤를 향해 달려가는 레하사의 속도를 따라가지 못했고 이제 캠프 입구에 혼자 있게 되었다. 그녀가 텅 비어 있는 길을 내려다보며 그녀는 입구에 도달한 뱀파이어 떼를 상상했다. 동쪽에서는 소린과 이아시바가 뱀파이어 군사들 무리와 싸우고 있었다.

"우리는 이 적들을 해결하고 트라이언이 있는 곳으로 가야 해."

이아시바는 그의 앞에 있는 뱀파이어 가슴에 화살을 겨누며 외쳤다.

"만약 우리와 이 뱀파이어들 사이에 공간을 만들 수 있다면 우리는 숲

속으로 뛰어 들어가서 뱀파이어들을 피해 되돌아 갈 수 있을 거야."

소린이 대답했다.

"내가 길을 만들게. 우리는 그러면 숲으로 달려가는 거야. 남쪽으로 가!"

이아시바는 화살 두 개를 장전하며 소린에게 외쳤다. 소린은 아무 걱정 없이 남쪽으로 돌아 그들을 에워싸고 있는 뱀파이어 악의 무리를 향해 돌진했다. 그는 뛰어가는 동안 그의 머리 양 옆으로 동시에 은 화살들을 쐈다. 은 화살들은 그의 얼굴 가까이 지나갈 때 그의 빛나는 금빛 눈동자에 의해 밝게 빛났다. 화살은 각각 뱀파이어의 얼굴에 명중했다. 그들이 쓰러지자마자 소린은 좌우로 마구 베어가며 다른 두 적들을 죽였다. 뱀파이어들이 모여 있는 무리에는 이제 공백이 생겼다. 소린은 쏜살같이 숲속으로 뛰어 들어갔고 이아시바도 바로 그의 뒤를 따라갔다. 두 영웅들은 그들의 동지들을 도와줄 수 있길 바라며 길에 평행하게 서쪽으로 달렸다.

"실패했어. 아파나세이는 아직 살아있어."

이아시바는 소린과 함께 나뭇가지 밑을 지나가고 나무들을 뛰어 넘어가며 침울하게 말했다.

"또 다른 기회가 있을거야, 친구."

소린은 대답했다.

"이제 우리는 우리 동료들을 만나야 돼."


한편, 샤샤와 아투는 나무 사이를 조심스럽게 걸어가고 있었다. 샤샤는 달빛에 의해 드리워진 그림자를 들여다보며 전투가 끝날 때까지 숨어 있을 만한 장소를 찾았다. 그녀는 몸을 구부려 덤불 무리를 바라보았다. '저건 아니지' 그녀는 생각했다. 그녀가 일어섰는데 뒤에서 누군가 그녀를 잡아 커다란 손으로 그녀의 입을 가렸다. 샤샤의 눈은 두려움으로 가득 찼다.

"쉿!"

친숙한 목소리로 속삭였다. 트라이언이었다.

"라루카스를 따돌렸어. 그렇지만 그는 이 근처 어딘가에 있을 것이야. 아투, 뭔가 냄새 나는 게 있어?"

그는 조용히 말을 이어갔다. 아투는 여기저기 땅 냄새를 맡았다. 그러더니 갑자기 일어서서 그들 앞에 몇 미터 떨어진 커다란 나무를 얼굴로 가리켰다. 트라이언은 칼을 꽉 쥐고 조심스럽게 나무쪽으로 다가갔다. 그가 다가가자 라루카스는 나무 뒤에서 나와 그의 모습을 드러냈다.

"네 개의 코를 잘라내야겠네."

라루카스는 교활하게 말했다. 그는 칼을 들고 있었다.

"아투, 샤샤, 서로 가까이 붙어 있어."

트라이언은 두 손으로 검을 움켜쥔 채 말했다. 옛 친구 두 명은 서로에게 몇 걸음을 다가가더니 서로를 향해 검을 휘둘렀다. 금속의 충돌 음이 공중에 울리며 불꽃이 튀었다.

라루카스는 두 번 더 빠른 타격을 가했고 트라이언은 모두 막아냈다. 라루카스는 뒤로 물러섰다.

"이걸로 끝내자."

그는 침착하게 말했다.

"너는 이미 몇 년 전에 끝났어."

트라이언은 대답한 후 앞으로 나아가 라루카스의 다리를 베었다. 라루카스는 공격을 막아냈다. 트라이언은 빠른 속도로 다각도에서 압력과 공격을 가했다. 그는 머리, 가슴, 다리, 머리, 갈비뼈를 향해 검을 휘둘렀다.

245

라루카스는 공격을 막아낼 수 있었지만 격렬한 공격이 있을 때마다 뒤로 밀려났다.

사피라는 그녀의 긴 은색 창을 아래를 향하게 둔 채 입구에서 침착하게 기다렸다. 그녀는 덜커덕거리는 소리와 함께 그녀를 향해 달려오고 있는 뱀파이어들의 발소리를 들었다. 그녀의 이마에 땀방울이 맺혀 그녀의 불그스름한 머리카락이 얼굴에 달라붙었다. 소리는 점점 가까워져왔고 그녀는 다가오고 있는 뱀파이어들의 실루엣을 볼 수 있었다. 그들이 들고 있는 창으로 인해 무시무시한 짐승이 으르렁거리며 길을 따라 오고 있는 것 같이 보였다.

"사피라! 소린이랑 내가 여기 있어!"

이아시바의 목소리가 들렸다.

"나머지는 어딨어?"

두 남성은 그녀에게 뛰어왔다. 소린이 물었다.

"나도 몰라. 내 생각에 레하사랑 트라이언은 여전히 저 쪽 근방으로 들어간 두 뱀파이어들과 싸우고 있는 것 같아."

그녀는 대답했다.

"샤샤는?"

이아시바가 물었다. 사피라는 그녀의 눈썹을 올리더니 눈이 커졌다. 이것은 그녀는 샤샤가 어디 있는지 살아 있는지 모른다는 걸 의미했다.

"우리는 트라이언과 레하사가 샤샤를 지키고 두 뱀파이어를 물리칠 거라고 믿어야 돼."

소린은 다가오고 있는 뱀파이어들을 그의 은 검으로 무찌르며 말했다.

"보병대만 온 것 같은데? 네 생각엔 아파나세이랑 그를 지키고 있는 경비대는 도망간 것 같아?"

이아시바는 소린에게 물었다.

"아파나세이는 우리가 그의 전사들과 싸운 후 약해졌다고 느껴질 때까지 모습을 드러내지 않을 거야."

소린이 대답했다.

"그럼 그를 오래 기다리게 해선 안 되지. 이아시바는 대답하며 세 개의 화살을 꺼내서 활에 동시에 장전했다. 그는 다가오는 뱀파이어 떼를 가리키며 그의 줄을 살짝 잡아당긴 후 은 화살을 공중에 쐈다.

# 33
## 전투는 끝났다

라루카스와 트라이언은 밤새도록 계속 싸웠다. 라루카스는 몸을 구부리고 지치기 시작했다. 그는 뱀파이어로 변신한 이후 피곤함을 느껴본 적이 없었고 이렇게 끊임없는 격렬한 공격을 견뎌본 적이 없었다. 트라이언은 계속 라루카스를 향해 계속 검을 휘둘렀다. 라루카스의 자신감은 약해졌고 그는 트라이언의 공격을 막아낼수록 자포자기한 기색을 내비쳤다. 그는 전투가 계속될수록 트라이언이 점점 더 강해지고 점점 더 빨라지는 모습에 놀랐다. 트라이언은 상대를 계속 공격하면서 그의 눈은 더 붉게 빛나고 있었다. 심지어 아투도 라루카스가 한계점에 도달했다는 걸 느낄 수 있었다.

아투는 샤샤에게 즉각적인 위협이 있는지 둘러보았다. 아무런 위험을 느끼지 못하자 그는 의심하지 않는 라루카스 뒤로 슬그머니 움직였다. 라루카스가 뒤로 몸을 움직이자 아투는 그의 왼다리를 세게 물었다. 그리고 나선 총명한 늑대는 그의 몸을 돌려서 뒷다리는 뱀파이어의 오른쪽 다리, 무릎 바로 뒤를 눌렀다. 아투는 트라이언이 앞으로 나아갈 때까지 계속 그를 물고 있었다. 트라이언은 그의 검을 두 손으로 올려 들어 그의

248

옛 친구를 향해 찔렀다. 라루카스는 공격을 막으려고 검을 들었지만 그의 균형을 방해하는 아투의 몸과 트라이언의 공격의 힘이 결합되어 그가 이겨 내기엔 너무 벅찼다. 그 공격으로 인해 라루카스는 쓰러졌고 아투 위로 넘어졌다. 그는 등을 대고 뒤로 넘어지며 그의 팔은 양옆으로 뻗쳐 있었다.

라루카스는 그의 검을 오른손으로 잡았다. 그의 무기를 들어올리기 전에 트라이언은 그의 손목을 찔러 오른팔을 땅에 꽂아 꼼짝 못하게 하였다. 그 고통은 그가 칼을 떨어뜨리게 만들었다. 아투는 그가 물고 있던 라루카스의 다리를 놓고 재빨리 그가 떨어뜨린 칼자루를 움켜쥐어 라루카스에게서 검을 끌어냈다. 트라이언은 그의 검을 라루카스의 손목 쪽으로 더 밀어내어 그가 아파서 움찔하게 만들었다. 마지막 불꽃의 깜박임은 라루카스의 밝은 갈색 눈으로 트라이언을 힘없이 올려다보게 만들었다.

트라이언은 그의 머리를 숙였고 그의 눈은 여전히 빨갛게 불타오르고 있었다. 라루카스의 얼굴에서 몇 센티미터 떨어진 채로 트라이언은 입을 열어 침을 흘리며 송곳니를 드러냈다. 그의 얼굴은 여전히 분노로 가득 차 있었다. 라루카스는 숨을 깊게 들이쉰 채 그의 운명을 받아들이며 마지막을 준비했다.


이아시바, 소린과 사피라는 이제 뱀파이어 전사들과 캠프 입구에서 교전을 하고 있었다. 소린은 뱀파이어 전사들의 전선으로 움직이며 창을 찔렀다. 그는 한 명의 가슴을 찔렀다. 그는 그의 칼날을 빼내고 몸을 돌렸다. 그의 금발은 휘날리며 그의 눈에서 타오르는 황금빛에 빛나고 있었다. 그는 다른 뱀파이어의 목을 베었다.

이아시바는 커다란 바위 위에 서서 뱀파이어 떼에게 계속 화살을 쐈다. 그는 뱀파이어 전사들의 무리를 바라보고 있었는데 한 쌍의 뱀파이어가 무리를 빠져나와 북쪽의 장애물을 우회하려고 시도하는 기이한 장면을 보았다. 사피라가 다른 뱀파이어의 가슴을 찔러 그녀의 뺨까지 피가 흘렀을 때 아이시바는 사피라를 불렀다.

"사피라! 몇몇 뱀파이어들이 우리를 우회해서 북쪽으로 가려고 하고 있어. 어서 가서 그들이 우리 옆을 지나가지 못하게 해!"

그는 맹렬한 여전사에게 외쳤다. 그녀는 말없이 돌아서서 북쪽 길로 향했다. 재빨리 나무 사이를 질주해가다가 그녀는 이아시바가 봤던 나무들 사이로 몰래 들어간 두 뱀파이어들 뒤로 왔다. 큰 고함소리와 함께 그녀는 첫 번째 뱀파이어의 등을 창으로 찌르자 그의 가슴 사이로 은빛 칼날이 터져 나왔다. 두 번째 뱀파이어는 창으로 그녀를 찌르려고 했다. 민첩한 사피라는 재빨리 몸을 움직여 창이 그녀의 아름다운 얼굴이 찔리는 걸 가까스로 면했다. 그녀는 왼손으로 창의 손잡이를 잡아 오른 팔꿈치로 무기를 산산조각 내며 위로 쳐들었다. 그 공격의 기세를 따라 그녀는 돌아서서 그녀가 왼손으로 잡고 있던 창으로 상대방의 오른 눈을 찔렀다. 그 짐승은 아파서 울부짖었다. 그 뱀파이어는 다친 눈으로 허공을 움켜쥐며 비틀거리면서 그녀를 향해 다가갔다. 사피라는 다른 뱀파이어의 몸에 박혀 있던 창을 빼내어 뒤로 물러났다. 그가 앞으로 돌진해올 때 사피라는 옆으로 비켜났다. 그 뱀파이어 군인은 앞으로 넘어졌다. 그가 땅에 닿기 전에 사피라는 그의 목덜미에 칼날을 꽂았다.

그녀는 소린과 이아시바를 피해가려 하는 뱀파이어가 더 있는지 주변을 탐색했다. 그녀가 주위를 돌아보고 있는데 근처 언덕 위의 한 형체를 발견했다. 달빛으로 인해 그녀는 그 형체가 말을 타고 있는 한 남자라는 걸 알아챌 수 있었다. 그 형체는 커다란 망토를 입고 있었고 그 망토의 칼라는 어깨에서부터 솟아 있었다. 그녀는 그의 웨이브 있는 포니테일 머리가 밤바람에 살랑살랑 휘날리고 있는 걸 볼 수 있었다.

두 명의 다른 말을 탄 남자가 언덕을 올라갔고 그 남자의 양 옆에 자리를 잡았다. 그들은 철제 뿔이 달린 헬멧과 커다란 위협적인 말들로 중무장을 하고 있었다. 이 기사들의 도착은 그녀의 처음 생각을 확인시켜 주었다. 그는 뱀파이어의 황제 아파나세이임이 틀림없었다.

사피라는 그녀의 운을 믿을 수 없었다. 그녀는 이아시바가 그녀에게 북쪽 길을 지키라고 명령했다고 이해했지만 그녀는 전체 임무의 목적은 아파나세이를 죽이는 것임을 알고 있었다. 잠시 머뭇거리다가 그녀는 웅크린 채로 나무 사이로 조심스럽게 움직이며 전투를 바라보고 있는 아파나세이가 있는 언덕 위로 도달하려고 갔다. 몇 미터를 움직인 후 그녀는 창을 그녀 옆에 질질 끌고 가며 거의 땅에 붙어서 기는 자세로 나아갔다. 언덕 위로 지반이 올라가자 초목이 거의 없어졌다. 땅은 눈과 엷은 얼음으로 덮여 있었다. 사피라는 임무에 너무 충실한 나머지 언덕을 기어 올라갈 때 그녀의 무릎과 허벅지가 차가운 얼음에 노출되었는데도 느끼지 못했다. 갑자기 그녀는 언덕 위에서 무거운 발굽이 땅을 두드리는 소리를 들었다. 그녀는 머리를 들었다. 피와 땀으로 덮인 붉은 빛의 금발머리 밑에서 그녀의 담갈색 눈으로 내다보았다. 그녀는 여전히 얼어 있는 땅에 몸을 가까이 한 채로 주위를 둘러보았다. 그녀는 두 명의 뱀파이어가 그녀가 있는 쪽으로 언덕을 내려오고 있는 것을 알아차렸다. 그녀는 그 두 전사들이 지역을 둘러보자 움직임 없이 그대로 가만히 있었다.

그 중 한 명이 갑자기 멈추더니 사피라가 있는 쪽을 바라보았다. 사피라는 머리 옆쪽을 차가운 땅에 기댄 채로 위쪽에 있는 위협적인 형체를 응시했다. 송곳니가 있는 철제 헬멧을 통해 사피라는 그의 검은 눈동자가 그녀 쪽을 바라보고 있는 것을 보았다. 눈에는 동공이 없었고 매끄러운 검은 돌같이 보여 그들이 정확히 어디를 보고 있는지 알기가 힘들었다.

그때 그 괴물은 헬멧을 벗어 그의 입을 열었다. 노란 빛의 송곳니가 나타났고 으르렁거리는 소리로 인해 조용함이 깨졌다. 그의 동료는 그의 옆에서 말을 타고 있었고 그 또한 사피라 쪽을 바라보고 있었다.

두 번째 말을 탄자가 사피라가 보지 못한 그룹의 또 다른 멤버에게 손짓을 했다. 두 마리의 군마가 사피라를 향해 언덕을 질주하며 내려오자 언덕이 흔들리기 시작했다. 그녀는 충격에 대비하여 무릎 한쪽을 들어 창을 두 손으로 꽉 잡았다. 그녀는 첫 번째 말을 탄자의 목 아래를 찔렀다. 그 말은 앞으로 비틀거렸다. 말이 언덕에서 굴러 떨어지자 그 말을 탄자는 더 앞으로 내던져졌고 그는 사피라를 미끄러운 바닥으로 쓰러뜨렸다. 그녀가 뒤로 넘어지면서 그녀의 옥 펜던트도 눈과 얼음 속으로 떨어졌다. 사피라는 그녀의 다리로 비틀거리며 섰다. 그녀와 기수와의 충돌로 인해 내던져진 창을 찾을 수 없었다. 그녀는 벨트를 잡아 은 검을 잡으려고 했다. 하지만 손에 잡히는 것이 없었고 그녀는 그녀가 샤샤에게 스스로를 보호하라고 작은 검을 줬다는 사실을 기억했다.

두 번째 뱀파이어 전사가 재빨리 사피라 앞에 멈춰 섰다. 그 말은 멈춰서기 전에 앞다리를 공중으로 뻗었다. 그 전사는 사피라가 항복해야 한다는 것을 나타내며 그의 긴 검을 사피라의 목을 향해 겨눴다. 사피라는 뒤로 물러서며 도망가려고 뒤를 돌았다. 하지만 불행히도 말에서 떨어진 자가 그녀의 뒤에 서 있었고 그녀의 어깨를 잡아 다시 한 번 땅바닥에 내던졌다. 그는 그녀를 따라가서 그녀의 몸 중앙에 앉았다. 사피라는 몸을 구부려 손으로 주먹을 날렸지만 뱀파이어 전사와 그의 갑옷의 무게는 그녀에게 너무 무거웠다. 그녀는 그의 목을 할퀴었다. 그는 금속 갑옷용 장갑을 낀 손을 들어 올려 악랄하게 사피라의 뺨을 때렸다. 그의 철제 장갑으로 인해 그녀의 뺨에 곧바로 빨갛고 푸른 멍이 들었다.

사피라는 항복하길 거부하고 고통을 계속 견뎌냈다. 뱀파이어는 그의 커다란 오른 손으로 사피라의 두 손목을 잡았다. 그는 한 손으로 그녀의 머리 위로 그녀의 두 팔을 잡아 올려 고정시켰다. 차가운 손아귀가 그녀를 쉽게 제지했다. 그는 안 쓰는 손으로 그의 헬멧을 벗었다. 그는 사피라가 이제까지 봤던 얼굴 중 가장 괴물같이 생긴 얼굴이었다. 그의 얼굴은 심한 화상을 입었고 상처가 많았으며 그의 눈은 커다란 검은 진주 같았고 그의 송곳니는 노란 갈색 빛이 돌았으며 머리카락은 군데군데 정수리로부터 마구 튀어나와 있었다. 그는 입을 열며 흥분해서 소리쳤다. 사피라는 그의 턱이 변하며 얼굴에서 튀어나오기 시작하는 모습을 보고 공포에 떨었다. 그가 입을 더 크게 열자 그의 위아래 턱은 그의 얼굴에서 몇 센티미터 앞으로 튀어나왔다.

사피라의 눈은 공포에 얼었다. 그녀는 그가 먹을 준비를 한다는 것을 알고 있었고 운이 나쁘게도 그녀가 그의 먹이라는 걸 알고 있었다. 커다란 짐승은 몸을 앞으로 구부렸고 그의 두꺼운 침은 그녀의 얇은 목 위로 떨어지고 있었다.

"멈춰!"

어딘가에서 목소리가 들렸다. 그 목소리와 함께 언덕을 쏜살같이 내려오는 발굽 소리가 들렸다. 그 뱀파이어 전사는 사피라를 그의 무게로 고정시킨 채 고개를 들어 상체를 일으켰다. 악당의 얼굴은 의아한 표정이 역력했다. 발굽이 점점 더 가까워오자 그 표정은 순식간에 놀람과 두려움으로 변했다. 사피라는 전사를 계속해서 응시했다. 흐릿한 형체가 말을 탄 채로 지나가자 순식간에 그의 머리는 몸통으로부터 날아갔다. 머리가 없는 시체가 사피라한테 쓰러졌다. 그녀는 손바닥을 짚은 채로 뒤로 기어갔다. 그녀는 손과 다리로 기댄 채로 어깨 너머를 바라보았더니 그 전사의 동료는 파트너의 운명에 영향을 받지 않은 것 같은 모습으로 그가 있던 위치에 그대로 있다는 것을 발견했다.

사피라는 앞을 바라보았고 그 기수가 그녀를 향해 다가오는 것을 알아차렸다. 그가 시야에 들어오자 그녀는 그가 칼집에 칼을 집어넣으며 긴 빨간 망토가 뒤에서 휘날리고 있는 걸 볼 수 있었다. 그는 아파나세이였다. 그 뱀파이어 황제는 그녀 옆에 멈춰 섰고 이전에 부상당한 부위를 보호하는 붉은 천에 쌓인 손을 뻗었다. 그의 검은 웨이브 머리는 그의 머리 뒤에 가지런히 묶여 있었다. 금빛 바느질로 수놓아진 복잡한 무늬의 정교한 검붉은 색 의상은 전투에서도 완벽해 보였다.

사피라는 그를 올려다보았다. 그의 얼굴은 나이 들었지만 그녀가 생각했던 것보다는 어려 보였다. 그의 나이에도 불구하고 그는 자신만만하고 힘이 있어 보였다. 그의 눈 옆에 주름이 있었지만 그는 매우 고상하고 훌륭해 보였다. 뱀파이어로의 변형은 그의 몸에 활력을 되찾아 주었거나 최소한 노화 과정을 늦춰 줬음이 분명했다. 사피라를 바라보고 있는 그의 갈색 눈동자는 그의 강렬한 이목구비를 더욱 빛나게 해줬다. 그는 그들이 찾고 있던 악령의 왕처럼 생기지 않아 그녀는 놀랐다.

"내 손을 잡아."

아파나세이는 사피라에게 팔을 뻗으며 차분하게 말했다. 사피라는 경외심에 찬 눈으로 그를 바라보았다.

"알겠어."

그는 말에서 내리며 말을 이어갔다. 그의 경비대 중 다른 한 명이 그들 옆으로 다가와 죽은 전사의 시체를 끌고 갔다. 아파나세이는 허리를 굽혀 힘 있게 그러나 부드럽게 그녀를 들어올렸다. 추가적인 기사 네 명이 말을 탄 채 나타나서 그들의 주인님 뒤에 일렬로 섰다.

"이렇게 아름다운 상대가 있는 줄은 몰랐네."

그는 그녀의 더러운 손에 키스를 하며 말했다.

"우리를 방해하지 말아라!"

아파나세이는 그의 경호대에게 명했다.

"나에게 뭘 원하는 거야?"

사피라는 초조하게 물었다.

"그저 당신의 시간과 기회를 원해."

그는 대답했다.

"무슨 기회?"

"우리의 상황을 설명할 수 있는 기회. 내 생각엔 너는 내가 어떠한 사람이고 나의 의도가 무엇인지 잘못 알고 있는 것 같아."

아파나세이는 말을 이어갔다. 그녀는 자기가 들은 말을 알고 있었지만 스스로에게 의문을 품었다. 그녀는 그와 같은 종족을 싫어하도록 가르침을 받았지만 그는 그녀가 예상하던 것과는 전혀 달랐다. 아파나세이는 그녀의 팔을 부드럽게 잡고 언덕 위로 걸어 올라갔다. 그들이 언덕 위에 도달했을 때 그는 아래의 전투를 내려다보았고 소린과 이아시바가 뱀파이어 전사들과 계속해서 싸우고 있었다.

"나는 괴물이나 살인자가 아니야. 나는 왕이고 나의 사람들을 위해 최선을 다하려고 노력하는 남자야. 나는 다른 통치자가 그의 신하들을 위해 할 수 있는 그 이상 그 이하도 하고 있지 않아."

그는 말을 이어갔다.

"저 밑에 너의 동료들이 보이지? 저들은 내 군대를 이길 수 없어. 우리가 지금 말하고 있는 동안 또 다른 백 명의 병사들이 이쪽으로 오고 있어. 너의 동료들은 저기 몇 명이 있지? 두 명? 세 명? 그들은 훌륭한 전사들이지만 다가오고 있는 뱀파이어 무리들과 싸움이 안 돼."

아파나세이는 다음 말을 하기 전에 잠시 멈추었다.

"저기 빛나는 금빛 눈을 가진 젊은 친구는 누구지?"

그는 사피라의 눈을 바라보며 물었다. 사피라는 대답을 거부했지만 그녀의 놀란 표정은 그가 중요한 사람이라는 걸 아파나세이에게 확신을 주었다.

"저들의 운명은 이제 너에게 달려있어, 나의 아마존 공주."

아파나세이는 말을 이어갔다.

"나?"

사피라는 대답했다.

"응, 너에겐 두 가지 선택권이 있어. 네가 어떤 선택을 하느냐에 따라 너와 저 아래 전투 속에 아직 살아있는 너의 친구들의 운명이 결정되는 것이다. 첫 번째는 나는 너를 너의 동료들에게 돌아가도록 풀어주고 나의 부대에 대항하여 너의 최후의 입장을 취하는 거야. 또 다른 무리의 전사들이 전쟁터로 오고 있지. 내가 장담하지만 너는 죽는다. 너의 최후의 저항은 전설로 남게 되겠지만 말이야. 똑같이 절망적인 엔딩이긴 하지만 레오니다스의 이야기에 필적할 것 같네. 다른 선택권은 나의 왕국으로 나와 함께 돌아가서 나에게 상황을 설명할 기회를 주는 것이다. 장담하지만 너는 왕족 대접을 받을 거고 너의 의사에 반하는 일을 절대로 강요받지 않을 것이다."

사피라는 아래에서 벌어지고 있는 전투를 바라보았다.

"너를 따라갈게."

그녀는 대답했다. 그리고 그녀는 머리를 숙였다. 그녀의 결정은 그녀의 친구를 구하는 것만은 아니었고 지난 몇 년 동안 그녀가 싫어하도록 가르침을 받았던 이 남자와 시간을 보내고 싶어서였다. 그녀의 심장은 이 뱀파이어 왕 앞에서 두근거리고 있었다. 그녀는 그의 앞에서 똑바로 생각하고 자신을 진정시키기 힘들었다.

아파나세이는 그녀의 멍든 뺨 위에 손을 부드럽게 올렸고 그녀의 머리를 들어올렸다.

"너의 친구들은 오늘 밤 더 이상 피를 흘리지 않을 것이다."

아파나세이는 부드럽게 말했다. 그들은 아무 말 없이 서로의 눈을 오랫동안 바라보았다. 사피라는 깜박거리고 있는 그의 빨간 눈에 매혹되었다. 그것은 속임수도, 최면술도 아니었고 진정한 열정이 사피라를 덮친 것이었다. 그들은 아파나세이의 말로 돌아갔고 아파나세이는 그의 망토를 벗어 담요처럼 그녀를 감쌌다. 그는 그녀의 어깨를 팔로 감싸고 그의 전사 한 명에게 외쳤다.

"철수 신호를 보내라!"

전쟁터의 가장자리에서 소린과 이아시바는 서서히 자신들 위로 내려오는 뱀파이어의 수에 지쳐가고 있었다. 소린과 이아시바는 어깨를 나란히 하고 서서 그들을 향해 연이어 돌진해 오는 뱀파이어가 지나가지 못하도록 길을 지키고 있었다. 소린은 칼로 찌를 동안 이아시바는 침략자들을 향해 마지막 남은 화살들을 쐈다.

"이게 마지막 화살이야!"

이아시바는 등에 활을 매달고 그의 코트 안에 있는 작은 검을 꺼내며 외쳤다. 그 두 명은 붓과 막대기가 모아져 있는 곳 위에 동물성 지방과 기름으로 가득 찬 큰 항아리들을 배치한 지점까지 밀릴 때까지 계속 뒤로 밀려났다.

"어서 항아리들을 부셔!"

소린이 소리쳤다. 이아시바는 달려 내려가 항아리를 부셨고 오일은 아래에 있는 나무로 흘러갔다. 이아시바는 선 뒤에서 무릎을 꿇고 기름에 불을 붙이기 위해 몇 개의 부싯돌 조각을 가져갔다. 소린은 주위에 있는 뱀파이어 무리와 계속해서 싸우며 이아시바가 최후의 장애물을 터뜨릴 시간을 벌어주었다. 두 뱀파이어가 소린의 다리를 잡고 다른 한 명은 그의 가슴 위로 뛰어들었다.

"당장 불을 붙여!"

여전히 맞서 싸우며 소린은 외쳤다.

"너 없이는 안돼!"

이아시바는 외쳤다. 그는 일어서서 잠시 망설이며 소린을 구출하고 덫을 놓을 방법을 생각했다. 소린은 가슴 위에 있던 뱀파이어의 얼굴을 왼손의 손가락으로 밀어냈다. 그는 격렬하게 뱀파이어를 밀쳐냈고 그의 손가락은 뱀파이어의 피로 덮었다. 그는 그의 다리를 잡고 있는 한 뱀파이어를 찔렀고 재빨리 다른 한 명을 차버렸다. 소린은 곧바로 작은 깃발과 횃불을 들고 있는 뱀파이어를 겨냥하고 뱀파이어의 무리 속으로 뛰어들었다. 그는 신호를 주는 뱀파이어를 잡아 그의 팔을 잘라버렸다. 횃불이 땅에 떨어질 때 소린은 공중에서 잡아챘다.

"뛰어! 지금!"

소린은 이아시바를 향해 그 횃불을 던지며 목청껏 소리쳤다. 이아시바는 소린이 무엇을 하려고 하는지 깨닫자 눈이 휘둥그레졌다. 그는 횃불이 다가오자 돌아서서 쏜살같이 달려갔다. 이아시바가 몇 걸음을 간 후 횃불은 기름 위로 떨어졌다. 거대한 화염의 벽이 훅하고 나타났다. 초기 발화의 열과 에너지는 이아시바를 땅 위 앞으로 밀어냈다. 이아시바는 몸을 일으켜 돌아서서 화염을 바라보았다. 그의 긁힌 더러운 얼굴은 불꽃에 빛났다. 그의 눈엔 눈물이 맺혔고 그의 얼굴은 절망적인 표정이 역력했다. 그는 생각했다. '아파나세이는 살아있고 소린을 잃었다.' 이아시바는 마음을 가다듬고 어둠 속으로 달려갔다. 그는 그의 동생을 찾고 다른 생존자들을 찾아야만 했다.

"너의 희생은 헛되지 않을 거야, 친구."

그는 속삭였다.


소린은 순식간에 공격을 받았다. 뱀파이어들은 그의 위로 쌓여갔다. 그는 대규모 뱀파이어들에 둘러싸여 그의 모습은 보이지도 않았다. 뱀파이어 더미는 잠시 꿈틀거리고 튀어 올랐다. 그러더니 그 더미가 올라오기 시작했다. 뱀파이어 일부는 더미에서 떨어지기 시작했다.

서로 꼬여 있는 팔과 다리들 사이 구멍 속에서 찬란한 황금빛이 나타나기 시작했다. 그 빛은 매우 강렬해서 몇 십 미터 밖에서도 볼 수 있었다. 그 것은 심지어 새로 타오른 화염의 벽보다 밝았다. 더미의 구멍은 점점 커져갔고 빛의 강도는 점점 강해졌다. 갑자기 뱀파이어들이 사방으로 날아가며 소린이 팔을 뻗어 벌떡 일어섰고 그의 손에는 여전히 검이 들려 있었다. 그 눈부신 빛은 그의 눈에서 황금 불꽃처럼 빛나고 있었다.

소린은 불빛 속에 서 있었고 그의 금발 머리는 흙과 피로 덮여 있었다. 그의 맨 팔은 심하게 긁혀 있었고 너덜너덜해진 검은 망토는 바람에 휘날리고 있었다.

"아!!!!!"

그는 목청껏 소리쳤다. 숲 전체에 울려 퍼지는 시끄러운 소리에 나무의 마지막 남은 갈색 잎들이 떨어졌고 둥지를 튼 새들을 사방으로 날아가게 만들었다. 잠시 깜짝 놀란 뱀파이어들은 다시 모여 소린에게 다가갔다. 뱀파이어 떼가 그를 에워싸려고 하자 소린은 토네이도처럼 빙빙 돌며 칼을 휘둘렀다. 그의 칼부림은 거칠어 보였지만 매우 정확했다. 뱀파이어 수십 마리는 그의 칼날에 쓰러졌지만 뱀파이어의 수는 너무 많았다.

창 하나가 그의 오른쪽 허벅지 윗부분을 관통했다. 소린은 아팠지만 계속해서 싸우며 두 마리의 뱀파이어를 한 번의 움직임으로 죽여 버렸다.

그는 그의 머리와 심장만큼은 다치게 되면 회복될 수 없는 부분이라 보호해야 한다는 걸 알고 있었다. 또 다른 창 하나가 그의 왼쪽 어깨를 지나 그의 등 뒤로 튀어나왔다. 소린은 약해졌지만 계속해서 싸웠다. 그들 앞에 있는 진정한 뱀파이어 왕자의 진실성을 두려워하여 떨고 있는 뱀파이어들이 그를 서서히 둘러쌌다. 한 뱀파이어가 그의 동료를 모았다.

"침착해. 그는 잡힌 것이나 다름없어. 준비해라. 사방에서 공격하여 창은 먼저 그의 머리를 제거해라."

뱀파이어 병장이 외쳤다. 소린은 포기하지 않고 그의 몸에서 머리가 잘려 나가기 전까지 자신을 방어할 준비를 했다. 젊은 왕자는 두 개의 창이 그의 몸에 박힌 채로 그가 입고 있는 흙과 피로 뒤덮인 옷들을 통해서도 여전히 왕가의 태도를 유지했다.

"침착하고, 창을 준비해라!"

뱀파이어 병장이 외쳤다. 그가 또 다른 명령을 외치기 전에 언덕 중턱에서 요란한 낮은 경적소리가 들려왔다. 다시 한 번. 뱀파이어 병장은 다소 당황한 듯 하늘을 올려다보았다.

"뒤로 물러나라!"

그는 외쳤다.

"천천히."

뱀파이어들은 소린에게서 물러서서 천천히 길을 따라 뒤로 돌아갔다. 그들이 몇 미터 떨어진 곳에 도착했을 때 그 병장이 외쳤다.

"주인님에게로 가자. 나를 따르라!"

뱀파이어 무리의 리더는 돌아서서 길을 따라 달려 내려갔고 그의 군사들은 그를 따라갔다. 그의 눈빛은 희미해져갔고 그는 얼어붙은 땅에 박혀 있는 그의 검에 몸을 지탱하며 무릎으로 쓰러졌다. 조금 떨어진 곳에 레하사와 케르베로스는 계속 전투 중이었다.

케르베로스는 그의 검을 뱀파이어 사냥꾼을 향해 휘둘렀다. 레하사는 매우 민첩했지만 이번에는 그의 스피드조차도 먹히지 않았다. 케르베로스의 칼부림으로 인해 발이 빠른 레하사의 오른쪽 눈 밑을 살짝 베었다. 레하사는 뒤로 물러서서 케르베로스와 작은 무기로 전투할 준비를 하듯 벨트에서 검을 잡아 뺐다. 케르베로스는 살짝 웃으며 앞으로 나아갔다. 뱀파이어 전쟁 경적이 울리며 케르베로스는 잠시 멈췄다. 그는 잠시 생각 하더니 아파나세이의 명령을 무시하기로 결정하고 레하사 앞으로 한 발 자국 더 나아갔다.

"나 여기 있어!"

뒤쪽에서 외침이 들려왔다. 이아시바는 그들을 향해 달려와 손에 작은 검을 쥔 채 케르베로스 뒤에 섰다. 케르베로스의 미소는 사라졌다. 그는 아파나세이 왕에게로 모든 병력을 집결시키기 위해 경적소리에 따르기로 결정했다.

"조만간…."

그는 두 형제를 향해 으르렁거리며 말했다. 그리고 나서 그는 숲속으로 뛰어들며 보이지 않는 곳으로 사라졌다. 레하사는 케르베로스를 쫓아 가길 준비하는 듯 보였으나 이아시바가 재빨리 끼어들었다.

"오늘 밤은 아니야. 우리는 동료들을 찾아야 해. 소린은 입구 쪽에 있고 사피라는 언덕 비탈길에 있어. 네가 애착이 가는 사람을 찾으러 가. 나는 우리의 용감한 어린 왕자가 살아있는지 볼게."


트라이언은 경적소리가 허공을 가르며 울려 퍼질 때 라루카스의 목을 막 물려고 했다. 트라이언은 잠시 멈췄다.

"후퇴 경적? 네가 패배한 것 같은데, 친구? 너를 구하러 올 사람은 없어. 네가 죽는 걸 지켜봐 줄 사람은 아무도 없어."

"기다려요!"

샤샤의 작은 목소리가 들렸다.

"그를 그냥 죽일 순 없어요."

트라이언의 눈은 본래의 푸른빛으로 돌아왔다.

"샤샤, 이 일에 관여하지 마. 이건 네가 끼어들 자리가 아니야. 여기서 뭐하고 있어? 나나 다른 사람을 위해 위험을 무릅 쓰지 말라고 했잖아!"

트라이언의 분노는 완전히 가라앉지 못했고 그의 어조는 샤샤가 그에게서 들었던 그 어떤 것보다 화가 나 있었다.

"음….."

샤샤는 말을 시작했다.

"그는 당신의 적수이지만 당신의 가장 친한 친구였잖아요. 그에게 자비를 베풀어야 하지 않을까요?"

패배한 뱀파이어로부터 탈출하기 위해 메스꺼운 숨소리를 내자 트라이언은 그의 오른쪽 부츠가 라루카스의 목을 확실히 누르고 있는지 확인하며 일어섰다. 그리고 나서 그는 샤샤에게 말하며 라루카스를 내려다보았다.

"그는 매우 위험한 괴물이야. 인류에 대한 위협적인 존재지. 그는 수많은 무고한 생명을 앗아 갔단다."

샤샤는 트라이언의 화난 표정을 보고 조용히 말했다.

"하지만 그를 오늘 죽일 필욘 없잖아요. 당신이랑 예전에 가장 친했던 친구가 당신의 손에 죽는 걸 지켜보는 건 내겐 너무 슬픈 일이에요."

트라이언은 샤샤의 말에 깜짝 놀라며 그녀에게 가혹하게 굴고 그녀를 이러한 폭력에 노출시킨 것에 대해 양심의 가책을 느꼈다. 그는 빠르게 진정하기 시작했다.

"어쩌면 그는 변할 수도 있잖아요."

샤샤는 슬프고 자애로운 커다란 눈으로 라루카스를 내려다보며 말을 이어갔다. 라루카스는 잠시 동안 그녀의 자상한 금빛 눈동자에 넋을 잃었다. 그리고는 다시 정상의 모습으로 돌아와 요란한 웃음을 터뜨리기 시작했다. 그의 웃음은 기침에 의해 깨졌다.

"넌 전투에 나가 죽을 때까지 싸웠고, 너의 사람들을 죽음으로 내몰았지만 이 어린 소녀 앞에선 통제가 안 되는구나."

라루카스는 트라이언에게 조롱하듯 말했다. 라루카스는 그녀가 트라이언에게 미치는 영향에 놀랐다. 그건 그가 이전에는 본 적이 없는 모습이었고 그는 조금이나마 순진하고 어린 소녀의 힘을 이해했다. 트라이언은 라루카스의 적대적인 언급을 무시했다.

"샤샤, 이건 뱀파이어로서의 그의 본성이야. 그는 그의 방식을 바꾸지 않을 것이다."

트라이언은 샤샤에게 설명하려 노력했지만 이내 멈추었다. 그는 그녀의 표정으로부터 그녀는 흔들리지 않을 거라는 것을 알았다. 트라이언은 샤샤의 어린 마음과 사랑스러운 마음은 라루카스가 더 이상 예전의 인간이 아니라는 것을 이해할 수 없을 거라는 사실을 깨달았다. 그는 샤샤가 인간으로서의 자신을 바라볼 때와 같은 심정으로 라루카스를 바라보고 있다는 걸 알았다.

"이번엔 그를 놓아줄게. 네가 내 예전 친구의 사형 집행 장면을 목격하는 걸 원하지 않으니."

트라이언은 숨을 깊게 들이쉬고 말했다. 샤샤의 표정이 밝아졌다.

"고마워요! 당신은 여전히 친구를 진심으로 아끼고 있다는 걸 알고 있었어요."

라루카스는 다시 한 번 큰소리로 웃었다.

"트라이언, 너는 너무 약해"

그가 트라이언을 향해 내뱉었다.

"넌 나와의 우정 때문에 죽이는 걸 자제한 게 아니라 너 자신을 이 소녀 앞에서 드러내기 싫어서 멈춘 것뿐이야. 넌 네가 나처럼 괴물, 살인자라는 걸 이 소녀에게 보이고 싶지 않은 거야."

트라이언은 천천히 그의 목에서 발을 떼고 한 발자국 물러섰다. 아투는 라루카스의 검을 여전히 쥔 채로 더 멀리 떨어졌다.

"라루카스, 결국 지금의 너로 만든 전투로 널 이끈 나의 빚을 갚은 거야. 이건 나의 우정에 대한 값과 과거에 네가 내게 보여준 충성심이라고 생각해줘."

트라이언이 라루카스를 향해 말했다. 라루카스는 그의 몸에 있는 흙과 잔가지들을 털며 천천히 일어섰다.

"이건 내게 아무 의미가 없어!"

그는 트라이언에게 소리쳤다.

"언젠가, 너는 나를 오늘밤 이렇게 풀어준 것을 후회하게 될 거다!"

라루카스는 돌아서서 혼자 숲속으로 걸어 들어가기 전에 소리쳤다.


동쪽에는 화염의 벽이 꺼지기 시작했고 연기가 가득 했다. 이아시바는 손으로 연기를 헤치며 연기 속에서 소린을 찾으려고 노력했다.

"소린!"

그가 외쳤지만, 아무런 반응이 없었다. 산들바람이 불었고 연기가 조금 날아가자 이아시바는 달빛 아래 소린을 보았다. 그는 여전히 무릎을 꿇은 채로 있었고 그의 몸통 전체는 검에 눌려 있어서 머리 먼저 땅에 떨어지지 않았다. 이아시바는 그가 있는 쪽으로 달려갔다. 소린은 흙과 말라 있는 피로 덮여 있었다.

"소린, 무언가 뱀파이어들을 방해해서 그들이 후퇴했어."

이아시바는 창의 나무 손잡이들을 자르고 소린의 몸에서 그것들을 제거하며 말했다. 레하사가 언덕에서 그들을 향해 걸어올 때 이아시바는 소린이 발로 일어설 수 있게 도와줬다.

"그들은 단순히 우리의 힘과 능력 때문에 전투를 그만 두는 것이야. 이 뱀파이어들은 겁쟁이들이야."

레하사는 다가오며 말했다.

"아니야, 다른 이유가 있을거야."

이아시바는 뱀파이어들이 후퇴하기 전 전투에서 얻은 명백한 이점이 있을 거라고 생각하며 말했다.

"사피라는 찾았어?"

레하사가 물었다.

"언덕 근처에서는 못 봐서 그녀가 이쪽으로 왔을지도 모른다고 생각했어."

이아시바는 소린이 땅으로 다시 쓰러지지 않도록 그의 무게를 계속 지탱해주었다. 소린의 팔은 이아시바의 어깨를 두르고 있었다. 그들은 레하사의 질문에 어떻게 대답해 주는 것이 좋을지 모른 채 서로를 바라보았다.

"어서 캠프로 가서 샤샤랑 트라이언을 찾아. 나랑 소린이 사피라를 찾아볼게."

이아시바는 지시했다. 레하사는 망설이다가 이내 캠프 쪽으로 출발했다. 그는 자신이 가장 빠르고 소린은 그의 약해진 컨디션으로 자신을 따라올 수 없을 거라는 걸 알았다. 레하사가 보이지 않게 된 이후 소린은 이아시바에게서 한발 물러나서 그의 지지 없이 스스로 설 수 있게 되었다. 언덕 쪽으로 향해 가던 그들은 침울해 보였다.

"힘을 다시 얻으려면 재빨리 먹을 동물을 찾아야겠어."

소린은 언덕 쪽으로 향하는 이아시바를 천천히 따라가며 말했다.

# 34
## 상 처

샤샤는 트라이언이 아투에게 난 작은 상처를 치료하고 있는 동안 아투 옆에 앉아 있었다. 샤샤는 레하사가 다가오는 걸 처음 알아채고 그에게 외쳤다.

"레하사, 괜찮아요?"

레하사는 샤샤에게 다가가며 미소를 지었다.

"날 봐."

그는 자신에게 묻은 먼지를 털어내는 척을 하며 말했다.

"몇 군데 긁혔어. 이렇게 빠른 놈이 임무를 못하게 할 정도는 아니야."

레하사는 샤샤를 보고 미소를 지은 채로 똑바로 서서 그의 엉덩이에 손을 갖다 대며 말했다.

"레하사, 당신은 어쩜 이렇게 진지한 때에도 그런 말을 할 수가 있어요?"

샤샤가 손으로 입을 가리고 킬킬거리며 말했다.

"다른 사람들은 어때? 괜찮은 거야?"

트라이언이 물었다.

"응 그런 거 같아. 우리는 상당히 천하무적인 것 같아. 소린이랑 형은

266

사피라를 데리러 갔어."

레하사가 대답했다. 트라이언은 레하사의 쾌활한 본성에 샤샤와 함께 응대하지 않았고 명랑한 뱀파이어 사냥꾼을 더 이상 격려하지 않으며 그의 업무로 돌아왔다.


한 시간쯤 지나서 이아시바와 소린이 캠프로 돌아왔다. 레하사는 그들을 보았다. 그는 사피라가 그들과 함께 돌아오지 않았다는 걸 알아채자 그의 미소는 이내 걱정스러운 표정으로 변했다.

"사피라는 어디 있어?"

그는 자신이 겁에 질려간다는 것을 숨기려고 노력하며 물었다.

"정말 미안해, 모든 곳을 찾아봤어."

이아시바는 무거운 마음으로 대답했다. 눈물을 숨긴 채 이아시바는 그의 손을 들어올렸다. 그의 다친 손에는 사피라의 부서진 옥 펜던트가 매달려 있었다. 샤샤는 주의 깊게 듣고 있다가 금방 울음을 터뜨렸고 걷잡을 수 없이 흐느껴 울었다.

"안돼."

그녀가 외쳤다. 그룹에 있는 모든 일행들은 슬픔에 잠겼다. 아마도 사피라의 상실로 인해 샤샤가 입을 상처 때문에 심지어 트라이언도 침울해 보였다.

"그럴리가 없어!"

레하사는 화가 나서 대답했다.

"아무도 거기에 없었지, 그치? 그 말은 그녀는 살아있다는 거야. 우리는 말을 타고 가서 즉시 이들을 쫓아야 돼. 필요하다면 그들을 다시 지옥으로 보내야 돼!"

이아시바는 그의 쪽으로 달려가서 어깨를 잡고 그를 진정시키려 했다.

"미안해. 그렇지만 그녀는 아마 죽었을 거야. 혹은 그보다 더 나쁠 수도 있지."

"더 나쁘다고?"

레하사는 형의 말이 담고 있는 의미를 알아차리기 전에 물었다.

"아니!"

그는 말을 이어갔다.

"그녀는 죽지 않았고, 그녀는 절대로 그들처럼 변하지도 않았어."

"정신 차려!"

이아시바는 단호하게 대답했다.

"그녀는 죽었고, 너는 우리 중 누구보다도 그게 사실이란 걸 잘 알고 있어."

레하사는 이아시바의 손에 들려 있던 펜던트를 화가 나서 낚아챘다.

"나에게 손대지 마!"

레하사는 증오로 가득 찬 목소리로 내뱉었다.

"기다려, 그게 아니라⋯."

이아시바가 말을 시작했지만 그의 말이 끝나기도 전에 레하사는 숲속으로 쏜살같이 뛰어 들어갔다. 샤샤는 트라이언에게 가까이 다가가서 그를 꽉 잡았다. 그녀는 사피라에 대한 상실감과 레하사의 상처 난 마음으로 인해 울었다. 트라이언은 그녀 옆에 섰고 그녀는 그의 배에 그녀의 머리를 가져다 댄 채로 심하게 흐느껴 울었다. 트라이언은 그녀를 위로해줄 말이 생각나지 않아 그녀를 그저 꽉 안아주었다.

소린은 조용히 서 있었다. 뱀파이어들은 도망쳤을지도 모르지만 그는 이날 자신이 패배했다는 것을 알았다. 많은 뱀파이어들은 죽었을지 모르지만 아파나세이는 살아있었고 그들은 그들이 가진 소중한 몇 안 되는 동료를 잃었다.

"우리는 우리 성으로 돌아가야 해. 거기서 우리는 다시 만나서 힘을 얻고 우리의 다음 행동을 계획할 수 있어."

오랜 침묵 끝에 이아시바는 일행에게 얘기했다.

트라이언은 샤샤의 머리를 사랑스럽게 쓰다듬었다. 그와 소린은 캠프에 흩어져 있는 보급품들을 싸기 시작했다. 바스켓과 가방에 다양한 도구들과 보급품들을 실었다. 트라이언이 말 뒤에 커다란 가방을 싣고 있을 때 샤샤가 그의 옆으로 다가왔다.

"트라이언!"

그녀가 말했다.

"저들과 같이 가는 것이 괜찮아요? 당신의 꿈이랑 우리의 여정은 어떻게 되는 건가요? 이런 계획의 변경은 당신에게 실망스러운 일 아니에요?"

그녀는 트라이언이 조금이라도 후회하는 기색이 있는지 살피기 위해 그의 얼굴을 바라보았다. 트라이언은 뒤로 돌아서서 그녀를 내려다보았다.

"아니야. 우린 여전히 함께 있잖아. 나는 이게 우리의 여정 중 또 다른 부분이라고 생각해. 우회하는 길인 것이지. 진심으로 나는 이게 너에게 가장 좋은 길인 거 같아. 샤샤도 교육을 받고 싶고 안전하게 자라서 강해지고 싶지?"

샤샤는 동의하며 고개를 끄덕였다.

트라이언은 말을 이어갔다.

"저들의 성으로 가면 너는 안전할 거고 교육도 받을 수 있을 거야. 나 혼자서는 너에게 이런 것을 다 못해줘. 나는 나이가 들고 있고 추후에 난 나를 돌봐 줄 네가 필요할거야."

샤샤의 기분을 끌어올리기 위해 그는 행복한 어조로 말을 했다.

"그거 재밌네요, 트라이언. 당신이 늙어서 나를 필요로 할 거라니."

그녀는 대답했다.

"당신도 늙을 수 있는 거예요?"

그녀는 트라이언이 자신을 놀리는 걸 보고 미소를 지었다.

"지금처럼 웃고 있는 모습이 내가 아는 샤샤같아."

트라이언은 말했다.


그들이 짐을 다 싸고 캠프를 떠날 때까지도 여전히 캠프에는 슬픔이 배어 있었다. 레하사는 캠프로 다시 돌아왔고 아무 말도 하지 않았다. 그의 얼굴은 큰 슬픔으로 가득 차 있었지만 분노는 사라진 것처럼 보였다. 아마도 그는 그가 사랑하는 사람에 대한 상실을 받아들이기 시작한 것 같았다. 그는 그들의 직업에서 오는 그러한 위험들을 잘 이해했다. 전쟁터에서 죽을 가능성은 아무리 밝은 날이라도 항상 그들 중에서 먹구름처럼 떠돌아다녔다. 그들이 젊었을 때 레하사와 사피라 같은 전사들은 그들이 천하무적이라고 느꼈었고 항상 다른 사람이 죽었을 때 충격으로 다가왔다. 레하사가 짐을 싣고 있을 때 소린이 다가왔다.

"레하사, 사피라의 상실에 대해 유감이야."

"그녀는 떠났어."

그는 대답했다. 그의 행복한 기색은 이젠 기억 속에 있을 뿐이었다.

"뱀파이어들은 이것에 대해 책임져야 할 거야."

샤샤는 아래를 내려다보며 레하사의 마음이 복수와 증오심으로 가득 차 있는 것 같아 슬펐다.

일행 모두는 말에 올라탔다. 트라이언은 샤샤가 말에 오를 수 있게 도와주었다. 모두가 준비되었을 때 이아시바는 그들을 캠프 밖으로 이끌었다.

샤샤는 레하사의 변화에 대해 슬퍼했다. 그녀는 레하사를 위로하기 위해 그의 옆으로 그녀의 말을 옮겼다. 레하사는 머리를 숙이고 있었고 그의 눈은 허공을 응시하고 있었다. 그가 속으로 끓어오르는 분노에 잠겨 있는 동안 그의 말은 주인으로부터 아무런 조종 없이 이아시바를 따라가고 있었다. 샤샤가 말을 하기 전에 소린이 그녀 옆으로 왔다. 그는 가까이 와서 그녀의 주의를 끌기 위해 그녀의 어깨를 쳤다.

"샤샤, 그에게 시간을 좀 주는 것이 좋을 것 같아. 그는 지금 혼자 있을 시간이 필요해. 지금으로선 그게 그에게 가장 좋을 거야."

"그가 예전으로 다시 돌아올 수 있겠지?"

샤샤는 소린을 바라보고 끄덕이며 물었다.

"물론이지. 하지만 지금은 그에게 시간이 필요해."

소린이 대답했다. 소린은 고개를 돌려 트라이언이 그들이 말하는 동안 그들 뒤 매우 가까운 곳에 있다는 걸 알아챘다.

"그녀는 나와 있어도 전적으로 안전해. 우리는 단지 대화를 하고 있을 뿐이야."

소린은 어깨너머를 쳐다보며 말했다.

"난 아무도 믿지 않아."

트라이언은 소린에게 말했다.

"그 나이에 그건 나쁜 건 아니지. 난 너의 우려를 탓하진 않아. 너랑 나는 비슷해."

몇 걸음 더 나아간 후에 소린은 말을 이어갔다.

"언젠가 이아시바에게 너는 이 전쟁을 상관하지 않는다고 말했었지. 하지만 내가 보기엔 넌 관심을 갖고 있는 것 같아. 너는 인류를 보살피고 있어. 네가 신경 쓰지 않는 것은 오히려 너 자신인 것 같은데."

그렇게 말하고 난 후 샤샤와 트라이언을 남긴 채 소린은 앞으로 질주해 나갔다. 트라이언은 젊어 보이는 뱀파이어가 길을 따라 내려가는 모습을 지켜보았다. 트라이언은 그가 젊은 나이에 어떻게 그렇게 현명하고 강해 보이는지 궁금했다. 트라이언의 생각이 샤샤에 의해 중단되었다.

"트라이언, 소린은 당신과는 다르지요, 그치요?"

그녀가 물었다.

"응."

그가 대답했다.

"제 말은 그가 당신보다 더 강한 것 같아요 맞죠?"

"응."

트라이언은 추가적인 설명 없이 재빨리 대답했다.

"난 그가 다른 모든 뱀파이어들과 뭐가 그렇게 다른지 궁금해요."

샤샤는 어리둥절한 표정으로 물었다.

"나도 궁금해."

트라이언은 너덜너덜해진 검은 망토를 뒤로 휘날린 채 길을 따라 내려가고 있는 소린을 바라보며 대답했다.

# 35
## 도착

그 일행은 며칠 밤낮을 여행했다. 이아시바가 여러 길의 교차로에서 말을 멈추고 모두를 멈추게 하려 손을 들어 올리자 그들의 움직임은 느려졌다. 트라이언과 샤샤는 바짝 뒤에 있었고 왜 그들이 멈췄는지 궁금해했다.

"우리는 목적지에 거의 다 왔어."

이아시바는 그들을 바라보고 그들이 질문하기 전에 그들의 의문사항에 대해 대답했다.

"우리는 여기서 멈춰서서 소린에게 작별을 고해야 해."

그는 소린을 가리키기 전에 말했다. 이아시바는 그의 말에서 내려 소린에게로 걸어갔다. 소린 또한 말에서 내렸고 모두들 따라갔다. 소린을 제외한 모두는 근처에 있는 나무에 그들의 말을 재빨리 묶었다. 소린은 이아시바와 레하사 앞에 섰다.

"왕과 왕비께 안부를 전해줘."

이아시바는 미소를 지은 채 끄덕이며 그와 악수를 했다. 레하사는 떨떠름하게 고개를 끄덕이고 난 후 그의 말로 다시 걸어갔다. 소린은 샤샤에게로 걸어갔다.

"샤샤, 지금은, 작별을 할게."

그는 말했다. 샤샤는 그가 곧 떠난다는 사실에 놀랐다.

"어디로 가는 거예요?"

그녀가 물었다.

"우리랑 같이 가는 게 아닌가요?"

그녀가 다시 소린에게 물었다.

"응, 미안하지만 아니야."

그는 미소를 지으며 말했다.

"나는 프랑스에 있는 나의 성으로 돌아가야 해. 하지만 걱정 마. 곧 너를 다시 만날 거야."

"당신의 성을 갖고 있어요?"

샤샤는 흥분하여 말했다.

"응. 아마 언젠가 네가 내 땅을 방문하는 영광을 베풀어 줄 거라고 믿어."

소린이 대답했다. 샤샤는 그의 동의를 구하며 그를 바라보았다. 그는 고개를 약간 앞으로 숙였다.

"난 그러고 싶어요!"

샤샤는 웃으며 소리쳤다.

소린은 어린 샤샤의 손에 부드럽게 키스를 한 후 트라이언에게로 다가갔다.

"너도 곧 보러갈게. 우리에겐 아직 끝낼 결투가 있으니."

그는 다시 말에 재빨리 오르며 말했다.

"언제든지."

트라이언은 말에 올라탄 그를 무표정으로 올려다보며 말했다. 소린은 트라이언을 향해 미소를 지으며 그의 말을 돌렸다.

"이랴!"

소린은 짧게 소리치며 서쪽으로 향하는 길 하나를 향해 질주했다. 샤샤는 그가 떠나는 동안 손을 흔들었다.

"잘가요, 소린!"

그녀는 소리쳤고 그가 보이지 않을 때까지 손을 계속해서 흔들었다. 아투는 그녀 옆에서 울부짖으며 꼬리를 흔들었다. 이아시바는 모두를 바라보았다.

"엘드릭의 두 전사들, 어린 소녀, 뱀파이어 그리고 하얀 늑대…."

그는 그들이 모인 특이한 멤버들의 조합을 보고 미소를 지으며 말했다.

"자 우리 모두 다시 말을 타고 떠나자. 성은 여기서 얼마 멀지 않았어."

그 다음 날 산속에 박혀 있는 성을 볼 수 있었다. 뾰족한 산은 눈으로 덮여 있었고 빽빽하게 숲으로 뒤덮여 있었다. 아래에 있는 작은 골짜기는 매우 개방적이고 유혹하는 것처럼 보였다. 아름다운 광경이었다. 마치 성의 뒤쪽으로 도시 담장 벽들이 세워져 있는 것처럼 눈으로 덮인 산들이 그 지역을 에워싸고 있었다. 그들은 이른 아침 성에 도착했다. 트라이언은 다시 한 번 햇빛으로부터 보호하기 위해 자신을 가리고 있었다. 그의 푸른 눈은 둘러싸인 천 사이로 간신히 보였다. 샤샤는 성으로 다가가며 사람들은 일을 하고 눈이 녹은 들판에서 아이들이 뛰어다니는 모습을 보았다.

성은 커다란 하얀 돌로 만들어져 있었고 메인 빌딩 양 옆에는 두 개의 커다란 탑이 있었다. 지붕은 황토로 만들어져 있었다. 그들이 가까워 오자 샤샤는 커다란 나무로 된 문을 봤다. 그 문은 그녀가 이제까지 봤던 그 어떤 문보다 커다랗고 가장자리에는 금속으로 장식되어 있었다. 문 중앙에는 커다란 고리가 걸려 있었다. 그들이 아침 햇살을 받으며 다가가자 그녀는 각 탑에 있는 화려한 유리창을 볼 수 있었다. 아침 하늘은 창으로부터 반사되어 밝게 빛나고 있었다.

그들이 더 가까이 다가가자 본관으로 향하는 한 줄로 늘어선 계단과 문까지 걸어가는 통로에 줄지어진 코린트 양식의 기둥들을 보았다. 그 성은 땅을 방어하기 위해 고안된 군형 구조라기보다 마치 커다란 궁전이나 바실리카 같았다. 너무나도 명백하게 이 곳은 사람들이 두려움과 억압 없이 일상생활을 할 수 있는 매우 개방된 왕국이었다.

그들이 건물 입구 앞의 메인 뜰에 들어서자 샤샤는 주위를 빠르게 걸어 다니는 전사들을 보고 놀랐다. 그녀는 그들의 태도에 감탄했다. 그들 모두는 고상하고 자부심을 가진 자세를 취하고 있었다. 그들은 매우 용감하고 장엄해 보였다. 몇몇은 목 뒤쪽에 쇠로 만든 두건을 두르고 작은 쇠사슬을 엮어 만든 갑옷을 상의에 입은 채로 걸어 다니고 있었다. 그들은 각각 그들의 갑옷 위에 밝은 색의 튜닉을 입고 있었다. 다양한 색과 패턴은 샤샤의 눈에 아름다워 보였다. 각자 다양한 디자인의 빨강, 파랑, 노랑 그리고 녹색 옷을 입은 전사들이 뜰을 분주히 돌아다니고 있었다.

샤샤는 햇빛이 모든 색에 내리쬐자 살아있는 꽃이 돌아다니는 것처럼 보여 미소를 지었다. 그녀는 다른 남성들은 또 다른 종류의 갑옷을 입고 있는 것을 알아차렸다. 몇몇은 황금빛 갑옷을 입고 있었고 다른 사람들은 색색 깔의 커다란 방패를 들고 뾰족한 헬멧을 쓰고 있었다. 또 다른 사람들은 둥글고 속이 빈 막대기처럼 생긴 나무로 만든 갑옷 위에 노랗고 붉은 비단 옷을 입고 있었다.

"이 사람들은 누구에요? 이렇게 특이한 사람들의 조합은 본 적이 없어요."

샤샤는 이아시바 옆에서 말을 타고 가며 말했다.

"이들은 전국 방방곳곳에서 온 기사들이야. 그들은 유럽파의 기독교 땅에서 온 사람, 북쪽에서 온 북유럽 사람, 동쪽에서 온 다양한 종족들 등 다양한 곳에서부터 온 기사들이야. 그들은 이 곳에 다양한 이유로 왔지. 고대 예언의 이행을 추구하려 왔고, 다른 기술을 훈련하고 배우고 또 어떻게 해서든 그들의 나라를 돕기 위해 왔어. 앙스갈에 대해 위대한 점은 세계 각지에서 온 사람들을 이 외딴 산으로 불러들여 사상을 교환하고 인류를 돕는다는 점이야."

이아시바가 대답했다. 그들이 말을 타고 뜰을 천천히 지나고 있을 때 샤샤는 오크 나무 밑에 남성들이 모여 있는 것을 보았다. 그들은 모두 다른 스타일의 옷을 입고 있었고, 다른 머리 스타일을 하고 있었고, 피부색이 다양했다. 샤샤는 하얀 가운을 입고 짧은 머리를 한 고상하게 생긴 여자가 토론을 이끌고 있다는 걸 알아차렸다.

"저들은 뭐하고 있는 거예요?"

샤샤가 물었다.

"지구상의 각지에서 온 사람들이 여기 온 거야. 그들은 이곳에서 종종 모여서 그들의 다양한 생각을 나누고 토론에 참여하곤 해. 그들은 이 나무 밑에서 그들의 철학, 정치적인 이론, 지식 그리고 그들의 환상을 교환해."

이아시바가 설명했다.

"네가 이 곳에서 한동안 지내는 거 어떻겠니?"

그가 물었다.

"응, 이곳은 너무 멋있어요."

샤샤가 미소를 지으며 말했다.

"너의 친구는 어때?"

이아시바가 물었다.

"네가 찾던 새로운 세계는 아니겠지만 나쁘진 않지, 그렇지?"

"여긴 샤샤에게 좋은 곳인 것 같아."

트라이언은 뜰을 둘러보며 말했다.

"너의 꿈은 아니고?"

이아시바가 물었다.

트라이언은 샤샤를 바라보았다. 그녀는 웃고 있었고 그녀의 금빛 눈은 밝은 태양에 빛나고 있었다.

"대부분 우리의 꿈은 이루어지지 않아. 하지만 우리가 시간을 내어 우리 주위에 있는 축복을 알아차리게 되면 우리는 무언가 가치 있는 걸 발견하게 되지."

"우리의 꿈은 우리가 삶을 살아가면서 바뀌어"

이아시바는 트라이언이 샤샤를 보고 있다는 것을 알아채고 말했다.

"그리고 내 꿈은 매일 실현되는 것 같아."

트라이언은 샤샤를 계속 바라보며 부드럽게 얘기했다.

그 그룹은 말을 타고 말뚝이 여러 개 달린 작은 헛간으로 갔다. 그들은 말에서 내려 그들의 말을 말뚝에 묶었다. 트라이언은 샤샤가 묶는 걸 도와주었다.

"이쪽이야."

이아시바는 미소를 지으며 말했다. 그는 성을 향해 걸어갔고 트라이언과 샤샤는 한 걸음 뒤에 있었다. 아투는 샤샤 옆에서 걸어가고 있었고 레하사는 몇 걸음 뒤에서 그들을 따라갔다. 그들은 커다란 계단을 올라갔고 커다란 나무로 만든 문 앞으로 향하는 길 아래를 지나갔다. 양 옆의 기둥은 하얗고 샤샤는 그것들의 아름다움에 감탄했다. 이아시바가 팀을 앞 쪽으로 이끌었고 그들은 커다란 나무로 만든 문 앞에 도착했다.

이아시바는 경비원들과 인사를 주고받고 큰 도르래를 이용해서 문 앞 쪽의 고리에 있는 사슬을 통해 웅장한 문을 열기 시작했다. 그들의 앞에 있는 본관은 높은 창문에서 나오는 아침 햇살로 가득 차 있었다. 세 명의 경비대들은 사각형의 좌우로 줄지어 서 있었다. 더 많은 코린시안 기둥들이 열린 중앙을 둘러싸고 있었다. 통로 아래에는 왕과 왕비가 앉아 있는 두 왕좌가 있었다. 이아시바는 계속해서 그룹을 군주를 향해 이끌었다. 그들이 긴 복도를 지나 걷는 동안 샤샤는 주위를 둘러보며 복도에 있는 건축물과 장엄함에 눈이 커졌다. 심지어 천으로 얼굴을 둘러싸고 있는 트라이언도 그 광경에 놀랐다. 그는 이런 것을 본 적이 없었다. 그의 민족들이 있는 유목민 수용소나 생명체가 없는 어두운 아파나세이의 성에서는 확실히 본 적이 없었다.

그들이 경비대를 지나갈 때 샤샤는 그들이 다양한 옷과 갑옷을 입고 있다는 걸 알아차렸다. 일행 한 명 한 명은 거대한 몸집과 독특한 옷차림으로 눈에 띄는 경비병을 지날 때 한 번 더 쳐다보았다. 그는 이제까지 샤샤가 본 사람 중 단연코 가장 큰 사람이었다. 트라이언보다 거의 1피트가 더 컸다. 그는 타탄 무늬의 짧은 치마를 입고 있었고 그와 어울리는 커다란 띠를 그의 왼쪽 어깨에서 허리까지 내려오도록 두르고 있었다. 그는 그의 벨트에 매달린 큰 가방을 갖고 있었다. 샤샤는 이 키 큰 남자를 놀라운 표정으로 올려다보았고 그가 매우 어리다는 걸 알아차렸다. 그는 커다란 갈색 눈과 긴 갈색 머리를 갖고 있었고 머리 양 옆으로 작게 땋은 머리가 늘어져 있었다. 샤샤는 이 독특한 한 사람의 모습에 살짝 킬킬거렸다. 그 어린 거인은 샤샤를 재빨리 힐끗 내려다본 뒤 그의 군대 규율을 지키기 위해 다시 정면을 바라보았다.

마침내 그들은 왕과 왕비에게 도착했다. 그 왕실의 부부는 왕좌에 앉아 있었다. 오른 쪽에는 왕이 앉아 있었다. 그는 그의 녹색 눈 위의 금관으로부터 솟아난 짧은 웨이브 금발을 하고 있었다. 그는 체인으로 엮어진 갑옷을 둘러싼 하얀 가운을 입고 있었다. 그의 가슴에는 은 십자가가 있었다. 양 어깨는 둥근 갑옷으로 장식되어 있었다.

우아한 왕비는 그 옆에 앉아 있었다. 그녀는 정교한 실크 가운을 입고 있었다. 겉옷은 전체적으로 금빛 자수가 새겨져 있고 갈색으로 장식된 붉은 비단이었다. 그 안에는 긴 청색 비단옷을 입고 있었다. 그녀의 머리 위에는 금과 옥으로 만든 티아라를 쓰고 있었다. 세 부분이 왕관에서 올라와 있었다. 한 부분은 중앙에서 나머지는 양 귀 옆에서 올라와 있었다. 금빛 쇠사슬이 양 옆에 매달려 있었다. 그녀는 매우 이국적으로 생겼다. 그녀의 머리는 검은색이었고 그녀의 눈은 어두운 색이었고 밝게 빛나고 있었다. 그녀의 피부는 하얗고 입술은 빨갛다. 샤샤는 극동 쪽에서 온 이 아름다운 여성을 보고 매우 감명을 받았다.


이아시바는 왕좌 쪽으로 다가가 한쪽 무릎을 꿇고 군주들 앞에 머리를 숙였다. 나머지 일행들 또한 그를 따랐다. 심지어 아투조차도 땅바닥에 납작 엎드렸다.

"각하! 소린이 왕과 왕비님께 안부를 전해 달라 했습니다."

이아시바는 머리를 숙인 채 말했다.

"음, 그가?"

왕은 큰소리로 의아해했다.

"사피라의 상실에 유감이네."

여왕이 덧붙였다. 왕과 왕비는 왕좌에서 일어나서 그들의 손님을 향해 내려갔다. 왕은 이아시바를 잡아 위로 잡아당기며 일어나라고 지시했다.

"모두 일어나게."

그가 말했다.

"자네와 레하사에게 할 말이 있네. 난 자네가 이제까지 깨달은 모든 것을 알아야 하고 자네와 몇 마디 할 말이 있네."

왕은 이아시바에게 가까이 가며 말했다.

"물론입니다, 각하."

이아시바는 대답했다.


그리고 나서 왕과 왕비는 트라이언과 샤샤에게 주의를 돌렸다. 그들은 앞으로 나아갔고 왕비가 샤샤에게 말했다.

"우리의 성에 와줘서 기뻐요. 원하는 만큼 여기 머물러도 되요."

그녀가 말했다. 왕비는 매우 위엄 있고 고상한 태도를 유지했지만 그녀의 부드럽고 친절한 얼굴은 손님들을 편안하게 해주었다. 샤샤는 매우 따뜻함을 느꼈고 왕과 왕비의 첫 만남이지만 그들의 앞에서 긴장이 풀렸다.

"우리는 당신이 누군지 안다네."

왕이 트라이언에게 말했다. 트라이언은 그의 푸른 눈이 덮개 속에서 왕을 바라보고 있는 동안 잠시 숨을 죽였다. 왕이 다시 말을 이을 때까지 샤샤와 헤어지는 두려움이 그를 붙잡았다.

"당신이 우리와 인류를 돕기 위해 온 것은 우리의 영광이네. 언제든지 네가 편할 때 우리에게 말을 해도 좋네."

왕과 왕비는 미소를 지으며 도착한 사람들에게 고개를 끄덕였다. 그들은 본관에서 물러나 궁전 더 깊은 곳으로 들어갔다. 샤샤와 트라이언은 서로를 바라보았다. 그들은 말하진 않았지만 같은 걸 궁금해 하고 있었다. '어떻게 왕과 왕비가 그들과 사피라에 대해 알고 있는 거지?' 트라이언은 특히 여기서 벌어지는 일들에 대해 궁금했다.

트라이언은 또한 왕의 매너에 당황했다. 트라이언은 왕의 강한 태도와 명백한 힘은 인정했지만 그는 왕이 그들과 상호작용하는 것 특히 왕이 친절함과 존경심을 갖고 트라이언을 대하는 태도에 놀랐다. 그것은 마치 왕이 트라이언을 인간으로 혹은 동등하게 보는 것 같았다. 또한 왕은 트라이언의 존재에 놀라지 않았다.

트라이언과 샤샤는 빈 홀을 둘러보며 서로를 껴안았다. 그들은 마침내 안전하고 환영받는 장소에 있게 되었다. 트라이언은 샤샤 때문에 행복했다. 그의 행복은 기대 이상이었다. 그들은 그들이 만났던 이 새로운 지배자에 의해 받아들여졌다. 그들은 모두 안전했다. 트라이언은 허리를 굽혀 샤샤를 꽉 껴안으며 그의 후드와 스카프 밑에서 활짝 웃었다.

"가서 구경해보자!"

트라이언은 샤샤의 손을 이끌며 말했다. 그 둘은 문 밖으로 나가 햇빛이 가득 찬 뜰로 걸어가면서 웃었다. 트라이언은 목표에 도달했고 그의 삶에서 가장 중요한 임무를 성공시켰다. 그는 샤샤를 그의 기대 이상으로 더 나은 삶으로 인도했다.

그는 더 많은 모험과 전투가 그를 뒤따를 것이라는 걸 알고 있었지만 샤샤는 이제 안전했다. 그의 꿈은 실현되었고 그는 해를 올려다보았다. 비록 통증으로 움찔 놀라서 재빨리 눈길을 돌리지 않을 수 없었지만 그는 인류를 구하기 위한 이 왕의 사명에 참여하기 위해 기운을 얻었다. 마침내 그의 구원이 눈앞에 다가왔다.

# [ 에필로그 ]

"내일 우리는 뱀파이어의 해부학적 구조와 그들의 변형 후에 일어나는 차이점에 대해 토론할 거다."

가즈완 마이클이 작은 교회 별관 앞 단상에서 말했다. 나이가 든 남자는 손에 나무로 만든 판자를 들고 있었고 눈을 가늘게 모아 뜬 채로 그가 들고 있던 서류를 보았다. 그가 앞을 바라볼 때 그의 대머리와 희끗희끗한 수염이 보였다. 그는 예배 장소에 있었을지도 모르지만 이 시간엔 성과 주변 마을에서 온 젊은이들의 작은 그룹을 가르치고 있었다.

"내일 강의 시작 전에 읽기 자료를 읽어오는 것을 잊지 마세요."

그는 해산이라고 말하기 전에 말을 했다. 대부분 십대 초반의 학생들이 자리에서 일어나 출구 쪽으로 서둘러서 나갔다.

"샤샤, 잠시만."

가즈완이 학생 중 한 여성을 불렀다. 샤샤의 금빛 눈은 다른 생각을 하며 초점이 없어 보이는 상태로 다가갔다.

"샤샤, 요즘 좀 정신이 없어 보이던데."

교수가 말했다.

"무슨 문제라도 있니? 네가 앙스갈에 도착한 이래 지난 1년간 가장 똑똑한 학생이었는데 최근 공부에 집중을 덜 하는 것 같아."

"죄송해요 교수님."

샤샤가 대답했다.

"그저 힘든 시기일 뿐이에요. 나와 내 친구들은 모두 오랫동안 떠나 있었고, 왕은 성지에서 떠나 있고, 저는 여왕이 앞날의 어두운 시간을 예견했다는 걸 느낄 수 있었지만 그녀는 저를 걱정시키지 않기 위해 이러한 예감을 숨기는 것 같아요."

"샤샤, 언제나 네가 통제할 수 없는 일들이 있기 마련이란다."

가즈완 마이클 교수는 미소를 지으며 말했다.

"하지만 네가 영향을 미칠 수 있는 것에 집중해야 한단다. 너의 친구들, 엘드릭 왕, 우리의 미래를 위해 기도하렴!"

"그럴게요 교수님. 염려해 주셔서 감사합니다."

샤샤는 미소를 지으며 말한 뒤 돌아서서 햇빛이 비치는 뜰로 향해 나갔다. 그녀가 걸어 나가자 가즈완 마이클의 미소는 사라졌다. 그는 그녀의 본능적 직감을 알고 있었고 스스로의 미래에 대해서도 걱정하기 시작했다.


동쪽으로 수마일 떨어진 곳에 트라이언은 이아시바와 함께 커다란 천막 안에 앉아 있었다.

"만약 우리가 강의 둑에 있는 마을을 다시 탈환한다면 우리는 강을 가로지르려는 뱀파이어들의 이동을 제한하고 제국을 목표로 하는 그들의 능력을 제한할 수 있을 것이야. 그리고 나서 우리는 헝가리에 있는 그들의 캠프 쪽으로 움직일 수 있어."

이아시바는 트라이언에게 지도 위의 지역들을 가리키며 말했다.

"응, 비잔티움으로 보낸 우리 사절단에게서 온 연락은 없었어?"

트라이언이 물었다.

"그는 황제의 확실한 약속도 없이 콘스탄티노플한테서 돌아 왔어. 내가 보기엔 그는 자신의 국경에 접근하는 악보다는 내부 갈등에 더 신경을 쓰는 것 같아."

이아시바는 대답했다. 트라이언은 실망스러워하며 고개를 저었다. 천막 입구는 열려 있었고 그들이 알현실에 들어갔을 때 처음 봤던 커다란 젊은 남성이 들어왔다. 그는 허리를 구부려 들어와 천막 안에 웅크리고 앉았다.

"아, 실례합니다. 전선에서 소식이 있습니다."

그가 말했다. 이아시바와 트라이언이 그를 바라보자 그 젊은 남성은 조용히 일어섰다.

"음, 룰라크, 같이 나가자."

이아시바는 소식을 듣고 싶어 안달이 나면서도 젊은 병사의 기분을 상하게 하고 싶지 않아 말했다.

"네, 알겠습니다. 저희 정찰병이 강둑에 있는 마을이 버려졌다고 보고해 왔습니다. 거기엔 뱀파이어들이 남아 있지 않으며 마을은 비어 있다고 합니다."

온화한 거인이 말했다. 그는 겉보기에 좋은 소식을 전하면서 목소리가 더욱 흥분되었다. 트라이언과 이아시바는 서로를 쳐다보며 어리둥절해했다.

"좋은 소식이지요?"

룰라크가 물었다.

"잘 모르겠어….."

이아시바는 대답했다.

"고마워, 룰라크."

느릿느릿 움직이는 젊은이는 천막을 나갔고 그의 뒤에 있는 천막으로 된 문을 닫았다.

"그들은 무얼 하고 있는 거지?"

이아시바가 물었다.

"이건 예상 밖인데. 나는 아파나세이가 그의 민족을 위해 새 전략을 짜고 있는 것이 두려워. 불안한…. 우리 병사들이 얇고 길게 펼쳐져 있는 상태에서 뱀파이어들이 다시 힘을 합치게 되면 우리의 이점을 잃을 수 있어."

트라이언은 대답했다.


한편, 다키아에 있는 어두운 성에서 아파나세이는 왕실에서 라루카스와 이야기를 하고 있었다.

"각하, 엘드릭의 군대가 프랑스에서부터 다마스쿠스까지 늘어져 있습니다."

라루카스가 말했다.

"좋아, 지금이야말로 그들을 하나하나 공격하고 파괴할 시간이다."

아파나세이는 대답했다.

"저 어리석은 인간들은 우리가 뭉친 힘을 알리없지."

그는 말을 이어갔다. 아파나세이는 그의 왕실의 발코니로 나갔다. 라루카스는 그를 따라 달빛 속으로 들어갔다. 성 앞의 들판은 수백 개의 천막과 작은 모닥불로 가득 차 있었다. 군인들, 말들, 마제 공들이 아래의 경치를 가득 채웠다.

"때가 왔어, 라루카스. 엘드릭의 군대들을 물리치고 앙스갈로 돌아가서 내 것을 빼앗을 수 있는 기회가 왔다."

아파나세이는 그의 눈을 크게 뜨며 말했다. 라루카스는 발코니에서 그의 각하 옆에 서서 미소를 지었다. 그 왕실의 그늘아래에서 붉은 빛의 금발머리 형체가 침울하게 그녀의 두 손에 고개를 숙이며 이 두 뱀파이어를 조심스럽게 쳐다보고 있었다.

# 뱀파이어 전투 – 첫 대면 –

| | |
|---|---|
| **초 판 인 쇄** | 2020년 12월 21일 |
| **초 판 발 행** | 2021년 1월 4일 |
| **공 저 자** | 니콜 리 피에트루스카 & 매튜 피에트루스카 |
| **감 수** | 김진선 |
| **옮 긴 이** | 윤유현 |
| **발 행 인** | 정상훈 |
| **디 자 인** | 신아름 |
| **펴 낸 곳** | 미디어북 |

서울특별시 관악구 봉천로 472
코업레지던스 B1층 102호 고시계사

대 표 02-817-2400    팩 스 02-817-8998
考試界·고시계사·미디어북 02-817-0418~9
www.gosi-law.com
E-mail : goshigye@gmail.com

| | |
|---|---|
| **판 매 처** | 미디어북·고시계사 |
| **주 문 전 화** | 817-2400 |
| **주 문 팩 스** | 817-8998 |

정가 17,000원    ISBN 979-11-89888-16-9    03840
미디어북은 고시계사 자매회사입니다